ALEX WHEATLE
HOME GIRL

ROMAN

Aus dem Englischen
von Conny Lösch

Verlag Antje Kunstmann

Für alle Kinder, die in Heimen oder Pflegefamilien
leben oder gelebt haben

1

PLATZWECHSEL

»Das ist ein Perverser!«, schrie ich. Ich schnallte mich an und stellte dabei einen Grime-Sender im Radio ein. Ich wusste, sie hasste das. »Wieso glaubst du mir nicht?«

Louise sah mich an, als wollte sie mir eine runterhauen. Durfte sie aber nicht. Sie war meine Sozialarbeiterin. Und hatte Probleme, den Wagen anzulassen. Ihre Hände zitterten. »Er sagt, er hat nur mit deinem Handtuch vor dem Badezimmer gestanden«, sagte sie.

»Jedes Mal, wenn ich ins Bad bin, stand er da pädophil rum«, fauchte ich. »*Ob ich mein Shampoo hab? Ist auch genug Schaum in der Wanne? Hab ich die Seife?* Glaubt der, ich bin zu blöd, meine Sachen mit ins Bad zu nehmen? Ich sag dir, das ist ein Perverser mit großem Pimmel-P!«

Endlich ließ Louise den Motor an. Schnappte nervös nach Luft. Das machte sie immer, wenn ich in ihrer klapperdürren Anwesenheit Schimpfwörter benutzte. »Er ... er sagt, er wollte dir nur helfen«, stammelte sie.

»Sperr die Ohren auf, Louise! Der hilft mir nicht. Ich weiß schon, auf was für einer Mission der sich befindet. Ich kann meinen Kram selbst mit ins Badezimmer nehmen.«

Louise ließ ihre Scheibe runter und zündete sich eine Kippe an.

Sie zog dran, als wollte sie das Ding in einem einzigen Zug killen. Sie schaute auf die Straße. Eine Getto-Tusse im schwarzen Hoodie führte einen Pitbull Gassi. Louise fuhr los. Wir waren im Osten von Ashburton, wo sogar die Köter erst mal argwöhnisch über die Schulter schauen, bevor sie um eine Ecke biegen. Ich sah zu, wie Louise ihren Qualm zum Fenster raus paffte. Ihre Stirnfalten sagten, dass sie jetzt am liebsten zu Hause wäre, Rotwein versenken und Bridget-Jones-Filme gucken würde. Sie verzog das Gesicht.

»Kann ich auch eine?«, fragte ich.

»*Nein!*«

»Wieso nicht? Du weißt doch eh, dass ich rauche.«

»Solange ich dabei bin, rauchst du nicht.«

»Du darfst eigentlich auch gar nicht mit mir in der Karre qualmen.«

Louise zog noch mal an ihrem Krebslutscher. Dann blies sie wieder Qualm aus dem Fenster und machte das Ding aus. Die übrige Hälfte legte sie ins Handschuhfach.

Zu meinen Füßen lag mein lädiertes Kuschelerdmännchen. Der Mund war eingerissen und dadurch breiter, an der linken Pfote fehlte eine Kralle, und ein Auge hing lockerer als das andere. Ich nahm es und legte es mir in den Schoß, streichelte es zweimal und lächelte es an.

Erinnerungen.

Dann warf ich Louise einen bösen Blick zu. Lily Allen rauschte mit *Smile* aus dem Autoradio. Kein Bass. Louise drehte leiser. Ich drehte wieder lauter, lauter als vorher. Louise wusste, dass sie das Spiel verlieren würde. Sie bedachte mich mit einem von ihren *echt-jetzt*-Blicken und schüttelte den Kopf.

»Wo bringst du mich hin?«, fragte ich.

»Weiß ich noch nicht.«

»Das weißt du nicht? Der Käsemond zeigt schon seine Löcher! Schöne Sozialarbeiterin bist du.«

»Hilft uns nicht weiter, wenn du überall, wo ich dich unterbringe, die kleine Miss Madam spielst. Mir gehen allmählich die Alternativen aus.«

»Ist nicht meine Schuld, dass du mich immer nur zu Freaks und Fummlern schickst.«

»Die Holmans in Ashburton nehmen seit über zwanzig Jahren Pflegekinder bei sich auf. Sie sind sehr zuverlässig. Niemand hat sich je über sie beschwert ... bis heute Abend.«

»Die anderen hatten wahrscheinlich bloß zu viel Schiss, um was zu sagen«, meinte ich. »Die Alte wollte mich ständig umarmen. Was soll das? Andauernd hat sie sich mit ihrem ›Willkommen bei *X-Factor*‹-Lächeln vor mir aufgebaut.«

Ein Bild von meiner Mum platzte unaufgefordert in meinen Schädel. Ich erinnerte mich an ihr Lächeln. Ich versuchte es zu löschen, ging aber nicht. »*Ist alles in Ordnung, Naomi?*«, äffte ich meine Pflegemutter nach. »*Heilige Affenscheiße!* Irgendwann hab ich aufgehört mitzuzählen, wie oft sie mich das gefragt hat. Ich hab Haarausfall davon bekommen. Und dann *er!* Kim hat mich vor hinterhältigen Männern wie dem gewarnt. *Alles, was du möchtest, Naomi, mein Schatz. Frag einfach.* Ich weiß, was *der* wollte. Wäre er mir näher gekommen, hätte ich ihm das größte ›Einfahrt verboten‹-Schild aller Zeiten über den Schädel gezogen.«

»Bist du sicher, Naomi?«, fragte Louise. »Die beiden wollten nur nett sein. Und ich hab dir schon mal gesagt, hör nicht auf alles, was Kim sagt.«

Selbst jetzt glaubte mir Louise noch nicht. Die hatte nicht mehr alle Klöße im Gulasch. *Was musste ich tun, damit diese Frau das Offensichtliche begriff?*

»Neulich hab ich wieder *Titanic* geguckt«, sagte ich. »Ich muss immer heulen bei der Szene, wo Leo im Meer versinkt. Da kommt sie zu mir und umarmt mich, als hätte ich sie als Ersatzmutter gebucht. Ich hab ihr gesagt, sollte sie noch mal meine Komfortzone verschmutzen, brat ich ihr ne Pfanne über, sobald sie schläft. Wenn ich fertig mit der bin, hört sie die Vögel noch zwitschern, wenn sie sich am nächsten Tag die Krampfadern ziehen lässt. Ich sag dir, Louise, die gehören in die Klapse.«

Louise schwieg. Vielleicht hatte die Wahrheit ja endlich mal eine empfindsame Stelle bei ihr getroffen.

»Ich hab Hunger«, sagte ich. Das war nicht gelogen. Mein Magen knurrte. »Wo fährst du mit mir hin? Ich will nicht zum Alabama Chicken Cottage oder in die Mississippi Hen Hut. Bei denen schmecken die Hühner ranzig.«

Louise antwortete nicht. Sie hielt den Blick auf die Straße gerichtet. Zehn Minuten später bog sie auf den Parkplatz vom McD an der

Ashburton Ring Road. Sie zog fünf Pfund aus ihrem Portemonnaie. Ich befreite sie davon, nahm mein Erdmännchen und war weg, bevor Louise auch nur das N von Naomi rausbrachte. Am Eingang vom McD drehte ich mich noch mal um. Louise schüttelte den Kopf, nahm ihr Handy aus der Tasche und gab eine Nummer ein. Sie fischte ihre halb geraucht Kippe wieder aus dem Handschuhfach, zündete sie an und schaute aus dem Fenster.

Ich hatte gerade den letzten Krümel eines Quarter-Pounder mit Käse verdrückt, als Louise ihren dürren Arsch mir gegenüber parkte. Sie sah aus, als hätte sie sich für so einen Wohltätigkeitslauf angemeldet, ohne richtig fit dafür zu sein. »Kommt dein Typ heute nicht vorbei?«, fragte ich.

»Lass das, Naomi.«

»Vielleicht betrügt er dich ja, nagelt eine andere.«

»Naomi!«

»An deiner Stelle würde ich seine Eier in den Mixer stopfen, wenn er schläft.«

Ich trank meinen Schokomilkshake mit Strohhalm und versuchte den nächsten Kicheranfall zu blockieren. Gelang mir nicht so ganz. Ein Schokosprühregen spritzte über den Tisch auf Louise' braune Lederjacke. Ein vorbeigehendes schwarzes Mädchen mit einem Tablett voll Burger und Fritten lachte laut los. Ich stellte meinen Shake ab und wischte mir mit dem Handrücken über Mund und Nase. Louise' Augenbrauen legten sich um fünfundvierzig Grad um, außerdem passierte irgendwas Komisches mit ihren Lippen. Sie stand auf zwölf Zentimeter hohen Stöckelschuhen am Rand einer Klippe. Kann sein, dass ich zu weit gegangen war.

»Tschuldigung«, sagte ich.

Louise zog schnaufend und schnaubend zum Tresen ab. Wenig später kam sie mit einer Handvoll Servietten und einem Kaffee zurück. Ich hatte den Tisch sauber gewischt und lehnte mich mit meinem Erdmännchen zurück, klemmte es mir zwischen Arme und Bauch.

Louise tastete in ihrer Jeanstasche nach ihrem Telefon. Sie

schloss die Augen und holte zwei Mal megatief Luft, betrachtete mich durchdringend. »Hättest du was dagegen, ein oder zwei Wochen lang bei einer schwarzen Familie zu wohnen?«, wollte sie wissen. »Ich dachte an eine in der zweiten Generation eingebürgerte westindische Familie. Ist nicht ideal, wäre aber auch nicht für lange. Nur bis ich was Passenderes für dich gefunden habe.«

»Eine schwarze Familie?«

Ich glaub mich laust der Affe! Was hat die denn genommen?

»Ja«, nickte Louise. »Wie gesagt, wäre nur für kurze Zeit. Die sind sehr gut. Und du hast ja auch schwarze Freundinnen, mit denen du dich sehr gut verstehst.«

Ich zuckte mit den Schultern. *Mal was Neues. Könnte interessant werden.* »Denke schon. Hauptsache keine Umarmer oder Fummler.«

Louise tippte in ihr Handy. Ich beobachtete jede einzelne Bewegung. Sie nahm ihren Kaffee und ging damit raus. Durchs Fenster behielt sie mich im Visier. *Wozu eigentlich? Sie wird's mir sowieso erzählen müssen.*

Ich flitzte raus zu ihr. Louise kehrte mir den Rücken zu.

»Stell laut«, drängelte ich.

Louise ignorierte mich.

»Geht doch um mich, oder? *Stell laut.*«

Louise tat, wie ihr geheißen.

»Hallo? Hallo, Colleen, hier ist Louise. Gott sei Dank, du bist da.«

»Hi, Louise. Alles gut bei dir?«

»Nicht so ganz. Ich steck ein bisschen in der Klemme.«

»Ach, was ist denn los?«

»Kannst du mir einen großen Gefallen tun? Ich hab's schon bei allen anderen versucht und mir gehen die Alternativen aus. Ich weiß, es ist spät, aber ich brauche wirklich deine Hilfe.«

»Ist nach acht ...«

»Ich hab einen Notfall«, fiel ihr Louise ins Wort. »Ich brauche unbedingt eine Notbetreuung für ungefähr zwei Wochen, bis ich was Dauerhaftes gefunden hab.«

»Zwei Wochen sind kein Problem. Ich mach das freie Zimmer

sauber. Wurde eine Weile nicht benutzt. Gibt's was an dem Fall, das ich wissen sollte? Ich will keine Autoaggressiven zugeteilt bekommen, ohne dass du's uns sagst. Der letzte Fall hat den Kindern echt Angst gemacht. Tony musste die Wände streichen.«

Louise schenkte mir einen besorgten Blick, bevor sie antwortete. Ich schnitt eine Grimasse.

»Nein, so was nicht«, erwiderte Louise. »Aber, äh, es gibt etwas, worüber wir reden sollten, wenn ich komme. Bei der Letzten wusste ich selbst nicht, dass sie autoaggressive Neigungen hat. Davon stand nichts in der Akte und sie hatte auch keine Narben an den Armen.«

»Ihr hättet euch mal die Beine anschauen sollen.«

»Inzwischen weiß ich das. Tut mir sehr leid, war mein Fehler.«

»Wer macht sich's mit Rasierklingen?«, wollte ich wissen. »Taneka Taylor, die aus der Sondereinrichtung? Die war immer schon abwegig.«

Louise hielt das Telefon mit der Hand zu. »Jetzt nicht, Naomi.«

»Woher weißt du, dass sich dein Notfall nicht ritzt?« Colleen wollte es noch mal bestätigt haben.

»Ich kenne den Fall schon eine ganze Weile.«

»Ich bin kein scheiß Fall«, hob ich meine Stimme. »Ich hab einen Namen. Naomi Brisset.«

Louise schaute mich schräg von der Seite an. Jetzt stand sie wieder an der Klippe.

»Wie alt?«, fragte Colleen.

»Vierzehn.«

Louise bohrte Blicke in mich.

»Benimmt sich aber wie neunundzwanzig«, fuhr sie fort. »Da ist noch was, das du wissen solltest.«

»Oh? Was denn?«

»Sie ist ethnisch weiß. Normalerweise würde ich ...«

Verdammte Scheiße, was ist denn ethnisch weiß? *Und wieso redet Louise auf einmal so kariert?*

Ich bedachte Louise mit einem meiner schönsten *was-redest-du-für-eine-Scheiße*-Blicken. Zehn Sekunden lang herrschte Schweigen.

»Kann ich dich gleich noch mal anrufen, Colleen?«, fragte Louise. »Dauert nicht lange.«

Fünf Sekunden lang richtete Louise ihren Scheinwerfer auf mich, ohne ein Wort zu sagen. Ihr Blick war verzweifelt. »Ist das wirklich okay für dich, wenn du vorläufig bei einer schwarzen Familie bleibst? Entweder das oder ins Heim. Mir wär's lieber, du würdest bei einer Pflegefamilie unterkommen …«

»Ins Heim geh ich nicht noch mal!« Ich drückte mir mein Erdmännchen fest an den Bauch. »Ich kann die Leute da nicht ausstehen. Ich hasse die.«

»Hasst du sie wirklich, Naomi? Warst ganz schön nah ans Wasser gebaut, als du weg bist.«

»Wegen Kim und Nats. Das sind meine besten Freundinnen.«

»Hmmm«, brummte Louise. Sie war von Kim und Nats noch nie angetan gewesen. »Also, was hältst du davon, bei einer schwarzen Familie zu wohnen? Wird nicht für lange sein.«

»Haben die Kinder?«, fragte ich.

»Haben sie«, nickte Louise.

»Wie alt?«

»Sharyna ist zehn und Pablo sechs. Beide adoptiert. Früher waren sie auch im Heim.«

»Und warst du ihre Sozialarbeiterin?«

»Ja. Bitte antworte mir, Naomi. Ich hab nicht die ganze Nacht Zeit.«

»Willst wohl schnell nach Hause, bevor dein Freund keinen Bock mehr hat zu warten und sich eine andere schnappt?«

»*Naomi!*«

Ich dachte drüber nach. *Eine schwarze Familie. Definitiv cooler als die Holmans. Vielleicht würden sie mich ja sogar kiffen lassen. Und die Mutter könnte mir Zöpfchen flechten, wie Solange Knowles welche hat. Oder meine Dance Moves aufpolieren. Vielleicht würden sie mir ein paar geile Schimpfwörter beibringen, solche wie die, mit denen die schwarzen Mädchen in meiner letzten Schule um sich geworfen haben.*

Ich grinste. »Ja. Von mir aus können wir das so machen.«

»Bist du sicher? Ich hab nämlich keine Lust, mir noch mal vorwerfen zu lassen, ich hätte dich nicht nach deiner Meinung gefragt, bevor ich dich irgendwem zuteile.«

Da hatte sie recht.

»Denke schon«, sagte ich. »Es sei denn, du besorgst mir eine eigene Wohnung. Wenn ich alleine sein könnte, das wäre super. Weiß nicht, warum du dir immer gleich so ins Hemd machst, nur weil ich davon anfange. Wenn ich fünfzehn bin, lerne ich einen netten Jungen kennen und wir bauen uns was zusammen auf ...«

Louise hatte wieder ihr *echt-jetzt*-Gesicht aufgesetzt.

»Wie oft muss ich dir das noch sagen, Naomi?«, fragte sie. »Du bist minderjährig. Das Jugendamt ist für dich verantwortlich, bis du *achtzehn* bist.«

»Als ich mich um meinen Dad gekümmert hab, hat's auch keine Rolle gespielt, dass ich minderjährig bin!«

Louise ging kopfschüttelnd weg. Sie drückte auf die Wahlwiederholung auf ihrem Handy. »Hallo, ich bin's noch mal, Louise.«

Das Telefon war noch auf Lautsprecher geschaltet.

»Hallo, Louise.«

»Ich würde dich nicht drum bitten, wenn ich nicht verzweifelt wäre, Colleen, aber zwei Notpflegestellen sind im Urlaub und die dritte steht kurz vor einer Geburt. Ist doch kein Problem, dass der Fall weiß ist, oder? Sie heißt Naomi. Naomi Brisset.«

»Naomi«, wiederholte Colleen. »Schöner Name.«

Ich verzog den Mund zu einem Lächeln. *Natürlich ist das ein schöner Name. Meine Mum hat ihn mir gegeben.*

»Sag ihr, ich wurde nach Naomi Watts benannt«, sagte ich. »Die hat in *King Kong* mitgespielt und in einem Horrorfilm.«

Louise ignorierte mich. »Ist das für Tony auch okay, äh, du weißt schon?«, fragte sie.

»Natürlich«, erwiderte Colleen. »Er hat nichts dagegen. Ist okay.«

»Bist du sicher?«, fragte Louise noch mal. »Nur weil Tony immer ausdrücklich nur schwarze Pflegekinder haben wollte.«

»Er will *allen* Kindern helfen«, beharrte Colleen.

»Okay, Colleen«, Louise nickte. Sie atmete erleichtert aus. »Wir sind in circa einer halben Stunde da.«

»Warte mal, warte«, sagte Colleen. »Müssen wir bei der Ernährung auf irgendwas achten? Weißt du noch, letztes Jahr? Da hast du uns einen Jungen geschickt, der keinen Reis, keine Kartoffeln, kein Fleisch und nichts Gewürztes essen wollte.«

»Naomi ist beim Essen nicht pingelig. Ich bring ihre Akte mit.«

»Ich mag kein Hackfleisch«, rief ich. »Erinnert mich an Würmer. Also keinen Shepherd's Pie. Ach, und keine Maccaroni Cheese. Die sehen auch aus wie Würmer, wie gelbe Würmer.«

Louise schenkte mir einen funkelnden *Halt-den-Rand*-Blick.

»Ich freue mich drauf, sie kennenzulernen«, sagte Colleen nach einer Pause. Wir gingen wieder rein zu McD. Louise trank ihren Kaffee und rutschte tiefer auf ihrem Stuhl. »Sieht aus, als würde sich Colleen freuen, dich kennenzulernen«, sagte sie.

»Warum auch nicht?«, grinste ich. »Bin doch sehr liebenswert.«

Fest umarmte ich mein Erdmännchen.

2

EINE NEUE HOFFNUNG

Wir rasten über die Ashburton Circular. Ich starrte aus dem Autofenster und schaute auf die Straßenschilder. Monk's Orchard, Spenge-on-Leaf, Crongton, Notre Dame, Cranerley, Smeckenham. In Shrublands fuhren wir ab. Ich dachte an meinen Dad. Fragte mich, was er davon halten würde, dass ich bei einer schwarzen Familie wohnte. Ihm wär's egal gewesen. Hat ja auch immer mit allen gesoffen. Einmal musste ich seinen Alkoholikerarsch bei Lord Jazzbo rauszerren, das ist eine Cocktailbar mit Samba am Donnerstag, Disco am Freitag und Reggae am Samstag. Da gab's so ein Spezialgetränk, das hieß Rumwave. Dad hat es geliebt. Ich hab's auch mal probiert, aber einen Monsterkater davon bekommen. War das letzte Mal, dass ich was Hochprozentiges getrunken hab.

Wir kamen in Shrublands an.

Blumen hübschten die Verkehrskreisel auf. Geländewagen parkten an den Rändern der breiten Straßen. Katzen schliefen auf Zaunpfosten. Die Hecken waren ordentlich gestutzt.

»Hier wohnen Schwarze?«, fragte ich.

»Ja, allerdings«, erwiderte Louise. »Die Goldings sind eine nette Familie. Die haben es zu was gebracht.«

»Mit Dragon Hip Pills haben die ihre Kohle aber nicht verdient, oder?«

»*Nein!* Ganz bestimmt nicht. Und fang bloß nicht so an, Naomi.«

»Schon gut, war bloß ein Witz.«

»Das will ich hoffen, Naomi.«

Louise' Augenbrauen hatten sich verhärtet. Ich sah ihr an, dass der ganze Deal sie voll frustrierte.

»Du wirst nicht furchtbar lange hierbleiben, gib mir einfach ein bisschen Zeit«, sagte sie. »Ich kann dich sowieso nicht dauerhaft hierlassen. Da müsste ich mir bei der Verwaltung schon ein Bein ausreißen und eine Million Anträge ausfüllen.«

»Und wer reißt sich bei der Verwaltung ein Bein aus, wenn die Klos verstopft sind?«, fragte ich.

Louise schüttelte den Kopf. »Das willst du gar nicht wissen«, erwiderte sie.

Wir hielten draußen vor einem hübschen Haus. Der Rasen im Vorgarten war vorschriftsmäßig rasiert. Auf die weiße Haustür war eine goldene Zahl genagelt. Dreiundzwanzig. Louise drückte auf die Klingel. Ungelogen, innerlich war ich voll am Zittern. Ich trat ein paar Schritte zurück. *Also auf ein Neues.*

Die Tür öffnete sich. Eine gut aussehende Schwarze tauchte auf.

Mitte bis Ende dreißig. Mir gefielen ihre pfauenfarbenen Ohrringe.

»Schön dich zu sehen«, sagte Colleen. »Kommt bitte rein. Ich hab gerade Teewasser aufgesetzt.«

Zuerst hatte mir die Vorstellung gefallen, bei Schwarzen zu wohnen. Aber jetzt war ich mir nicht mehr so sicher.

»Naomi!«, rief Louise.

Ich stand auf der Stelle, musterte Colleen eine Weile, dann schlappte ich langsam auf die Tür zu. Sie hatte schulterlange braune Dreadlocks. *Oh gut. Vielleicht können wir ja ein paar richtige Dancehall Tunes hören.* Breit grinsend winkte sie uns ins Haus. »Was willst du trinken?«, fragte sie. »Heiße Schokolade? Orangen- oder Apfelsaft? Cola? Hast du Hunger?«

Sie machte mich verlegen. Ich zog mein Handy aus der Tasche, obwohl ich gar nicht wusste, was ich damit anfangen wollte. »Ich will Kaffee«, erwiderte ich. »Vier Löffel Zucker.«

»Drei Löffel Zucker«, mischte Louise sich ein. »Vergiss nicht, wir haben einen Deal ...«

»Aber du hast nicht mit dem Rauchen aufge...«

»Nicht jetzt«, fiel mir Louise ins Wort.

Ich zog ein *Fick-dich*-Gesicht.

»Na komm, Naomi«, sagte Louise. »Lass uns reingehen, damit Colleen die Tür zumachen kann. Wird ganz schön frisch.«

Es war kalt. Ich wollte mit meinem Grime-Therapy-T-shirt angeben, aber ich musste die Kapuzenjacke drüber anlassen.

Ich ging in die Diele. Entdeckte zwei auf der dritten Treppenstufe parkende Kinder. Das jüngere, ein Junge, kicherte. Das musste Pablo sein. Das ältere Mädchen hatte das Gesicht zwischen den Händen, war wohl Sharyna. Hübsch. Sie beäugten jede einzelne Bewegung von mir. Ich betrachtete meine Umgebung. Ganz anders als bei Mum zu Hause. Die bernsteinfarbenen Wände sahen aus, als wären sie erst vor wenigen Tagen frisch gestrichen worden. Die Diele war schmutzfrei und ich roch Bodenpolitur. Den Schwarzen mit den dicken Melonenbacken auf dem Bild in dem Rahmen kannte ich nicht. Sie brauchten noch ein Foto daneben, weil seine ausgefahrene Posaune auf eins nicht draufpasste.

Am Ende der Diele befand sich die Küche. Ein schwarzer Mann saß dort am Tisch. Seine Schultern waren multiplex-breit. Auf den Unterarm hatte er einen Tiger tätowiert. Ich vermutete, das war Tony. Colleen lud Louise und mich ein, unsere Hintern zu parken. Tony stand auf und lächelte mich an. Ein Goldzahn. »Hi, ich bin Tony«, sagte er und streckte die Hand aus. Ich sah sie an, als wär's eine ausgebüchste Anakonda. Meine Nerven zischten wie Würstchen auf einem zu hoch gedrehten Gaskocher. Ich schaute auf seinen Teller. Das Essen kannte ich nicht. Dann guckte ich schnell wieder auf mein Handy.

Colleen griff nach einer Keksdose oben auf einem Schrank und nahm den Deckel ab. »Möchte jemand was Süßes?«, fragte sie.

Louise nahm zwei Vanillecremekekse.

»Gibt's keine mit Schokolade?«, fragte ich.

»Tut mir leid, Liebes«, erwiderte Colleen. »Ich denk morgen dran, wenn ich einkaufe.«

Louise zog meine Akte aus einer Ledertasche. Ein straff gespanntes Gummiband hielt die Mappe mit den unzähligen Unterlagen darin zusammen. Sie schob sie Tony zu, der sie ignorierte, einen

Schluck von seinem Obstsaft nahm und sich erneut vorstellte. »Sag einfach Tone zu mir.«

Ich wusste nicht, was ich entgegnen sollte. *Verührte Affenkacke! Das passiert hier wirklich gerade.* Colleen setzte sich neben Tony. »Und ich bin Colleen«, lächelte sie. »Colleen Golding. Wir freuen uns, dass du bei uns bist.«

Die Holmans hatten dieselbe Scheiße abgesondert.

Ich schaute Colleen kurz an, dann konzentrierte ich mich wieder auf mein Handy. Ich versuchte ein Spiel hinzukriegen, aber es klappte nicht.

»Sharyna! Pablo!«, rief Colleen.

Pablo kam als Erster angeflitzt. Er kicherte immer noch. Dann folgte Sharyna in die Küche, als würden sämtliche Paparazzi der Welt hier auf sie warten. Voll das nervöse Grinsen und Seitenblicke. Sie hielt die Arme hinter dem Rücken und das Kinn hoch erhoben.

»Hi, Naomi«, grüßte sie mit erwachsener Stimme.

Ich setzte ein Lächeln ab. Ich fand ihre langen Zöpfchen toll.

»Du weißt ja, wie ich heiße«, sagte ich. »Alles klar bei dir? Spitzen-zöpfchen übrigens.«

»Danke«, erwiderte Sharyna.

Ich glaube, sie wurde ein bisschen rot, aber sicher war ich mir nicht.

»Darf ich vorstellen: Sharyna«, lachte Tony.

Louise schmunzelte und nahm noch einen Keks. Ich betrachtete die Falten um ihre Augen. Anscheinend hatten ein paar von den anderen in ihren Akten sie so gestresst, dass ihr Ballon kurz vorm Platzen war.

Colleen schenkte mir Kaffee ein. Sie lachte nervös. »Ist er so in Ordnung, Liebes?«

Ich probierte ihn. Hätte ein bisschen süßer sein können.

»Geht schon«, sagte ich. »Ein Schokokeks wäre dazu nicht verkehrt gewesen.«

Während die Erwachsenen redeten, Kekse futterten und meine Akte durchgingen, erlaubte ich Pablo und Sharyna, sich mein

Handy anzuschauen. Dann wurden sie zum Geschirrspülen verdonnert. Als Pablo den letzten Teller abgetrocknet hatte, wandte Colleen sich an mich.

»Bist du bereit für einen Rundgang?«

Einen Rundgang? Das Haus ist ja ganz schön, aber der Buckingham Palace ist es nicht.

»Denke schon«, sagte ich.

»Dann mir nach«, erwiderte Tony. Er nahm meine Taschen.

Wir ließen Louise und Colleen in der Küche sitzen, Tony führte mich die Treppe hinauf in mein Zimmer, Sharyna und Pablo folgten uns. Ich hielt mein Erdmännchen ganz fest. Tony öffnete die Tür und ich trat langsam vor. Blieb lange im Türrahmen stehen. Betrachtete das Doppelbett. *Das ist neu. Normalerweise bekomme ich kein Doppelbett.* Tony kramte neben mir herum. Sharyna und Pablo blieben draußen im Flur.

Gar nicht mal schlecht. Mal sehen, wie sich mein Leben von hier aus weiterentwickelt.

Ich legte mein Erdmännchen sachte zwischen die Kissen. Dann sah ich mir die Möbel an. »Wo ist der Fernseher?«, fragte ich.

»Das letzte Mädchen, das bei uns war, hat nicht viel ferngesehen«, erklärte Tony. »Stattdessen hat sie jede Menge Psychothriller gelesen.«

Ich trat zum Fenster und schaute in den Garten. Gerade so konnte ich die Umrisse eines Schuppens erkennen. Ich dachte an Dad. Wenn er sein Leben in den Griff bekommen würde, könnte er auch in einem Haus wie diesem wohnen. »Seh ich aus, als würde ich lesen? Ich will einen Fernseher.«

»Wenn du das so sagst, wirst du keinen bekommen, junge Dame.«

Ich drehte mich um, nahm mein Erdmännchen und drückte es mir fest an die Brust. »*Ich will einen scheiß Fernseher!* Was stellt ihr euch vor, was ich hier oben machen soll? Tic Tac Toe an der Wand spielen?«

Sharyna und Pablo schlichen näher an die Tür heran. Ich laserte Tony meinen Blick in die Stirn, aber anscheinend hatte er sein Schutzschild aktiviert, denn er blieb ganz ruhig. Ich hörte zwei Paar

Füße die Treppe heraufkommen. »Wenn du so mit mir sprichst, wirst du keinen Fernseher bekommen«, sagte Tony erneut.

Louise platzte ins Zimmer. Sie hatte Cremekeksrümel am Mund. Fast hätte ich losgekichert. »Alles in Ordnung?«, fragte sie, sah erst mich an, dann Tony.

»Alles prima«, erwiderte Tony. »Wir lernen uns nur kennen.«

Colleen kam reingestolpert und wäre fast gegen Louise gerannt. »Stimmt was nicht?«, fragte sie.

»Nein«, sagte ich. »Hab mich nur gefragt, ob's wohl möglich wäre, dass ich einen Fernseher ins Zimmer bekomme?«

Colleen und Tony wechselten Blicke. Tony schüttelte den Kopf und setzte meine Taschen ab. Er lächelte und sagte sanft: »Ich glaub, wir haben noch einen.«

»Äh, ja, der ist in meinem Zimmer«, sagte Colleen.

Tony schüttelte erneut den Kopf. Louise schaute ihn an. »Ich hole ihn«, bot er an.

Ich ließ die Großspurigkeit stecken. »Kann ich auch einen DVD-Player?«, bat ich. »Ich hab jede Menge DVDs dabei, die ich gucken will. Manchmal kann ich nicht schlafen. Ich hab Albträume.«

Das war nicht gelogen. Solange ich denken konnte, hatte ich schon Schlafprobleme. Tony lächelte irgendwie komisch.

»Nicht so großspurig, Naomi«, sagte Louise. »Kannst du dich an unser Gespräch über den richtigen Tonfall erinnern? Und ich glaube, es fehlt auch noch ein Wort.«

Louise legt immer wieder dieselbe Platte auf. Ich bin doch keine verfluchte Idiotin. Ich hab's kapiert. Ich umklammerte mein Erdmännchen fester und verdrehte die Augen.

»Bitte, bitte und ein ganz besonders hübsches *Bitte* mit Glöckchen und rosa Einwickelpapier.«

»Kannst sehr gerne einen DVD-Player bekommen«, erwiderte Tony vornehm säuselnd. Ich warf ihm einen bösen Blick zu.

Tony ging aus dem Zimmer. Colleen lächelte nervös. »Muss ich heute Abend noch was von dir waschen?«, fragte sie. »Eine Schuluniform vielleicht?«

»Sie geht erst nächsten Montag wieder in die Schule«, erklärte

Louise. »Donnerstag und Freitag hat sie frei, um sich besser an die neue Umgebung zu gewöhnen und eine Beziehung zu ihrer neuen Familie aufzubauen.«

»Dann sind wir tagsüber ja zusammen hier«, sagte Colleen. »Und können uns kennenlernen.«

»Hurra!«, sagte ich spöttisch. »Ganz schön viel auf einmal.«

Das hatte sie nicht verdient. Sie wollte nur nett sein. Lass sie doch.

Tony kam mit einem tragbaren Fernseher zurück und wartete, bis ich die Bücher vom Schreibtisch geräumt hatte. Den vornehmen Tonfall baute er wieder ab. »Danke schön«, sagte er.

»Wo ist der ...?«

Sharyna kam mit einem DVD-Player hinterher, stellte ihn neben den Fernseher und schenkte mir ein wunderschönes Strahlelächeln. *Wie hätte ich danach noch die Großspurige markieren sollen?*

»Danke«, sagte ich. »Wie heißt du noch mal?«

»Sharyna.«

»Wenn die uns lassen, können wir ja ein paar Gruselfilme zusammen gucken.«

»Das wäre ...«

Louise unterband Sharynas Begeisterung. »Sie ist erst elf«, warnte sie.

»Ich hab schon mit sechs Horrorfilme geschaut«, sagte ich. Das war nicht gelogen. Mum hatte sie auch geliebt. Wir hatten auf unserem schäbigen Sofa gesessen und Haribos dabei gefuttert. »Der neue *Evil Dead* ist obergeil.«

»Sharyna, willst du Naomi den Rest vom Haus zeigen?«

»Ja«, lächelte Sharyna. »Zuerst zeige ich ihr mein Zimmer.«

Eine halbe Stunde später saß ich in meinem Zimmer und fuhr Sharyna mit den Fingern durch die Zöpfchen. Sie hatte nichts dagegen. Wir verstanden uns super.

Louise streckte den Kopf zur Tür rein. »Kann ich dich kurz sprechen?«, fragte sie.

»Sicher«, erwiderte Sharyna.

Louise wartete, bis Sharyna die Tür zugemacht hatte. »Wirst du hier klarkommen?«

»Solange *der* nicht an mir rumfummelt.«

»Ich denke, dass du allmählich ein bisschen paranoid wirst.«

»Die sind alle gleich«, widersprach ich. »Kim hat mich vor Männern gewarnt, die Pflegekinder aufnehmen. Bei ihr haben es ganz viele versucht. Sie hat mir gesagt, dass ich denen nicht über den Weg trauen soll. Sieht man doch auch andauernd in der Zeitung und in den Nachrichten.«

Louise bedachte mich mit einem einwandfreien *echt-jetzt*-Blick. »Nicht alle Männer sind so wie in den Nachrichten«, sagte sie. »Und Kim kennt auch nicht alle. Sie ist kein allwissendes Orakel.«

»Orakel? Hör auf, Ausländisch zu reden. Wenn der was bei mir versucht, schneid ich ihm den Schwanz ab. Das lass ich mir nicht gefallen!«

Louise tätschelte mir die Schulter. »Ich denke nicht, dass das nötig sein wird. Hör endlich auf, alles zu glauben, was Kim sagt. Manchmal ... dehnt sie die Wahrheit.«

»Genau wie Sozialarbeiter.«

Louise schüttelte den Kopf.

»Gib bloß mir nicht die Schuld, wenn du später heute Nacht noch einen Notruf kriegst«, setzte ich hinzu.

»Keine Angst. Mr Golding ist einer von den Guten.«

»Es gibt keine guten Männer, die Kinder in Pflege nehmen. Die haben alle ... wie sagt man? Die führen alle was im Schilde.«

Louise stemmte die Hände auf die Hüften. »Meinst du, ich würde dich bei jemandem unterbringen, der nicht in Ordnung ist?«

»Du hast mich ja auch zu den Holmans geschickt. Das war der absolute Oberfummler, und ihr hab ich schon am ersten Tag an der lila Leggings und den pinken Turnschuhen angesehen, dass was nicht stimmt.«

»Hmmm.«

»Komm mir nicht mit hmmm«, sagte ich. »Das heißt, du denkst, ich rede Scheiße.«

Louise konnte sich ein Grinsen nicht verkneifen.

»Wann kommst du wieder?«, wollte ich wissen.

»Mal sehen. Heute ist Mittwoch. Wir sehen uns Freitagvormittag.«

»Kriege ich kein Taschengeld?«, fragte ich. »Kann doch sein, dass mir diese Goldings was husten. Denk dran, wie der sich ins Hemd gemacht hat, wegen dem Fernseher.«

»Ich bin sicher, sie geben dir was.«

Ich hielt die Hand auf. »Und wenn nicht? Ich hab keinen Bock, Opfer von Sparmaßnahmen zu werden.«

»Sie werden dir geben, was sie für angemessen halten.«

»Und wenn nicht?«, wiederholte ich. »Außerdem ist das, was du angemessen findest, nicht dasselbe wie das, was ich angemessen finde.«

Louise bedachte mich erneut mit einem *echt-jetzt*-Blick, schüttelte den Kopf und nahm ihr Portemonnaie aus der Tasche. Jede Menge Karten waren drin. *Ich frage mich, was Sozialarbeiter bezahlt bekommen?* Sie gab mir einen Zehn-Pfund-Schein.

»Gib's nicht für Zigaretten aus«, ermahnte sie mich. »Kannst auch was davon zu den Schokokeksen beisteuern, die du haben willst.«

Ich steckte den Schein in das Reißverschlussfach meiner Reisetasche.

»Die Goldings sind gute Leute«, setzte Louise noch mal an. »Sie nehmen seit Jahren Kinder in Pflege.«

Affe fährt Ski! Merkt die nicht, dass sie sich wiederholt? Die wird schon senil.

»Dasselbe hast du auch über die Holmans gesagt«, behauptete ich.

»Ein oder zwei Wochen lang wird das hier gehen, bis ich was Passenderes gefunden habe.«

»Hast du schon gesagt.«

»Benimm dich.« Louise lächelte.

Sie machte die Tür auf, zögerte aber beim Rausgehen, schenkte mir ein weiteres Lächeln. Ungelogen, ich sah sie nicht gerne gehen. *Wieso kann sie mich nicht bei sich aufnehmen? Ich würde ihr schön viele Scheine aus den Rippen leiern.* Ich nahm mein Erdmännchen und setzte es mir auf den Schoß.

3

DAS BAD-PROBLEM

Es war schon voll spät. Ich saß mit meinem pinken Handtuch über den Schultern auf dem Bett. Colleen stand im Eingang, sah mich an.

»Er ist unten«, beharrte sie. »Du kannst in meinem Zimmer nachsehen, wenn du willst.«

»Vielleicht ist er ja bei Pablo oder bei Sharyna«, sagte ich. »Habt ihr einen Dachboden? Er kann doch auch da oben sein.«

»Tone!«, rief Colleen. »Ruf mal was, damit Naomi glaubt, dass du unten bist.«

»ICH BIN UNTEN, Naomi!«

»Siehst du«, sagte Colleen. Ungeduld nagte an ihren Wangen. Kim hatte gesagt, ich soll unbedingt meinen Fummler-Radar einschalten.

»Sofern mein Ehemann nicht gelernt hat, wie man seine Stimme in unterschiedliche Teile des Hauses transportiert, ist er unten«, versicherte mir Colleen.

»Bleibt er die ganze Zeit unten, solange ich dusche?« Ich wollte das bestätigt haben.

»Natürlich.«

»Versprich es.«

»ICH VERSPRECHE ES, NAOMI!«, brüllte Tony. »Mit Glöckchen und rosa Einwickelpapier.«

So eine Frechheit! Jetzt benutzt er meinen eigenen Text gegen mich. Immerhin hat er Humor. Kim hätte gefallen, wie entschieden ich darauf bestand, dass Tony unten parkte, solange ich mir den Mief vom Körper spülte. Ich nahm mein Erdmännchen und stand auf. Wortlos flitzte ich an Colleen vorbei in den Flur. Eine kurze Sekunde lang blieb ich stehen, um die Treppe runterzuschauen, dann ging ich ins Bad. Meine Nerven zischten und knisterten, als ich die Tür aufzog. Ich schloss die Augen, trat einen Schritt vor. War okay. Ein ganz normales Bad. Die Wanne war sauber. Ich roch irgendein Putzmittel, stieß eine große Lunge voll Atem aus und schloss die Tür hinter mir.

Ich stand nicht auf Bäder, aber ich musste nachdenken. Traurigkeit nagte an meinem Herzen. Der Tag war irre lang gewesen. Ich setzte mein Erdmännchen hinter den Duschschlauch, damit ich nicht runterschauen musste. Ich wünschte, es könnte lächeln. Ich schloss die Augen und ließ mir Wasser über den Kopf laufen.

Zweimal Abschrubben später klopfte jemand an die Tür.

»Alles klar, Naomi?«, fragte Colleen.

»Ist er noch unten?«, fragte ich.

»Ist er. Keine Angst. Er kommt erst rauf, wenn du fertig bist.«

Kurz nach elf lag ich im Bett, mein Erdmännchen neben mir. Müdigkeit packte mich. Colleen stand wieder an der Tür und sah mich an. »Wenn du was möchtest, dann sei nicht schüchtern und bitte drum. Und wenn du nachts Hunger oder Durst bekommst, dann gehst du einfach runter in die Küche und nimmst dir was.«

Ich nickte. »Lass das Licht an«, beharrte ich. »Und die Tür offen ... aber nicht zu weit.«

»Du hast eine Lampe neben dem Bett auf dem Nachttisch.«

»Die will ich nicht. Lass das große Licht an.«

»Okay, dann gute Nacht.

»Kannst du mir morgen die Haare machen wie Alicia Keys oder Solange – das ist die kleine Schwester von Beyoncé.«

»Ich kann's versuchen.«

»Und vergiss die Schokokekse nicht«, sagte ich mit einem Lächeln.

Louise bläute mir ewig ein, dass ich mehr lächeln sollte.

»Wird gemacht«, erwiderte Colleen.

Ich glaube, das geht hier. Colleen ist spitze.

Ich drehte mich zu dem Fenster um und umarmte mein Erdmännchen. *Eigentlich sollte ich ihm einen Namen geben, aber was für einen? Ich hab ja niemanden, nach dem ich es benennen könnte. Mum kann ich es nicht nennen. Ich glaub nicht, dass sie zum Tier umgetauft werden will.* Ich schloss die Augen, konnte aber nicht schlafen.

Später in der Nacht sah Colleen nach mir. Ich tat, als würde ich schlafen. Eine halbe Stunde später rollte ich aus dem Bett und schlich mich durch den Flur ans Schlafzimmer der Goldings. Das hatte ich in der ersten Nacht bei den Holmans auch gemacht. Ich wollte runterladen, was die über mich redeten.

Die Tür war nur angelehnt. Leise liefen die Nachrichten. Colleens Stimme: »... dass sie zu still wäre, kann man ja nicht gerade behaupten«, sagte sie. »Ich glaube, die kann ganz schön aufbrausen.«

»Das kannst du laut sagen«, sagte Tony. »Aber ich kann die Regeln nicht zu sehr schleifen lassen, bloß weil sie nicht lange bei uns bleiben wird.«

»Nein, kannst du nicht«, sagte Colleen. »Aber wie du sagst, es wird ja wohl nur für ungefähr eine Woche sein, bis Louise was anderes findet.«

»Länger geht es sowieso nicht«, sagte Tony. »Vergiss nicht, dass Louise gesagt hat, wenn sie länger bleibt, müssen wir alle möglichen Sonderanträge ausfüllen, wegen der Anti-Rassismus- und Anti-Diskriminierungsvorschriften.«

»So weit wird's nicht kommen«, sagte Colleen. »Aber bist du sicher, dass du einverstanden bist? Vergiss nicht deinen Dad.«

Langes Schweigen. Im Fernsehen redete jemand über Konflikte in Nahost. Ich fragte mich, was das für ein Drama mit Tonys Dad war.

»Hauptsache, sie tut sich nichts an«, erwiderte Tony schließlich. »Um meinen Dad kümmern wir uns, wenn es so weit ist. Vielleicht wird das ja gar nicht nötig sein.«

»Ich hol mir noch einen Schlummertrunk«, sagte Colleen. »Willst du auch was?«

Ich hörte Tony lachen. »Pass bloß auf, dass Louise nichts von deiner nächtlichen Trinkerei mitbekommt«, sagte er. »Dann gibt's gleich eine Inquisition durchs Jugendamt.«

Ich fragte mich, was eine Inquisition war. *Ich hatte vielleicht ein paar Probleme, aber ich war nicht so irre, dass ich mir Stacheldraht um die Pulsadern wickeln würde.* Dieser Tony kannte mich schlecht. Leise schlich ich in mein Zimmer zurück, konnte aber immer noch nicht schlafen.

4

MORGENDLICHE EILE

Ich setzte mich im Bett auf und schaute mir das Kommen und Gehen meiner neuen Pflegefamilie an, die sich für einen neuen Arbeitstag bereit machte. Ich lachte, als Pablo in der Diele hockte und zwei verschiedenfarbige Socken anzog. Tony musste ungeduldig vor dem Badezimmer warten, bis Sharyna endlich fertig geduscht hatte. Ich hatte mein Stormzy-T-Shirt und meine pinke Jogginghose an – das war mein Schlafanzug – und beschloss, aufzustehen und runterzugehen. Mein Erdmännchen nahm ich mit. Gestern Abend hatte ich nicht richtig aufgepasst, aber jetzt sah ich die gerahmten Bilder an den Wänden neben der Treppe. Sie zeigten schwarze Frauen, die Wäsche in einem Fluss wuschen und Früchte in Körben auf den Köpfen trugen. Da war ein Foto von schwarzen Männern in zerrissenen Gefängnisklamotten, die schwer an Bahngleisen schufteten. Darunter stand: *Wir bauen eure Häuser, wir bestellen eure Felder, und ihr habt nur Verachtung für uns.* Ich hielt inne. »Die haben da in dem Land wohl keine Einkaufswagen und keine Waschmaschinen«, murmelte ich vor mich hin. *Vielleicht konnten ja Angelina Jolie, David Beckham oder so jemand von einer Wohltätigkeitsorganisation was tun.*

Ich fand Colleen in der Küche, wo sie Brote schmierte. Sie trug einen himmelblauen Morgenmantel und ein rot-gold-grünes Kopftuch.

»Guten Morgen, Liebes«, begrüßte mich Colleen. »Hast du gut geschlafen?«

»Nein«, erwiderte ich.

»Vielleicht in der zweiten Nacht. Ist immer schwer, in einem neuen Bett richtig zur Ruhe zu kommen.«

Da hatte sie nicht unrecht. Ich versuchte alle Betten zu zählen, in denen ich gepennt hatte, seit mich das Jugendamt in die Fürsorge genommen hatte.

Die Kühlschrankmagneten lenkten mich ab. Da war ein Rasta, der in einer Hängematte schlief. Er hatte einen fetten Joint im Mundwinkel. Dann war da ein Mann mit einem Sombrero und einem Zwirbelbart, Barack Obama, der sich an seine Frau schmiegte, und ein grinsendes Kamel aus Tunesien. *Wo ist das?* Ich überlegte, wie viele Magneten Dad an seinem Kühlschrank hätte haben können, wenn er nicht so viel gesoffen hätte.

»Ich will Kaffee«, sagte ich.

»Lass mich kurz die Sandwiches fertig machen, dann kümmere ich mich um dich.«

»Ich kann ihn mir selbst kochen«, bot ich an. »Ich bin ja nicht bescheuert.«

»Kaffee und Zucker sind im Schrank.«

Ich füllte den Wasserkocher und gab zwei Teelöffel Kaffee und drei Teelöffel Zucker in einen *I-love-Washington-DC*-Becher. Nachdem ich heißes Wasser draufgegossen hatte, starrte ich Colleen lange an. Sie beobachtete jede einzelne Bewegung von mir. Dann holte ich die Milch aus dem Kühlschrank, gab ein bisschen was in meinen Becher und rührte um. Colleens Scheinwerfer nervte. Der Kaffee kleckerte auf den Tisch. »Tschuldigung«, sagte ich. »Aber du wirst mir ein bisschen vertrauen müssen. Ich kann so was alleine. Ich hab mich ewig lange um meinen Dad gekümmert. Das Einzige, was ich nicht für ihn gemacht hab, war, ihm den Arsch abwischen.«

Colleen griff nach einem Lappen in der Spüle und beseitigte die Kleckerei. »Schon gut«, lächelte sie.

Ich setzte mich, probierte meinen Kaffee und beschloss, noch einen Löffel Zucker mehr zu nehmen. »Warum kümmerst du dich freiwillig um die Kinder von anderen?«, fragte ich.

Colleen packte Brote, Äpfel und Tetrapacks Saft in zwei Behälter und erwiderte: »Ich ... ich konnte keine eigenen Kinder bekommen, deshalb ...«

»Hat deine Kiste nicht funktioniert?«, fiel ich ihr ins Wort. »Ich kannte mal eine Frau, bei der war das auch so, die hat dann so einen Vierjährigen aus meinem alten Heim adoptiert. Bei der hat auch die Kiste nicht funktioniert. Als sich meine Freundin Kim endlich getraut hat, sie danach zu fragen, wollte sie aber nicht drüber reden. Kommt das, weil der Mann da was kaputt macht, wenn er sein Ding reinschiebt?«

»Äh, nein gar nicht«, erwiderte Colleen. Ich bin sicher, dass sie rot geworden ist. »Manche Frauen können aus gesundheitlichen Gründen keine Kinder bekommen.«

»Das Problem hatte meine Mum bei mir nicht«, sagte ich. »Sieht man ja, sie hat mich ja bekommen. Logisch. Aber ich erinnere mich, dass ihr eine Sozialarbeiterin gesagt hat, noch mehr sollte sie lieber nicht machen.«

»Ach, wirklich?«

»Ja, Mum war schwanger von dem Kerl, der bei uns im Gästezimmer gewohnt hat. War ein Ausländer, hatte aber was drauf. Er hat mir in Mathe geholfen und das Rohr unter der Spüle repariert. Manchmal hat er uns ein paar Scheine zugesteckt für die Gasrechnung. Ich konnte seinen Namen nicht aussprechen, deshalb hat Mum gesagt, ich soll ihn einfach Rafi nennen. Wenn Mum platt war, hat er mir Kaffee gemacht. Ganz starken. Ich musste immer voll viel Zucker reinmachen.

Hat ihm nicht gefallen, wenn Dad zu Besuch gekommen ist – da gab's immer jede Menge Geschrei und Dresche. Deshalb hat mich das Jugendamt dann auch auf die Liste mit den Gefährdeten gesetzt.«

»Verstehe«, nickte Colleen.

»Eigentlich lief's aber noch ganz okay, bis Mum das Baby von Rafi verloren hat«, fuhr ich fort. »Danach hat sie's noch mal versucht, musste es aber abtreiben. Und das fand Rafi scheiße. Er ist in seiner komischen Sprache total hochgegangen und hat Mum sitzen lassen. Danach war sie voll neben der Spur. Ich glaub nicht, dass sie noch mal wieder durchgeblickt hat. Sie war immer ganz lange im Bad und hat nachgedacht. Du hast ja meine Akte gelesen und weißt, was passiert ist.«

Colleen nickte. Sie hatte aufgehört mit dem, was sie gemacht hatte, und stand jetzt still. Sie schenkte mir ihre gesamte Aufmerksamkeit. *Erzählte ich zu viel? Ach, Pipapo & Co., steht ja sowieso alles in meiner Akte.*

»Hast du schon die Schokokekse geholt?«, wechselte ich das Thema. »Vollkorn mit Schokoüberzug, Schokobutterkeks oder Schokostäbchen mag ich am liebsten. Ach, und diese Marshmallows mit dem Klecks Erdbeer drin.«

»Teekuchen«, erwiderte Colleen.

»Genau. Die liebe ich auch. Hast du schon mal abgetrieben? Tut das weh?«

Colleen schaute mich komisch an und schluckte schwer. »Äh, nein. Und die Kekse hab ich auch noch nicht geholt. Hatte noch keine Zeit, aus dem Haus zu gehen. Willst du nachher vielleicht mitkommen?«

»Kannst du den Erdbeerjoghurt mit dem Erdbeer-Dip holen? Der schmeckt obergeil mit Schokokeksen.«

Pablo sauste in seiner Schuluniform, schwarze Hose und lila Pulli, in die Küche. An seiner Schulter hing eine blaue Nike-Tasche und dengelte ihm an die Knie. Seine Schnürsenkel, sein Gürtel und seine Hemdmanschetten waren offen. Suuupersüß. Colleen schüttelte den Kopf und lächelte. »Was soll ich nur mit dir anstellen? Komm her.«

Ich musste laut lachen. »Ich mach das schon«, bot ich an.

Ein bisschen unsicher wechselte Pablo Blicke mit Colleen, während ich ihm die Schnürsenkel zuband, den Gürtel feststeckte, den Riemen seiner Tasche kürzer zog und seine Ärmelknöpfe schloss. Er schenkte mir ein erstklassiges Lächeln. »Danke. Wie heißt du noch mal?«

»Naomi.«

»Danke, Nomi.«

Er rannte wieder raus. »Warte, Pablo«, schmunzelte Colleen. »Hast du nicht was vergessen?«

Pablo drehte sich um. Er grinste wie in einer Quizsendung und rannte noch mal in die Küche zurück. Colleen gab ihm seine Brotdose. »Du würdest deine Füße vergessen, wenn sie nicht an deinen Beinen dran wären! Hab einen schönen Tag. Nicht an den Baum auf dem Spielplatz treten und dem Hund unten an der Straße keine Grimassen schneiden, wenn du ihn siehst.«

Pablo lachte und flitzte mit Affenzahn durch die Diele. »Sharyna! Ich bin fertig. Du hast gesagt, ich soll mich beeilen, und jetzt bist du selbst nicht fertig!«

»Komme schon!«

Ich trank meinen Kaffee. Ich fragte mich, wie es wäre, wenn ich eine kleine Schwester oder einen Bruder hätte, um die ich mich kümmern könnte.

»Früher musste ich vor der Schule immer für meinen Dad Brote schmieren«, sagte ich. »Dann hab ich ihn geweckt und ihm gesagt, wo ich sie hingestellt hab. Wenn ich viel fluche, dann ist mein Paps schuld daran – morgens hat er immer erst mal die Luft verpestet. Dann ist er aufs Klo. Hätte genauso gut gleich sein Bett da reinstellen können. Manchmal musste ich in die Spüle pinkeln, so lange hat das gedauert. Und wenn ich aus der Schule gekommen bin, musste ich meistens erst mal das Klo putzen, weil Dad reingekotzt hatte. Wenn ich ihn nach Geld für Domestos gefragt hab, hat er mir da welches gegeben? *Nein!*«

»Nicht ... schön«, sagte Colleen. Sie hatte ihre Mitleidsmiene aufgesetzt.

Ich hörte Schritte die Treppe runterstampfen. Tony trug eine blaue Latzhose über einem schwarzen T-Shirt. Seine dicken grauen Socken hatten Löcher. Ein Bleistiftstummel klemmte hinter seinem linken Ohr. »Morgen, Naomi«, grüßte er. »Morgen, Colleen. Sind die Sandwiches fertig?«

Ich warf einen Seitenblick auf Tony. Er küsste Colleen auf die Wange. Ich konnte mich nicht erinnern, dass Dad oder Rafi so was bei Mum am frühen Morgen gemacht hätten. »Fast«, erwiderte Colleen. »Apfel oder Orange?«

»Beides«, erwiderte Tony. Er setzte sich mir gegenüber. »Und wie war die Nacht?«

»Nicht so gut«, erwiderte ich. »Konnte nicht schlafen.«

»Das ist ganz klar, ist ja schon aufregend, in ein neues Zuhause zu ziehen.«

»Aufregend?«, wiederholte ich. »Was hast *du* denn genommen? Das ist nicht mein Zuhause hier. Ich hatte schon kein richtiges Zuhause mehr, seit … das ist nur ein Platz, wo ich vorübergehend meine müden Knochen ablegen kann. Nächstes Jahr um diese Zeit hast du schon vergessen, wer ich bin. Ich hab nicht den Blassesten, wo ich dann sein werde. Aber das bin ich ja gewohnt.«

Tony wechselte Blicke mit Colleen. »Wir tun beide, was wir können, damit du dich hier zu Hause fühlst, Naomi. Solange du hier bist.«

Ich dachte wieder an Dad. Dann stellte ich meinen Becher auf den Tisch, biss mir auf die Oberlippe und verschränkte die Arme.

»Ich muss los«, sagte Tony. »Habt einen schönen Tag, ihr beiden.«

Ich sah ihm aus dem Augenwinkel nach. Ich wusste, dass er's gut machen wollte, aber Kims Warnungen wirbelten mir durch den Kopf.

»Sharyna!«, rief Tony.

Eine Minute später hörte ich die Haustür zuschlagen. Tonys Pick-up fuhr davon. Ich linste in meinen Kaffeebecher. »Tut der Sex mit ihm weh?«, fragte ich.

Colleen stellte eine Pfanne auf den Herd und wurde wieder rot.

»Äh, hm. Wenn, äh … wenn man sich in einer liebevollen Beziehung befindet, sollte Sex überhaupt nie wehtun.«

»Meine Freundin Kim sagt, es tut weh. *Zieh dein Fickding aus mir raus,* hat sie zu ihrem letzten Freund gesagt.«

»Ausdrucksweise, Naomi.«

»Tschuldigung«, sagte ich.

»Vielleicht … vielleicht war's ja gar keine liebevolle Beziehung für deine Freundin Kim?«

Sozialarbeiter- und Sexualkundegequatsche.

»Konnte gar nicht mehr mitzählen, mit wie vielen Typen Kim was gehabt hat«, sagte ich. »Glaub nicht, dass sie auch nur in einen davon verliebt war. Jetzt hat sie eine Freundin. Darf ich noch Würstchen zu den Eiern?«, fragte ich. »Und Baked Beans, wenn du welche hast.«

»Selbstverständlich.«

»Machst du mir heute die Haare?«

»Wenn wir im Supermarkt waren.«

»Wann hattest du zum ersten Mal Sex?«

»Sind das wirklich Fragen, die man einer Erwachsenen stellt?«, fragte Colleen. Sie stemmte ihre Hände in die Hüften und fixierte mich. »Ich weiß, dass du Dinge erlebt hast, die ein Mädchen in deinem Alter nicht erleben sollte, aber du bist trotzdem erst vierzehn.«

»Louise sagt immer, ich soll erwachsen über so was reden«, sagte ich. Das war nicht gelogen.

Sie tat zwei dicke Würstchen in die Pfanne. *Gut. Ich mag die dicken Fetten.*

»Louise hat das gesagt?«

»Ja, hat sie«, erwiderte ich. Ich äffte Louise nach: »*Natürlich darf man über Sex sprechen, vorausgesetzt man tut es auf erwachsene Weise.*«

Colleen grinste etwas bemüht. »Okay«, sagte sie.

»Also, raus damit.«

Colleen holte tief Luft. »Ich war viel zu jung«, sagte sie. »Vierzehn.«

»Vierzehn«, wiederholte ich. »Bist du sicher, dass du noch nie abgetrieben hast? Jedenfalls warst du nicht die Jüngste, von der ich gehört hab. Ich kenne ein Mädchen, die hat sich schon mit dreizehn die volle Spermaladung abgeholt. Connie Richards. Die war ein Schwanzschwamm, hat sie aufgesogen. Die hat mit Typen gefickt ...«

»Ausdrucksweise, Naomi.«

»Und sie war selbst schuld, dass sie genagelt wurde«, fuhr ich fort. »Sie hat mir gesagt, sie will ein Baby haben, damit sie sich um jemanden kümmern kann. Ihre Sozialarbeiterin hätte ihr lieber ein Kaninchen oder so schenken sollen. Aber irgendwie hat sie mir leidgetan. Ihre Mum war ständig weg und sie hat ewig auf ihre kleine Schwester aufpassen müssen. Der Typ, mit dem sie's gemacht hat, hat echt abgewichst ausgesehen – bei *Love Island* hätte der keine

Chance gehabt. Der hatte so kleine Vulkane um den Mund rum, und seine Haare waren so fettig, dass man Dinoschenkel drin hätte frittieren können. Keine Ahnung, wie sie's über sich gebracht hat, dem die Zunge in den Hals zu schieben. Wenn ich fünfzehn bin, such ich mir auch einen, und der wird nicht so aussehen. Auf keinen Knall, Herr Fall. So notgeil bin ich nicht.«

Colleen wendete die Würstchen. Ich dachte, ich hätte ein Viertellächeln auf ihren Lippen gesehen. »Dreizehn ... ist viel zu jung, um zu wissen, was man will«, sagte sie.

»Wie warst du denn drauf, als du dreizehn warst?«, fragte ich.

Colleen spülte sich die Hände ab, dann setzte sie sich zu mir an den Tisch. »Ich hab in einem Kinderheim gelebt«, packte sie aus.

»Kein Scheiß?«

Colleen nickte. »Mein Dad ist abgehaun. Meine Mum ist nicht alleine klargekommen. Kennt man ja, die Geschichte.«

»Hat sie dich auf den Rathausstufen abgelegt, oder wie? Ist meiner Freundin Bridget passiert. Die erzählt ständig davon. Das hat sie wirklich fertiggemacht, wenn sie zum Beispiel in einen verknallt ist, der sie nicht mit dem Arsch anguckt, will sie sich gleich umbringen. Blöde Kuh! Ist so eine *East-Ender*-Mama mit großer Klappe. Ich meine, wie zum Teufel kann die sich dran erinnern, dass sie im Alter von sieben Monaten auf den Stufen vor dem Rathaus von Ashburton abgelegt wurde?«

»Ich wurde nirgendwo abgelegt.«

»Was denn dann?«, wollte ich wissen.

»Ich war sechs, als ich ins Heim gekommen bin«, sagte Colleen. Sie machte einen Punkt und sah mich durchdringend an. Ich glaube, sie wollte wissen, ob sie mir ihren persönlichen Kram anvertrauen konnte. Ich grinste wie ein Clown auf der Party einer Fünfjährigen.

Es funktionierte.

»Mum hat mich an dem Tag ganz früh geweckt«, fuhr Colleen fort. »Sie steckte mich in die Wanne und wusch mir die Haare. Hat sie geföhnt, geflochten und kleine Bantu-Knots gemacht. Dann hat sie mir meine Sonntagsklamotten angezogen, wie für die Kirche –

ein gelbes Kleid, weiße Socken und rosa Sandalen. Oh Gott, das gelbe Kleid hab ich geliebt. Ich sah so unschuldig aus wie ein Chormädchen.«

»Gelbes Kleid, weiße Socken und rosa Sandalen«, wiederholte ich. »Ich wette, da haben die Fummler Stielaugen gekriegt. Von denen gibt's jede Menge in der Kirche – dahin gehen die chillen. Kim hat mich immer gewarnt. Sie hat gesagt, meistens sind das Leute, die man kennt, Onkel und ältere Cousins und so. *Wenn er dir Süßigkeiten schenkt, will er was von dir.* Hat Kim immer gesagt.«

Colleen bedachte mich mit einem *Naomi-hat-nicht-mehr-alle-Gurken-im-Salat*-Blick. Sie fuhr fort. »Bis heute weiß ich nicht warum, aber Mum hat ein Taxi bestellt. Es war nur eine halbe Meile bis zum Sozialamt. Wir hätten auch zu Fuß gehen können. Sie hatte lauter Ein-Pence- und Zwei-Pence-Münzen in einer Whiskyflasche. Die hat sie rausgeholt, in kleine durchsichtige Tütchen sortiert und in die Handtasche gesteckt. Damit hat sie die Taxifahrt bezahlt. Die weißen Handschuhe, die meine Mum an dem Tag getragen hat, werde ich nie vergessen. Sie hat sie auf dem Markt gekauft und immer gewaschen, als wär's der Schlüpfer der Königin. Mum und ihre weißen Handschuhe. Du liebe Güte.«

»Ich hätte das Geld aus der Whiskyflasche für Make-up ausgegeben und wäre abgehauen«, schaltete ich mich ein. »Kim sagt, Wimperntusche lässt meine Augen glühen.«

»Make-up ist nicht das Einzige, was ein junges Mädchen schön macht«, sagte Colleen. »Viel wichtiger ist, was in ihr steckt.«

»Aber die Menschen können ja nicht in einen reinsehen, oder?«, erwiderte ich.

Nachdem ich meine Sachen abgewaschen und den Küchentisch abgewischt hatte, fuhr Colleen mit mir zum Supermarkt. Die Oldschool-Mucke, die sie im Auto hörte, gefiel mir nicht, aber ich hielt die Klappe. *Wenn ich sie besser kenne, bringe ich ihr bei, was guter Grime ist.*

Den Einkauf erledigte hauptsächlich ich. Ich suchte Joghurts aus, Kekse, Crumpets, Fertiggerichte für die Mikrowelle und Sprudeldrinks. Ich wollte nicht unhöflich sein, aber ich hab die Dosen mit Ackee, Augenbohnen und Kidneybohnen, die Colleen eingepackt hat, ganz schön komisch beäugt. Danach waren wir noch Chinesisch essen. Ich hab mir Frühlingsrollen und Special Fried Rice reingeschaufelt, danach hat Colleen uns wieder nach Hause chauffiert und mir vor dem Fernseher im Wohnzimmer die Haare geflochten. Ich hatte einen Musiksender eingeschaltet.

»Freust du dich auf die Schule am Montag?«, fragte Colleen.

»Nein«, erwiderte ich. »Und Schule ist das auch keine. Das ist eine Sondereinrichtung für Jugendliche, die von der Schule geflogen sind oder besonderen Förderbedarf haben – so nennen die das. Wir haben keine Probleme, wir haben Förderbedarf. Manchmal sind mehr Erzieher da als Kinder. Prügeleien gibt's trotzdem dauernd welche.«

»Wieso gefällt es dir nicht in deiner, äh, Einrichtung?«

»Weil mich die meisten anderen Mädchen nicht leiden können.«

Das war nicht gelogen.

»Kann ich gar nicht glauben«, sagte Colleen.

Wieder Sozialarbeitergequatsche.

»Ist aber so!« Ich hob die Stimme. »Die Einzigen, die mit mir reden, sind Kim und Nats. Kims Mum hat Probleme mit Drogen aus der Apotheke. Du weißt schon, den Pillen, die dir helfen, wenn dein Ballon kurz vorm Platzen ist oder du Einschlafprobleme hast. Die haben sie mega abgefuckt. Wenn es Montag war, dachte sie, es ist Samstag.«

»Ausdrucksweise, Naomi.«

»Tschuldigung ... und Nats wurde vom Sohn der Freundin ihres Vaters vergewaltigt.«

Ich spürte, wie Colleens Finger steif wurden. Sie legte eine Endlospause ein. »Das ist schrecklich«, sagte sie.

»Dazu kam noch, dass ihre Ellies ihr nicht geglaubt haben. Die sind aber auch scheiß hirnblind.«

»Du benutzt schon wieder Schimpfwörter, Naomi.«

»Tschuldigung.«

»Manchmal können Menschen nichts dafür, wie sie sich verhalten«, sagte Colleen. »Umstände und Herkunft haben eine Menge damit zu tun.«

»Bei mir gibt's keine Umstände«, sagte ich. »Ich bin normal.«

»Natürlich bist du das«, sagte Colleen.

»Meinst du, den Jungs werden meine Zöpfchen gefallen? Ich wette, Kim wird neidisch. Das bringt sie um, wenn mich die anderen länger angucken als sie.«

»Die sollten sich nicht wegen deiner Frisur für dich interessieren, Naomi.«

»Die schwarzen Mädchen in der Sondereinheit nehmen das super ernst. Die reden immer über Haare, ständig. Ich glaube, Nats hat so eine Anklebeperücke oder so ... wie heißt das noch mal?«

»Extensions?«, schlug Colleen vor.

»Die nennen das Weave, aber für mich sieht's aus wie eine Perücke«, sagte ich. »Bei einer Prügelei hat sie die mal verloren – eine Neue hat Kim beschimpft und Nats ist durchgedreht. War ein Schock für mich, weil Nats vorher so still war wie die Fußspitzen einer Ballerina.«

»Die Stillen fressen oft alles in sich rein«, sagte Colleen.

»Letztes Jahr sind sie mit uns schwimmen gegangen, aber von den schwarzen Mädchen ist keine mit. Die haben sich alle ins Hemd gemacht wegen dem Chlor, weil das angeblich die Haare kaputt macht. Tatsächlich kannst du Nats von Kim nur trennen, wenn ihre Betreuerin mit ihr zum Friseur geht.«

»Das war schon so, als ich jung war«, sagte Colleen. »Ich hatte nichts anderes im Kopf, als dass ich den größten Afro hab ...«

»Warte kurz«, unterbrach ich ihren Redefluss.

Ich flitzte in die Diele und betrachtete mich im Wandspiegel. Ich nahm eins von den Zöpfchen und wickelte es mir um den Zeigefinger. *Voll cool.* Ich grinste breit, dann sprang ich wieder ins Wohnzimmer zurück. »Vielen Dank dafür«, sagte ich. »Du bist die Größte. Wie lange dauert's noch, bis es fertig ist?«

»Um die zwei Stunden«, erwiderte Colleen. »Ich finde, es sieht süß aus.«

»Tut es«, lächelte ich. »Die Typen werden drauf abfahren. Aber ich wünschte, ich hätte längere Beine, und meine Titten könnten auch größer sein. Meine sind kleiner als die von Kim, was komisch ist, weil sie dünner ist als ich. Aber egal, bis ich fünfzehn bin, reifen sie bestimmt noch nach, und dann angele ich mir einen anständigen Typen – einen coolen Aknefreien.

Zweieinhalb Stunden später war Colleen fast fertig mit meinen Haaren. Das Geräusch des Schlüssels in der Haustür war das Stichwort, auf das Colleen hin lockerließ. »Das ist Tony, der Sharyna und Pablo absetzt«, sagte sie. »Er muss noch mal weg, ein paar Sachen für die Arbeit besorgen, aber dann kommt er nach Hause. Ich fang lieber mit dem Abendessen an. Können wir das später fertig machen?«

Ich nickte. »Danke noch mal.«

Sharyna und Pablo kamen ins Wohnzimmer. »Uniform aus«, befahl Colleen. »Setzt euch gleich an die Hausaufgaben, wenn ihr welche habt.«

Sharyna und Pablo ignorierten ihre Mutter, musterten meine Haare. »Cool«, sagte Sharyna. »Sieht toll aus.«

Alles mögliche Gute durchströmte mich.

»Danke«, sagte ich.

Pablo umrundete mich zweimal. Er wirkte verwirrt.

»Was meinst du, Pablo?«, fragte Colleen.

Pablo antwortete nicht. Er latschte um mich herum und beäugte mich, als wär mir ein zweiter Kopf gewachsen. Beide Schnürsenkel waren offen. Sein Hemd hing ihm hinten aus der Hose, und an den Ärmeln hatte er blaue Buntstiftflecken.

»Und?«, fragte ich. »Wie viele Sternchen von zehn?«

Pablo lachte, legte sich die Hand auf den Mund und lachte wieder. Dann nahm er die Hand aus dem Gesicht und fragte: »Dürfen weiße Mädchen Zöpfchen haben?«

»Natürlich dürfen sie«, lächelte Colleen.

Sharyna lachte, aber ich musste dran denken, was wohl die älteren schwarzen Mädchen von meinen Zöpfchen halten würden.

Einige Runden Vier-Gewinnt gegen Pablo später servierte Colleen ein komisches Essen aus Grillhuhn, Reis, Yams, Kohl, grünen Bananen und Karotten. Es sah ganz anders aus als die Aufläufe, die ich für meinen Vater gekocht hatte. Servietten lagen ordentlich auf dem Tisch. *Das war alles neu für mich.* Ich nahm meine und schob sie mir oben in den Halsausschnitt meines Rihanna-T-Shirts. Pablo grinste, aber Sharyna verzog keine Miene. Tony und Colleen wechselten Blicke. Ich hatte Huhn, Kohl und Karotten auf dem Teller, konnte aber den Blick nicht von den grünen Bananen lassen. Für mich sahen die gar nicht grün aus.

»Ihr kocht Bananen?«, fragte ich.

»Die sind nicht wie gelbe Bananen«, erklärte Tony. »Das ist kein Obst, das ist ein Gemüse.«

»Für mich sehen die beide gleich aus«, sagte ich. »Ich ess Banane immer in Scheiben mit Vanillesauce. Hab ich für meinen Dad gemacht. Das hat er geliebt. Aber das hier sieht ... also seid jetzt nicht beleidigt ... total daneben aus.«

»Probier mal«, schlug Colleen vor.

Ich beäugte das Zeug erneut. Es dampfte. *Ich werde meine Geschmacksknospen nicht quälen.*

»Tut mir leid«, sagte ich. »Ich will euch nicht beleidigen, aber das ist nichts für mich.«

Pablo kicherte. Sharyna schaute ihn an und ließ sich von seinem Kichervirus anstecken.

»Nomi, du *musst* dein Gemüse essen«, sagte Pablo mit Quietschestimme.

Aller Augen waren auf mich gerichtet. Ich stand auf, nahm eine Serviergabel und spießte ein Stück auf. Ich ließ es auf meinen Teller fallen und schnitt ein kleines Stück ab. Das spießte ich wiederum auf meine Gabel und hielt es mir vor die Nase. Dann steckte ich es in den Mund und kaute, dachte darüber nach und kaute noch mal. Ich schaute erst nach links, dann nach rechts.

»Ganz schön hart«, sagte ich. »Schmeckt überhaupt nicht wie echte Banane. Eher wie eine komische Kartoffel.«

Pablo platzte vor Lachen, spritzte Karotte und Huhn über seine Seite vom Tisch.

»Willst du auch mal die Yams probieren?«, schlug Tony vor,

nachdem er Pablos Platz sauber gewischt hatte. »Schmeckt auch ein bisschen wie Kartoffel.«

»Ganz schön grau,« meinte ich.

»Probier's doch«, drängte mich Colleen.

Ich spießte ein plattes Stück Yams auf, legte es mir auf den Teller und schnitt ein kleines Stück ab. Steckte es in den Mund und kostete.

»Ist hart«, sagte ich. »Wie eine harte Kartoffel.«

Wieder prusteten Pablo und Sharyna drauflos.

Zehn Minuten später hatte ich aufgegessen. Mein Teller war leer. Colleen grinste so breit wie die ganze Zeit noch nicht.

Ich half Tony beim Abspülen, während Colleen im Wohnzimmer mit Sharyna und Pablo ein Brettspiel spielte.

»Und? Was hast du heute gemacht?«, fragte Tony.

Standardpflegeelternfrage. Er gibt sich Mühe, also lass ich ihn. Aber mein Fummleralarm ist aktiviert, falls er auf die Idee kommen sollte, mir Süßigkeiten schenken zu wollen.

»Nicht viel«, erwiderte ich.

»Warst du draußen?«

»Ja.«

»Wo?«

»Einkaufen.«

»Hast du bekommen, was du wolltest?«

»Ja.«

»Was habt ihr noch gemacht?«, fragte Tony.

Sieht man das nicht? Was muss ich denn noch alles tun? Den Kopf schütteln und ihm meine neuen Zöpfchen in die Fresse schleudern?

Ich zuckte mit den Schultern.

»Wir haben in dem neuen China-Buffet-Laden auf der High Street gegessen!«, rief Colleen aus dem Wohnzimmer.

»Super!« Tony lächelte. »Was hast du dir ausgesucht, Naomi?«

»Chinesisch«, erwiderte ich.

»Hast du mal einen von den Kräutertees da probiert?«

»Nein«, erwiderte ich. »Ich trinke keine Blumen.«

»Wir hatten beide Frühlingsrollen und Special Fried Rice«, ergänzte Colleen aus der Diele.

Die Konvo war echt öde.

»Ich geh nach oben und schau eine DVD«, sagte ich. Dann an Colleen gewandt: »Versprichst du mir, dass du morgen Vormittag meine Haare fertig machst?«

»Na klar.«

»Louise wird echt geschockt sein«, grinste ich.

Ich sauste an Colleen vorbei, die Treppe hoch.

Anderthalb Filme später kam ich wieder runter, um mir Saft zu holen. Ich ging am Wohnzimmer vorbei und sah Tony dort auf einem Kissen sitzen. Colleen parkte hinter ihm auf einem Sessel und massierte ihm die Schultern. Auch das hatte ich bei Mum nie gesehen, dass sie so was bei Rafi oder Dad gemacht hatte. Wahrscheinlich hatten sie sich zu viel gestritten und keine Zeit dafür gehabt.

»Alles okay?«, fragte Tony.

»Ja«, erwiderte ich. »Sharyna und Pablo sind in meinem Zimmer und gucken was.«

Tony und Colleen wechselten Blicke. Ich ließ sie.

Als ich ein großes Glas Cola runtergekippt hatte, saßen Sharyna und Pablo mit offenen Mündern links und rechts an Kissen gelehnt neben mir. Ich hatte das Licht ausgemacht und die Vorhänge zugezogen. Sie schauten sich einen krumm gebauten Typen mit nur einem Auge, einer weißen Weste voller Flecken und einer zerrissenen Jeans an, der mithilfe einer Bohrmaschine gruselige Schweinereien mit dem kleinen Zeh eines gefesselten Teenagermädchens veranstaltete. Die blonde Schnalle schrie und schrie noch mal, dann wurde sie bewusstlos. *Geschieht ihr recht. Wieso hat sie auch Sex mit ihrem Freund auf dem Rücksitz von ihrem gebrauchten Honda haben müssen?* Pablo legte sich die Hände vors Gesicht. Sharyna bohrte sich die Finger in die Wangen – ihre Augen waren groß wie braune Spiegeleier.

Jemand bewegte den Türknauf.

Mein Kopf drehte sich zur Tür. Tony feuerte Kanonenkugelblicke auf mich ab, dann marschierte er schnurstracks zum Fernseher, schaltete ihn aus und funkelte Pablo und Sharyna an. »Ab ins Bett!«

Ein breites Grinsen zeigte sich auf Pablos Gesicht. »Gute Nacht, Nomi.« Er stand auf und verzog sich zuckersüß in sein Zimmer.

Sharyna brauchte eine Weile, bis sie sich rührte. Sie stand vom Bett auf und starrte unter sich. »Wir beide unterhalten uns gleich noch, junges Fräulein.«

»Ja, Dad«, erwiderte Sharyna.

Tonys Blick feuerte jetzt wieder auf mich. Er sah aus, als hätte er lange keinen Kürbissaft mehr gehabt. »Denen war langweilig, also haben sie bei mir angeklopft und gefragt, was ich mache«, sagte ich. »Sie wollten gucken, was ich geguckt hab. Sie haben ja keinen DVD-Player im Zimmer. Dabei hättest du genug Kohle, um ihnen einen zu schenken.«

Tony warf die DVD aus, hielt sie in der linken Hand, während er den Player vom Fernseher abkabelte. Er fuchtelte in der Luft damit herum, als wär's ihm total egal. »Das«, sagte er, »gehört sich nicht. Ganz offensichtlich kann man dir nicht vertrauen. Kinder von sechs und elf Jahren sollten *so was* nicht gucken.«

Tony verließ mein Zimmer mit der DVD in der Hand.

»Wo willst du hin mit *meiner* DVD?«, fragte ich. Ich sprang aus dem Bett und rannte Tony in den Flur hinterher.

»Irgendwohin, wo du sie nicht findest«, erwiderte er.

»Aber die gehört mir. Dein scheiß Name steht da nicht drauf!«

»Du bist zu jung, um dir so was anzuschauen.«

»Trotzdem gehört sie mir! Wer bist du, dass du mir meine Sachen abnehmen darfst? Hast du sie gekauft? Nein! Also gib sie mir wieder! Unverschämtheit!«

»Das ist *mein* Haus und du wirst dich an meine Regeln halten.«

»Ich hab nicht drum gebeten, herzukommen, du Arschgesicht! Scheiß auf deine verkackten Vorschriften! Gib mir die DVD zurück.«

»Hör auf mich zu beleidigen, junges Fräulein, sonst bekommst du sie nie wieder.«

»Das nennst du beleidigen? Halt schön die Luft an, ich hab noch gar nicht richtig angefangen.«

Pablos Zimmertür flog auf – ich konnte seinen halben Kopf und sein Grinsen sehen.

»Du kannst deine DVD wiederhaben, wenn du dich dafür entschuldigst, dass du sie kleinen Kindern gezeigt hast.«

»Dann gibst du sie mir nicht wieder?«, fragte ich.

»Ob du einen Tag oder zehn Jahre hier bist«, sagte Tony, »du *musst* lernen, dass es Grenzen gibt, Naomi. Lerne, was in Ordnung geht und was nicht.«

Ich kehrte Tony den Rücken zu, stampfte durch den Flur und bog in Tony und Colleens Schlafzimmer ab. Sie hatten DVD-Boxen auf dem Regal gegenüber vom Bett. Ich schnappte mir *24*, die *Hobbit*-Trilogie und jede Menge andere. Beim Rausrennen fielen ein paar davon zu Boden. Tony stand immer noch im Flur. Colleen kam die Treppe rauf. »Sie hat den Kindern einen Horrorfilm gezeigt«, petzte Tony.

Colleen bedachte mich mit einem *Warum-bin-ich-bloß-Pflegemutter-geworden*-Blick, während Tony den Kopf schüttelte. »Sie muss lernen, dass es Grenzen gibt«, wiederholte er. »Auch wenn sie nur eine Nacht bleibt.«

Ich schob an ihnen vorbei in mein Zimmer. »Du hast was von mir und ich hab was von dir. Und du kriegst nichts davon zurück, bis ich nicht wiederbekomme, was mir gehört.«

Dann knallte ich die Tür hinter mir zu. Der Türrahmen vibrierte und ich ließ mich aufs Bett fallen. Ich suchte mein Erdmännchen und drückte es ganz fest.

Ein paar Minuten später klapperte jemand an meiner Tür.

»Ich bin's, Colleen. Können wir reden?«

»Nein.«

»Wir haben Regeln, Naomi.«

»Na und?«

»Daran müssen sich alle halten«, beharrte Colleen. »Wir können Sharyna und Pablo nicht erlauben, Horrorfilme zu gucken. Die sind nicht ... so groß wie du. Sie haben andere Erfahrungen gemacht als du. Kannst du das nicht verstehen? Wir wollen nicht, dass sie Albträume bekommen.«

Das verstand ich. Aber *er* hatte mein Eigentum einkassiert.

»Sag *ihm,* dass ich meine DVD wiederhaben will!«, schrie ich.

»Du bekommst sie zurück, wenn wir beide das Gefühl haben, dass du was draus gelernt hast«, sagte Colleen.

Die geben kein Stück nach. Die Holmans hätten mir schon längst was zu essen gemacht, mir einen süßen Kaffee aufgesetzt und Kohle für eine brandneue DVD gegeben. Das Ganze mit Zahnpastawerbungslächeln.

»Und er bekommt seinen Kram zurück, wenn *er was draus gelernt hat*«, fauchte ich.

»Wir unterhalten uns morgen«, sagte Colleen.

»Mit *dem* rede ich nicht«, erwiderte ich.

»Ich will mich wirklich nicht mit dir streiten, Naomi«, sagte Tony und kam hinter Colleen die Treppe rauf. »Aber Regeln sind Regeln.«

»Gute Nacht«, sagte Colleen.

»Gute Nacht«, wiederholte Tony.

»Gute Nacht, Nomi!«, rief Pablo aus dem Flur.

»Ab ins Bett!«

So süß.

Ich saß mit angewinkelten Knien auf dem Bett, schaukelte mit geschlossenen Augen vor und zurück. Das musste ich eine halbe Stunde lang gemacht haben, dann wurde es mir langweilig.

»Tony, du Arschgesicht«, flüsterte ich. »Du blödes verficktes Super-duper-Arschgesicht.«

Ich schloss die Augen.

Als ich mich um meinen Dad kümmern musste, war ich die Chefin gewesen. Ich konnte ins Bett gehen, wann ich wollte. Gucken, was mir gefiel. Machen, was ich wollte. Jetzt sagen mir Sozialarbeiter und irgendwelche Fremden, was ich machen soll.

5

EINE NEUE SAMMLUNG

Ich wälzte mich erst aus dem Bett, als Pablo, Sharyna und Tony aus dem Haus waren. Wartete, bis ich Tonys Truck abfahren hörte, dann zog ich die Vorhänge auf. Die Morgensonne zwang mich, die Augen zusammenzukneifen. Ich schaute hinaus in den Garten und hörte so ein nerviges Vogelgezwitscher in der Nähe. Hinten im Garten am Schuppen war ein Minifußballtor. Ein orangefarbener Ball lag in der Ecke vom Netz. Eine sauber gemähte Rasenfläche war auf drei Seiten von Blumen und Pflanzen umgeben.

Stufen führten von der Hintertür an einen kleinen Teich, der die Form einer Acht hatte. *Sehr schick. Louise meinte ja, Arschgesicht ist Landschaftsgärtner oder so. Wenigstens ist er in seinem Job auf der Höhe. Ich kann mich nicht mal mehr erinnern, was hinter meiner alten Wohnung war – hab nie einen Fuß da rausgesetzt.*

Ich schaute mir die DVDs aus Tonys Schlafzimmer an, die auf dem Boden verteilt lagen. Ich hob sie alle auf, setzte mich aufs Bett damit und ging sie durch. *Die Verurteilten, Die glorreichen Sieben, Der Clou, Manche mögen's heiß, Saturday Night Fever, Sarafina!, Babylon, Burning an Illusion. Affe hängt in den Seilen! Hat er auch was von diesseits der Jahrtausendwende?*

Ich beschloss, Colleen zu suchen. Ich ging mit den DVDs raus in den Flur, sprang die Treppe runter und hörte die Waschmaschine. Das Geräusch kam aus dem Keller.

Ich öffnete die knarzende Tür und stieg eine kurze Treppe hinunter. Ich konnte getrockneten Matsch, Gras, Öl und Waschpulver riechen. Die Luft war feucht. Ich erinnerte mich an etwas aus meiner Vergangenheit. Es ließ mir das Blut gefrieren. *»Du musst da* *nicht rein, Naomi.« Das war Dads Stimme.* »*Ich sehe doch, dass dich das fertigmacht. Wenn du willst, mach ich dir warmes Wasser in eine Schüssel, dann kannst du dich in deinem Zimmer waschen. Wenn du willst, kannst du dich immer da waschen.*«

Ich schüttelte den Kopf und die Erinnerungsblase platzte.

Auf einer Seite des Kellers stapelten sich unzählige Gartengeräte und Werkzeuge. In einer Ecke entdeckte ich eine kaputte Schubkarre.

Ich kam unten an. Colleen war gerade dabei, Buntes von Weißem zu trennen. Sie trug ihr rot-gold-grünes Kopftuch. Pinke Slipper mit Monstergesicht umkuschelten ihre Füße.

»Oh, du hast mich erschreckt«, schmunzelte Colleen. »Willst du dein Frühstück?«

»Ich mach mir selbst was«, erwiderte ich.

Colleen schaute auf die DVDs in meinen Händen. »Hast du gut geschlafen?«

»Ja, besser als die Nacht davor.«

»Was möchtest du zum Frühstück?«

»Ich hätte gerne Speck und Rührei.«

»Gib mir noch ein paar Sekunden, dann ...«

»Ich kann mir selbst Frühstück machen«, fiel ich ihr ins Wort.

»Ich bin sicher, dass du das kannst.«

»Für meinen Dad hab ich auch immer Frühstück gemacht«, sagte ich. »Jedenfalls wenn was im Kühlschrank war.«

Ich drehte mich um, wollte wieder die Treppe rauf. »Hätte ich fast vergessen«, sagte ich. Ich übergab die DVDs. »Hier, kannst du wiederhaben. Ist nichts dabei, worauf ich stehe. Ist alles ganz schön alt ... tut mir leid wegen gestern Abend.«

»Danke, Naomi. Der Grund, warum ...«

Bevor Colleen ihren Satz beenden konnte, hatte ich mich schon umgedreht und war wieder hochgelaufen. Ich wollte sie nicht beleidigen, aber so früh am Morgen war ich noch keinem Vortrag gewachsen. Und ich hatte echt Hunger.

Rühreier und drei Scheiben Speck später setzte Colleen sich zu mir an den Küchentisch. Ich schaute sie an, kippte mir noch mehr braune Sauce auf meinen Teller. Ein großes Glas Cola stand daneben.

»Danke noch mal, dass du die DVDs zurückgegeben hast«, sagte Colleen. »Und dass du dich entschuldigt hast. Ich wollte sagen, der Grund, warum wir Sharyna keinen DVD-Player in ihrem Zimmer erlauben, ist, dass wir nicht noch mehr Ablenkungen für sie wollen. Ist so schon schwer genug, sie abends dazu zu bringen, den Fernseher auszumachen.«

»Ihr habt doch auch einen DVD-Player im Zimmer«, wandte ich ein. »Sogar Blu-ray. Und Pablo hat nicht mal einen Fernseher.«

»Tony und ich müssen ja auch keine Hausaufgaben machen«, sagte Colleen. »Und wir lernen auch nicht lesen. Als wir angefangen haben, Pflegekinder aufzunehmen, bekamen sie immer alles, was sie wollten, in ihr Zimmer. Spiele, Fernseher, alles. Aber man lernt aus der Erfahrung.«

»Die beiden haben bei mir angeklopft«, sagte ich. »Und ich wollte ihnen zeigen, dass wir Freunde sind. Ich wollte nicht, dass sie Angst vor mir haben ... manchmal passiert mir das.«

Colleen nickte. »Das verstehe ich«, sagte sie.

»Gut, dass wir uns da einig sind«, sagte ich.

»Ist nur so, ich glaube nicht, dass sie schon mal irgendwas dieser Art gesehen haben ...«, Colleen stammelte, »wie das, was du ihnen gestern gezeigt hast. Sharyna hatte eine ganz schlechte Nacht.«

»Aber Pablo fand's toll«, verteidigte ich mich. »Er hat sich weggeschmissen vor Lachen.«

»Ich glaube nicht, dass es ihm gefallen hat, Naomi. Kinder in seinem Alter *tun* manchmal so, als würden sie etwas toll finden.«

Wieder Sozialarbeitergequatsche.

»Horrorfilme haben mir nie was ausgemacht«, sagte ich. »Hab sie geguckt, seit ich sechs war. Mum ist immer zum Woodside Market und hat welche gekauft, für eins fünfzig das Stück. Später, wenn Dad weggetreten war und ich nicht in die Schule konnte, weil ich mich um ihn kümmern musste, hab ich sie nachmittags geguckt. Und Kim im Heim kennt so einen Koreaner, der DVDs verkauft. Er will fünf Pfund für eine, aber Kim gibt ihm nur drei. Die kann gut handeln.«

»Nicht jedes Kind ist wie du, Naomi. Viele bekommen Albträume.«

»Ich bin *kein* Kind!«, protestierte ich.

Hätte nicht laut werden sollen. Louise lag mir ständig deshalb in den Ohren.

Ich senkte meinen Ton. »Hatte Sharyna wirklich einen richtigen Albtraum?«

»Nein, aber sie hat sehr lange gebraucht, bis sie eingeschlafen ist«, sagte Colleen. »Ich musste ihr lange vorlesen.«

»Sie hätte was sagen sollen. Dann hätte ich's ausgemacht.«

»Das wird sie nicht machen, Naomi. Sie will, dass du sie für cool hältst.«

Dagegen konnte ich nichts sagen. *Warum hätte Sharyna nicht so cool sein wollen wie ich?*

Ich trank den Rest meiner Cola. Colleen sah mir zu, wie ich mir die Lippen leckte und das Glas auf den Tisch stellte. »Wann kommt Louise dich abholen?«, fragte sie.

»Um zwölf«, erwiderte ich. »Sie geht mit mir mittagessen. Hab sie seit Monaten gefragt, ob wir nicht mal zu dem TGI in Cranerley gehen können, aber so viel will sie nicht lockermachen. Sag ihr nicht, dass ich's gesagt hab, aber Louise ist Baronin Billo. Kims Sozialarbeiterin ist mit ihr zu TGI, und als Nats fünfzehn geworden ist, war sie mit ihrer bei Harvester. Aber Louise macht mit mir auf Getto, wir gehen immer nur zu McD oder Zubaretti's Fish and Chips an der Ashburton High Street.«

»Soll ich dir schnell die Haare fertig machen, bevor du los musst?«

»Na klar ... ich meine, ja bitte! Will nicht raus und aussehen, als hätten sie mich bei *Fluch der Karibik* nicht mehr genommen.«

»Okay. Dann geh duschen, danach steh ich dir zur Verfügung.«

Ich spülte schnell noch die Pfanne, den Teller und mein Glas und trocknete ab. Als ich alles in den Schrank geräumt hatte, merkte ich, dass Colleen mich beobachtete. »Danke, Naomi«, sagte sie.

Bei den Lokalnachrichten ging gerade die Mittagsschicht zu Ende. Wieder ein Bandenmord in Crongton. Sie hatten einen fünfzehnjährigen Brother mit dem Spitznamen Joe Grine gefunden, er hatte abgestochen im Crongton Stream in der Nähe von Gulley Wood gelegen. *Affe kniet auf Nagelbrett! Ashburton ist schon toxisch genug, aber so wie die sich in Crongton bekriegen, hätte ich echt keinen Bock, dort zu wohnen.*

Ich schnappte mir die Fernbedienung und zappte durch die Musiksender. *Zu viel Werbung.* Es klingelte. Colleen ging hin.

In der Diele hörte ich Louise. Ich drehte die Lautstärke runter und spitzte die Ohren, um was von der Konvo mitzuschneiden. »Tut mir leid, bin spät dran«, sagte Louise. »Hatte noch einiges an Papierkram abzuarbeiten. Alles in Ordnung? Gab's Probleme?«

Ich konnte mir ein Kichern nicht verkneifen und hielt mir den Mund zu.

»Äh, na ja«, räumte Colleen ein. »Wir hatten eine kleine Meinungsverschiedenheit wegen Naomis DVD-Sammlung. Sie hat Pablo und Sharyna erlaubt, bei einem Film mitzugucken.«

Meine *Mad-Killer-Driller*-DVD erfreute sich allgemein keiner großen Beliebtheit.

»Oh«, erwiderte Louise. »Die hätte ich ihr abnehmen sollen. Leider scheinen ihre Freundinnen auch drauf zu stehen.«

»Sie war ein bisschen ungehalten, als Tony sie ihr weggenommen hat«, sagte Colleen. »Woraufhin sie in unser Zimmer gegangen ist und einige unserer DVDs einkassiert hat, aber heute Morgen hat sie sie zurückgegeben und sich entschuldigt. Also alles wieder in Ordnung.«

»Gut«, sagte Louise.

»Kaffee?«, bot Colleen an.

»Das wäre wunderbar. Wo ist sie?«

Affe sitzt auf Blubberblasen! Die sind so scheiß höflich miteinander, wundert mich, dass sie sich nicht gegenseitig die Ärsche abwischen.

»Im Wohnzimmer«, erwiderte Colleen.

Ich schaltete den Fernseher aus, sprang mit einem Satz vor Louise in die Diele und flitzte in die Küche. Dort schaltete ich den Wasserkocher ein.

»Kaffee, Louise?«

Louise antwortete nicht. Und vergaß sich zu setzen. Stattdessen blieb sie ganz still stehen, stemmte die Hände in die Hüften und betrachtete meine Frisur.

»Wie viele Sternchen von zehn?«, fragte ich, zwirbelte ein Zöpfchen zwischen Daumen und Zeigefinger.

»Das ist ... schick, Naomi.«

»Hat mir Colleen gemacht. Bringt auf jeden Fall mal Abwechslung zwischen meine Schultern.«

»Ja ... tatsächlich mal was anderes«, sagte Louise. Endlich parkte sie ihr Hinterteil.

»Kekse?«, bot Colleen an.

»Heute nicht«, erwiderte Louise. Sie musterte meine Zöpfchen, als würde Tarzan sich von einem zum anderen schwingen. »Ich will mir so kurz vor dem Mittagessen nicht den Appetit verderben.«

»TGI?«, schlug ich vor.

Warum es nicht wenigstens versuchen, sie kann ja nur Nein sagen.

»Fang nicht wieder davon an«, erwiderte Louise. »Das ist zu teuer.«

Baronin Billo ist zurück. Zu ihrem nächsten Geburtstag schenk ich ihr eine Cap, auf der das steht.

»Kim ist mit ihrer Sozialarbeiterin schon da gewesen.«

»Ich bin aber nicht Kims Sozialarbeiterin.«

»Das hab ich gemerkt!« Ich hob die Stimme. »Die ist nämlich nicht geizig und lässt ihr Portemonnaie nur ab und zu mal Luft schnappen.«

»Hmmm?«, erwiderte Louise. »Bin ich dir nicht großzügig genug?«

»Wenn du's wärst, wären wir schon längst auf dem Weg zu TGI.«

Keine Ahnung, was Colleen von unserem Schlagabtausch hielt. Sie stand mit verschränkten Armen da. Aber hey-de-ho, so reden Louise und ich nun mal miteinander.

»Du bist wohl nie zufrieden, oder?«, fuhr Louise fort.

»Doch, wenn du mit mir zu TGI gehst.« Ich kicherte.

Und machte Louise Kaffee. Ein Löffel Zucker und nicht zu viel Milch. Sie nahm einen Schluck und betrachtete erneut meine

Frisur. Ich glaube nicht, dass sie die gerne auf meinem Passfoto gesehen hätte.

»Also, wohin fahren wir?«, wollte ich wissen. Sie nahm sich einen Vanillecremekeks, bevor sie antwortete.

»Monk's Orchard.«

»Monk's Orchard? Wozu denn das? Da sind lauter ausländische Nannys, Typen mit Strass am Kragen und alte Ladys mit dürren kleinen Kötern.«

»Es gibt dort ein sehr schönes Café«, erklärte Louise. »Das Friar's Tuck.«

Ich verzog das Gesicht. »Das Friar's Tuck? Ich esse in keiner Kirchenkantine. Diese scheiß Kirchen-Brüder sind die schlimmsten Fummler. Die haben nur deshalb so weite schwarze Kutten an, damit sie ihre erigierten ...«

»Ausdrucksweise, Naomi«, fiel mir Colleen ins Wort.

»Tschuldigung«, sagte ich.

»Es ist in keiner Kirche, Naomi«, sagte Louise. »Es ist ab von der High Street. Die machen da auch tollen Nachtisch.«

Ich dachte drüber nach. Louise warf noch einen Blick auf meine Zöpfchen. »Na schön«, gab ich nach. »Aber wenn mich eine von den kleinen Graurücken blöd anguckt, kick ich ihr den Krückstock weg und mache Salami aus ihrem dürren Schoßhund.«

Ich schwöre, ich hab Colleen kichern hören. Sie gab sich Mühe, schnell wieder ernst zu gucken.

»Ich bin sicher, die werden nichts sagen«, behauptete Louise.

Eine Stunde später bogen wir in Monk's Orchard in eine ruhige Straße ab und gingen zu Friar's Tuck. Eine fette braune Katze lag faul auf dem Fensterbrett und beäugte mich. Das Café war klein, hatte nur acht Tische. Hauptsächlich waren Graurücken da und verkosteten Tee, verknusperten Kuchen und lösten Kreuzworträtsel. Wir setzten uns ans Fenster und ich nahm eine Speisekarte, schaute fünf Minuten durch. »Ich nehme den Pie mit Huhn und Pilzen, dazu Erbsenpüree, Pommes und eine große Cola.«

Louise zog ihre Jacke aus, legte sie auf den Stuhl neben sich und musterte erneut meine Haare. »Wessen Idee war das denn mit der neuen Frisur?«, wollte sie wissen. »Deine?«

»Ja. Colleen hat's heute fertig gemacht.«

»Dann hat also weder Tony noch sie das vorgeschlagen?«

»Nein, war meine Idee. Mal was anderes, oder? Kim wird vor Neid sterben. Sie wollte die Haare immer schon haben wie die schwarzen Mädchen. Nats hat Glück, die ist schwarz und kann sich die Haare selbst machen. Einmal haben Kim und ich die Schule geschwänzt und sind in so einen Salon in Ashburton. Du weißt schon, wo die Friseure tageweise einen Stuhl mieten. Wir wollten uns Zöpfchen machen lassen, aber Kim hat vorher Schiss bekommen. Ich wär rein.«

»Ich finde, bei schwarzen Mädchen sieht das gut aus, aber ...«

»Aber was? Bei mir nicht? Sharyna fand's supertoll. Und Pablo auch. Willst du nicht bestellen?«

»Äh, doch, aber du darfst deine Identität nicht aufgeben, Naomi.«

»Meine Identität?«, fragte ich. »Wusste gar nicht, dass ich eine habe. Was hab ich denn für eine Identität?«

Louise rutschte auf ihrem Stuhl herum. »Na ja, äh«, stammelte sie. »Die Sache ist die, Naomi, wenn du eine andere ethnische Identität übernimmst, läufst du Gefahr, die eigene zu verlieren. Beim Jugendamt gibt es alle möglichen Vorschriften, die Eltern in der Notpflege untersagen, Einfluss auf die kulturelle Identität der Kinder zu nehmen.«

»Die *was* untersagen?«, fragte ich. »Keine Ahnung, wovon du redest mit deinem ganzen kulturellen Kauderwelsch. Ich will einfach nur salonfähig aussehen. Sagst du mir nicht immer, dass ich mehr auf mein Erscheinungsbild achten soll?«

»Ja, das sage ich, Naomi, aber ...«

»Aber was?«, widersprach ich.

Louise sog lange Luft ein. »Du könntest etwas von dir selbst verlieren, die wahre Naomi Brisset«, sagte sie. »Zum Beispiel würdest du doch von einem schwarzen Jungen, der keine Ahnung von Schottland hat, auch nicht erwarten, dass er einen Kilt trägt?«

»Was ist denn ein Kilt? Ein kariertes Kondom oder was? Ich denke, du hast nicht mehr alle Klöße im Gulasch, Louise. Die wahre Naomi Brisset will Zöpfchen so wie Solange Knowles und Alicia Keys. Findest du nicht, dass die megageil aussehen? Kim und Nats finden das auch.«

»Doch, die sind beide sehr attraktiv.«

»Warum machst du dir dann ins Hemd wegen meinen Zöpfchen? Wenn wir dieses Jahr einen guten Sommer kriegen, seh ich zu, dass ich braun werde. Ich würde gerne aussehen wie Rita Ora.«

»Rita Ora ist nicht braun, Naomi.«

»Bist du sicher? Ich finde, die sieht braun aus. Entweder von der Sonne, oder sie hat sich so eine Power-Sonnenbank ins Schlafzimmer gestellt und schläft nachts drauf.«

Eine Kellnerin kam und nahm unsere Bestellung auf. Louise entschied sich für einen langweiligen Salat. Wozu soll das gut sein, wegen einem Salat bis nach Monk's Orchard zu fahren? Ich bestellte absichtlich den teuersten Nachtisch – Tiara-Sue. Ihr Portemonnaie brauchte eine Abspeckkur.

»Am Samstag kommt eine neue Pflegefamilie aus dem Urlaub zurück«, sagte Louise. »Die Hamiltons. Ich dachte, vielleicht passt du ganz gut zu denen. Die haben eine neunzehnjährige Tochter. Sie studiert an der Uni und könnte einen guten Einfluss auf dich haben.«

»Weiß nicht«, sagte ich. »Ich will erst mal sehen, wie's mit Colleen läuft. Die ist super. Wusstest du, dass sie selbst im Heim war?«

»Ja, weiß ich. Aber was ist mit Tony? Verstehst du dich denn auch mit ihm?«

»Ungelogen«, erwiderte ich, »der kann schon ganz schön arschgesichtig sein. Macht voll auf Mann-im-Haus. Erinnert mich ein bisschen an Rafi. Rafi wollte mir auch Vorschriften machen. Aber ich hab keine Angst vor Tony und ich glaub auch nicht, dass er ein Fummler ist. Er ist schön unten geblieben, als ich geduscht hab. Und ich mag Sharyna und Pablo, kann mich um die beiden kümmern. Vielleicht fragen mich Tony und Colleen ja, ob ich babysitten will, wenn sie mal in den Urlaub wollen? Wo wohnen denn diese Hamiltons?«

»Spenge-on-Leaf«, erwiderte Louise. »In einem tollen Haus.«

»Spenge-on-Leaf«, wiederholte ich. »Das ist doch, wo die Reichen wohnen. Kim hat mir erzählt, sie ist mal mit einem von da zusammen gewesen. Sie dachte, er ist zwanzig ...«

»Du sollst nicht immer alles glauben, was Kim dir erzählt«, sagte Louise.

»Willst du sagen, dass sie lügt?«

»Äh, nein ... egal, die Hamiltons wohnen an einem Hang und haben eine wunderschöne Aussicht.«

»Eine wunderschöne Aussicht«, wiederholte ich. »Wenn ich eine schöne Aussicht will, guck ich mir Postkarten an.«

»Hmmm.«

»Du sollst nicht hmmm machen, wenn ich was sage«, sagte ich. »Im Heim war so ein Junge aus Swim Lanka. Schöne schwarze Haare hatte der. Früher hatte er in einem Haus am Strand gewohnt, aber so wie er's erzählt hat, war's wohl eher eine Hütte – zum Kacken musste er nach draußen. Still war der. Würdest du nicht glauben, was der für eine Scheiße hinter sich hatte. Die schöne Aussicht hat ihm nicht viel geholfen. Tatsächlich hat sie seiner kleinen Cousine sogar das Leben gekostet. Er hat mir ein Bild von ihr gezeigt – sie hatte ...«

»Das ist was anderes.« Louise schnitt mir wieder das Wort ab.

»Diese Hamiltons ...«, fragte ich. »Was sind die von Beruf?«

»Tim, Mr Hamilton, ist Architekt. Er hat Aufträge im ganzen Land und darüber hinaus. Seine Frau Susan arbeitet ehrenamtlich im Jugendzentrum in der South Smeckenham Road und hat viel Erfahrung im Umgang mit Kindern jeden Alters. Sie ist jetzt seit fast einem Jahr in der Kindernothilfe.«

»Was macht ein Architekt?«, fragte ich.

»Er entwirft Gebäude.«

»Er entwirft Gebäude? Dann sind die weiß, richtig? Ich hab noch nie gesehen, dass Schwarze Gebäude entwerfen – nicht mal im Fernsehen.«

»Äh, ja, die sind weiß. Die Goldings sind als Übergangslösung wunderbar, aber meinst du nicht, es wäre auf lange Sicht passender, wenn du bei deinesgleichen unterkommst?«

»Kommt drauf an, ob sie okay sind«, erwiderte ich. »Ein Architekt und eine aus der Jugendhilfe? Klingt nicht so cool.«

Louise bedachte mich mit einem ihrer *echt-jetzt*-Blicke.

»Also dann, Miss Brisset«, schmunzelte sie, »was wäre deiner Meinung nach denn cool?«

Ich dachte drüber nach. Die Kellnerin kam mit unserem Essen.

»Danke«, lächelte Louise.

Ich schnappte mir meine Cola und pumpte das halbe Glas ab, bevor ich antwortete. »Wieso kannst du mich nicht bei interessanten Leuten unterbringen?«, fragte ich. »Mir ist scheißegal, was die für eine Farbe haben. Grime DJs, Wrestler, Clowns, Schauspieler, Sänger, Dancehall Queens ... oder bei der Frau, die neulich bei *Big Brother* so abgedreht ist. Die braucht jemanden, der sich um sie kümmert.«

»*Du* brauchst jemanden, der sich um *dich* kümmert, Naomi.«

»Das kann ich schon selbst!«, erwiderte ich mit erhobener Stimme.

Ich nahm meinen Pie in Angriff. »Hab ich das nicht schon gemacht, bevor ihr in mein Leben geplatzt seid, mir alle möglichen langweiligen Vorschriften diktiert und mich in sämtliche Postleitzahlenbezirke geschickt habt?«, fragte ich.

Kopfschüttelnd stocherte Louise in ihrem Salat.

Als Louise aufgegessen hatte, beugte sie sich zu mir vor und senkte die Stimme auf ein Flüstern. »Du weißt ja, was zu dieser Zeit im Jahr bevorsteht ...«

»Natürlich. Der April. Ich hab ja noch alle Klöße im Gulasch, Louise. Darf ich noch eine Cola?«

»Nein, du hast genug gehabt. Wenn du so alt bist wie ich, hast du keine Zähne mehr.«

»Das ist ja wohl noch *mindestens* ein Jahrtausend hin.«

»*Naomi!* Versuch ausnahmsweise mal, kurz ernst zu bleiben. Du weißt, wovon ich rede.«

Ich dachte an Mum. Das Bad in unserer alten Wohnung platzte mir in den Erinnerungsschädel. Es war schrecklich. Ich wollte nicht über sie reden. Zog mich nur total runter.

»Es ist jetzt fast vier Jahre her«, sagte ich. »Kommt mir vor, als wär's erst gestern passiert.«

Louise setzte ihren schönsten besorgten Sozialarbeiter-Blick auf. »Möchtest du nicht was machen, um dich an sie zu erinnern?«

»Was soll ich denn machen?«. Wieder hob ich die Stimme. »Sie ist *tot*. Wir haben sie verbrannt. Ich kann keine Blumen an eine … wie nennt man das? Das Ding, das aussieht wie eine alte Kanne.«

»Eine Urne«, half mir Louise auf die Sprünge.

»Ich kann keine Blumen an eine Urne legen«, wiederholte ich. »Das ist einfach total verkehrt. Ich kann immer noch nicht glauben, dass Mums Asche da wirklich reinpasst. Ich meine, so wie meine Mum gebaut war, hätte sie bei Ashburtons Next Topmodel keine Chance gehabt.«

Louise legte sich die Hand auf den Mund, um sich das Schmunzeln zu verkneifen, aber ich hatte gar nicht witzig sein wollen.

»Ich werde nicht schlau aus dir, Louise«, sagte ich. »Hast du nicht immer gesagt, ich soll versuchen, zu vergessen, was mit meiner Mum passiert ist, und an die Zukunft denken? Jetzt erzählst du mir, ich muss mich an sie erinnern. Entscheide dich, verdammt noch mal! Ich krieg schon Kopfschmerzen davon!«

»Ich dachte nur, vielleicht willst du …«

»Nein, will ich nicht. Kannst du knicken. Ich will mich nicht an sie erinnern.«

So meine ich das gar nicht. Ich denke jeden Tag an sie. Aber weil ich sowieso rund um die Uhr an sie denke, muss ich auch ständig dran denken, wie sie gestorben ist. Alles war rot.

»Okay, ich verstehe, was du sagen willst«, sagte Louise. Sie streckte die Hand aus und drückte mir die Schulter. Sie hatte immer noch ihre »Sozialarbeiterin auf Fortbildungskurs«-Miene drauf. »Gibt dir Colleen Essen, das dir schmeckt?«, fragte sie.

»Ja, wir waren gestern einkaufen«, erwiderte ich. »Hab auch probiert, was die Schwarzen essen. Macht satt. Ich hatte so eine hartes Bananending und so was Kartoffeliges.«

»Hat man dir eine Alternative angeboten? Oder dich gefragt, was du möchtest?«

»Ja, Colleen ist spitze. Sie hat mir meine Cottage-Pies und Kartoffelpüree gekauft. Und Perlen für meine Haare. Sie hatte heute nur noch keine Zeit, sie reinzumachen.«

Wieder begutachtete Louise meine Frisur. »Ach was?«

»Das kann ich nicht einfach so lassen«, sagte ich. »Irgendwie muss das noch aufgeglamt werden. Die Perlen müssen auf jeden Fall noch rein, bevor ich wieder in die Einrichtung schiebe.«

»Ist das eine gute Idee?«, fragte Louise.

»Glaub mir, wenn Kim das sieht, will sie ne Wiederholung an sich selbst. Aber wer soll das machen? Die wohnt bei keinen Schwarzen, nur ich! Nats kann ihr vielleicht Zöpfchen machen. Nats würde alles für Kim machen.«

Louise schüttelte den Kopf. Sie trank von ihrem Wasser und sah mich streng an. »Also, Miss Brisset«, sagte sie. »Mr Holman. Hat er dich wirklich belästigt?«

Ich ließ mir Zeit mit der Antwort.

Übergriffig ist er nie geworden, aber mir hat nicht gefallen, wie er mich immer angeglotzt hat. Mit dem stimmt was nicht. Der braucht dringender Therapie als ich.

Ich wich Louise' verärgertem Blick aus. »Darf ich noch ne Cola?«

»Erst wenn du mir sagst, was mit Mr Holman war. Die *Wahrheit*, Naomi. Und nicht Kims Version.«

Ich sah Louise in die Augen.

Sie hatte einen doppelten *echt-jetzt*-Blick drauf.

»Er wollte ... nur nett sein«, erwiderte ich. »Aber das ist mir auf die Nerven gegangen. Ich sitze vor der Glotze, er setzt sich neben mich und fragt, *alles in Ordnung?* Ich geh aufs Klo, *alles in Ordnung?* Ich mach mir ein Schinkensandwich, er kommt in die Küche, *alles in Ordnung?* Ich renne in mein Zimmer nach oben und er fragt, *alles in Ordnung?* Ich bin sicher, wenn ich geschlafen hab, stand er daneben, hat geglotzt und gewispert, *alles in Ordnung?* Das hat mich irregemacht. Hab schon überlegt, ob ich ihm den Fitnesssaft-Mixer überziehen soll, den die da in der Küche stehen haben. Ich wollte einfach nur, dass er mich verdammt noch mal in Ruhe lässt und ins Krankenhaus fährt. Da kann er die Patienten den ganzen scheiß Tag lang fragen, ob alles in Ordnung ist! Und sie war auch total komisch.«

»Hat er dir nachspioniert oder sonst was gemacht, was dir unangenehm war?«

Ich warf einen Seitenblick auf mein leeres Glas. »Eigentlich nicht«, gab ich zu. »Aber das ist ein echter Dr. Strange. Ich wollte da nicht bleiben. Nicht bei denen.«

Jetzt hatte Louise ihre Blue-Bloods-Miene drauf.

»Und was war mit Mrs Holman?«

»Ich konnte sie nicht leiden.«

»Es muss einen besseren Grund geben, Naomi. Du kannst Menschen nicht ablehnen, nur weil du sie ein bisschen komisch findest.«

Ich verschränkte die Arme. Ich wollte so schnell wie möglich raus aus dieser Konvo.

»Muss ich einen Bericht schreiben?«, fragte Louise.

Ich nahm meine Serviette vom Tisch und wischte mir den Mund. »Eigentlich nicht. Wenn's dich in den Fingern juckt, dann mach ruhig, aber mir ist das egal. Hauptsache ich muss nicht wieder da hin.«

Louise bedachte mich mit einem erstklassigen *echt-jetzt*-Blick.

»Hmm. Du hättest Mr Holman sehr viele Unannehmlichkeiten bereiten können.«

»Hab ich aber nicht ... darf ich noch eine Cola, bevor wir gehen?«

»Nein, ich muss später noch woandershin, wenn ich dich zu Hause abgesetzt hab.«

»Baronin Billo!«

»Ich denk nur an deine Zähne, Naomi.«

6

DIE SONDEREINRICHTUNG

Das Wochenende verlief undramatisch. Die meiste Zeit hing ich mit den Kids ab. Sharyna fand *Karate Kid* toll, aber für mich war er ein bisschen lahm. Ich fand's nicht super, am Montag wieder in die Einrichtung zu müssen, und der Tag kam viel zu schnell.

Ich trug meine schwarze Jeans, einen schwarzen Rollkragenpulli, und meine himmelblauen Adidas umschmeichelten meine Zehen. Bevor wir aus dem Haus gingen, passte ich extra auf, dass ich Pablo die Schnürsenkel band. Dann setzte ich mich zu Sharyna und Pablo in Colleens Wagen. »Danke, Nomi«, sagte Pablo. Er saß hinten neben mir und grinste mich an. Vorne fehlten zwei Zähne. *Echt süß. Wenn ich schon achtzehn wäre, würde ich genau so einen Jungen wie ihn adoptieren. Das ganze Theater mit dem Schwangerwerden, so wie bei Mum, wollte ich nicht. Scheiß drauf. Aber man will welche, die noch klein sind, sonst haben sie zu viele Probleme.* Ich grinste zurück.

»Anschnallen«, befahl Colleen. Sie ließ den Motor an, und im trostlosesten Radiosender der Welt lief was, wozu die Graurücken in Monk's Orchard bestimmt gerne die Krückstöcke geschwungen hätten. *Ich nahm mir wieder vor, Colleen hinsichtlich des Radiosenderthemas endlich mit Grime vertraut zu machen.*

Sie brauchte nur zehn Minuten bis zur Junior School von Sharyna und Pablo. Sharyna checkte noch mal ihre Haare im Rückspiegel und drückte ihrer Mum ein Küsschen auf die Wange, dann stieg sie aus dem Wagen. Pablo war schon total süß durchs Schultor geflitzt, bevor die Füße seiner Schwester überhaupt den Gehweg berührt hatten.

»Hast du seine Tasche?«, fragte Colleen.

»Ja«, erwiderte Sharyna. »Ich geb sie bei seinem Lehrer ab.«

»Danke, Sharyna.«

»Tschüs, Mum, tschüs, Naomi.«

»Tschüs, Sharyna«, rief ich.

»Das macht er jeden Tag«, lachte Colleen, als sie wieder losfuhr. »Vor zwei Wochen hat er seinen rechten Schuh im Auto vergessen. Keiner hat's gemerkt, bis ich ihn abholen wollte. Er dachte, er hätte ihn in der Schule vergessen, dabei lag er hinten im Wagen. So ist Pablo.«

Ich schmunzelte und fingerte an einem Zöpfchen rum. Ungelogen, die Nervenenden in meinem Bauch schlugen eine wilde Kissenschlacht.

»Alles klar, Naomi?«, fragte Colleen. »Du warst den ganzen Morgen so still.«

»Ich stell mir nur vor, wie langweilig es in der Einrichtung wird«, log ich.

»So schlimm wird's schon nicht werden.«

Sozialarbeitergerede.

»Doch, es wird so schlimm wie eine Zombieweltherrschaft«, sagte ich. »Wenigstens sehe ich Kim und Nats wieder. Das letzte Mal ist fast zwei Wochen her.«

»Sind das deine besten Freundinnen?«

Ich dachte drüber nach.

»Ich hab keine besten Freundinnen«, sagte ich. »Das sind bloß die Einzigen, die überhaupt mit mir reden. Für die anderen existiere ich gar nicht. Die finden mich komisch.«

»Wenn du willst, kannst du sie mal zu uns einladen.«

Ich musste laut loslachen. »Hahaha! Auf keinen Fall! Kim klaut dir dein Portemonnaie, noch bevor du gesagt hast, dass sie sich setzen darf. Und Nats geht sowieso nicht gerne zu fremden Leuten nach Hause. Da ist sie ganz komisch. Einmal war ich übers Wochenende bei meiner Nan, und Nats ist den ganzen Weg von Notre Dame nach Ashburton gekommen, um mich zu besuchen. Eigentlich hat sie Kim gesucht. Hat sich wahnsinnige Sorgen gemacht.«

»Wir alle können Freundinnen gebrauchen, die sich Sorgen um uns machen«, sagte Colleen.

Ich nickte. »Als sie bei meiner Nan vor der Tür stand, hab ich gesagt, wenn sie Kim gefunden hat, soll sie zur Beruhigung ein paar von den Stresspillen ihrer Mum einwerfen. Reinkommen wollte sie nicht. Sie hat einfach draußen im Regen gewartet, bis ich mich fertig gemacht hatte, damit ich ihr bei der Suche helfe, das wollte sie.«

»Kann ich verstehen«, sagte Colleen. »Sie hat verzweifelt ihre Freundin gesucht.«

»War wohl so«, gab ich ihr recht. »Kim taucht immer mal wieder ab. *Manchmal muss ich ganz alleine sein und nachdenken,* sagt sie immer zu Nats. Nee, Nats hat echt ständig Angst, verlassen zu werden.«

»Wie sind die Lehrer in der Einrichtung?«, fragte Colleen.

»Langweilig. Pro Tag sind immer nur ein oder zwei Lehrer da. Aber jede Menge Erzieher. Wir haben nicht viele normale Unterrichtsstunden. Wir haben Gespräche und so. Persönliche Entwicklung nennen die das. Normalerweise endet es damit, dass alle sich beschimpfen und prügeln ... bist du nie von der Schule geflogen?«

Colleen hielt den Blick auf die Straße gerichtet. »Äh ... doch, bin ich.«

»Echt?! Weshalb? Hast du dich geprügelt? Nee, du bist nicht der Typ, der anderen auf die Fresse haut. Hast du geklaut? Darf ich nach vorne kommen?«

»Natürlich.«

Colleen fuhr ran. Ich sprang auf den Beifahrersitz vorne und Colleen fädelte sich wieder in den Verkehr.

»Hast du zu viel geschwänzt?«, bohrte ich weiter.

»Nein.«

»Das Schullabor angezündet?«

»Bestimmt nicht.«

»Dich von einem Lehrer angrapschen lassen? Oder einem Typen aus den oberen Klassen?«

Colleen verengte den Blick und guckte streng.

»Was denn dann?«, wollte ich wissen.

Colleen sagte kurz gar nichts, dann schluckte sie einen dicken Wurm. »Ich hab mich geprügelt.«

»Geprügelt?«, wiederholte ich. »Kein Scheiß? Du?«

»Ja, ich, Naomi.«

Ich musterte Colleen von den Augenbrauen bis zu den Fußspitzen. »Du bist aber doch keine Straßenbitch«, sagte ich. »Und siehst auch nicht so aus. Was für ein Trauma hat dich denn überrollt?«

»Lass uns das Wort Bitch mal streichen«, meinte Colleen. »Mein Dad war bestimmt nicht der beste der Welt und meine Mum auch nicht. Aber Hunde waren sie keine.«

»Tschuldigung.«

Schweigend fuhr sie ungefähr eine halbe Meile weiter. Das schlechte Gewissen piesackte mein Gehirn.

»Ich war vierzehn«, fing sie erneut an. »Und noch kleiner als jetzt.«

»Als Hobbit würde ich dich nicht bezeichnen«, sagte ich.

Colleen lächelte. »Ich war neu an der Schule – an der Smeckenham Girls«, erzählte sie, »und ging mit einem Fünfzehnjährigen von der gemischten Coloma School in derselben Straße. Ich fand, er war das Schärfste, was ich je in einem Basketballtrikot gesehen hatte. Aber in dem Alter ist das normal.«

»Du bist mit dem gegangen, das heißt, ihr wart zusammen, habt euch die Zungen in die Hälse geschoben und unten rumgefingert, richtig?«

»Äh, ja.«

»Hat er dich entkorkt?«, wollte ich wissen.

»Hat er was?«, fragte Colleen.

»Dich entkorkt«, wiederholte ich. »Dir deine Jungfräulichkeit genommen?«

»*Nein*. Das war nur ... egal, jedenfalls hatte er neben mir noch eine andere, von der ich nichts wusste. Und wie es das Schicksal wollte, ging sie auch auf die Smeckenham Girls. Als ich das mitbekommen hatte, hab ich sofort Schluss gemacht. Aber die andere hat mich nicht in Ruhe gelassen, hat mich dauernd als Schlampe oder Nutte beschimpft, als alles Mögliche.«

»Was für eine Ober-Bitch. Hast du ihr die Hirnmasse aus dem Schädel geschüttelt? Sie gezwungen, der Kanalisation Blut zu spenden?«

»Ausdrucksweise, Naomi.«

»Tschuldigung ... hast du ...?« Mir fiel nichts ein, was kein Schimpfwort war. »Hast du ihr eine verpasst? Sie fertiggemacht? Sie verdroschen?«

Colleen ließ sich Zeit mit der Antwort. »Mit den Beschimpfungen bin ich noch klargekommen«, sagte sie. »Hab versucht, sie zu ignorieren.«

»Und wieso ist das Pulverfass dann doch explodiert?«, wollte ich wissen.

Colleen holte tief Luft. »Eines Nachmittags bin ich ihr in der Schule im Gang begegnet. Ich war auf dem Weg zum Hauswirtschaftsunterricht – wie nennt man das heutzutage? Lebensmitteltechnik, oder? Genau. Wir wollten an dem Nachmittag einen Victoria Sandwich Cake backen. Meine Tasche war schwerer als sonst.«

»Und dann?«

»Sie hat eine Bemerkung gemacht.«

»Was hat sie gesagt?«, fragte ich.

»Wir fingen an zu streiten, beschimpften uns gegenseitig. Dann hat sie gesagt, *wenigstens ist meine Mutter keine Irre, du scheiß Schlampe!* Da bin ich durchgedreht.«

»Die hätte ich aufgespießt an so einem Ding, an dem man fette Truthähne grillt. Unverschämtheit!«

»Ich hab sie an den Haaren gepackt und versucht, sie ihr vom Schädel zu reißen«, fuhr Colleen fort. Ihre Augen wurden größer und sie hörte auf zu blinzeln. »Andere sind mir auf den Rücken gesprungen, aber ich hab nicht losgelassen. Sie hat geschrien ... ich hab so lange zugepackt, wie ich konnte, und sie mit dem Kopf über den Boden gezerrt. Ich erinnere mich, dass ein Krankenwagen kam. Überall waren Mehl und Eier. Mein Fläschchen mit der Vanilleessenz und den Kristallzucker hatte ich verloren. Die Lehrer haben mich weggezerrt, aber ich hab mich gewehrt, wollte unbedingt meine Vanilleessenz wiederfinden. Ich war echt sauer, weil ich meinen Kuchen nicht backen konnte.«

»Da wäre ich auch sauer gewesen«, warf ich ein.

»Ich ... ich wusste zu der Zeit nicht mal, wo meine Mum überhaupt lebte«, fuhr Colleen fort. Schließlich blinzelte sie. »Aber irgendwie ... irgendwie wollte ich den Kuchen für sie backen. Ganz schön dumm.«

»Das ist nicht dumm«, warf ich ein. »Du hattest Probleme.«

Colleen versuchte, ein Lächeln hinzubekommen. »Ich bin aufs Klo gerannt«, fuhr sie fort. »Ewig lange wollte ich nicht rauskommen. Mir kam es vor, als würden eine Million Menschen vor der Kabine stehen.«

Ich drückte Colleens Schulter und schenkte ihr ein ganz besonderes Lächeln. Das Lächeln, das Dad immer von mir bekommen hatte, wenn er mal nüchtern nach Hause gekommen war. »Ich hab auch immer was für meinen Dad gebacken. Einmal wollte ich ihm so kleine Cupcakes machen, voll hübsch verziert, aber das beschissene ...«

»Ausdrucksweise, Naomi.«

»... aber das Gas wurde uns abgestellt, bevor sie durch waren. Keine Kohle für Gas im Haus. Musste zwei Tage warten, bis ich sie fertig backen konnte. Ich war echt sauer auf Dad, weil er abends seinen Kumpels in der Kneipe auch noch die Hälfte davon geschenkt hat. Am nächsten Morgen hab ich ihm das mitgeteilt, indem ich ihm meinen Porridge über die Jeans gekippt hab. Auf jeden Fall hat es die Megabitch, mit der du dich geprügelt hast, voll verdient.«

Colleen dachte darüber nach. Ihr Gesichtsausdruck schaltete zurück in den Pflegemutter-Modus. »Nein, Naomi«, sagte sie. »Ich war nicht im Recht. Ich hab sie für alles büßen lassen, was in meinem Leben schiefgelaufen war. Hab sie dafür büßen lassen, dass meine Mutter mich verlassen hat, und noch für viele andere Probleme, die ich damals hatte.«

Ich schüttelte den Kopf. »Ich hätte ihr trotzdem auch eine reingehaun.«

Fünfzehn Minuten später setzte Colleen mich an meiner Sondereinrichtung ab. Sie gab mir einen Fünf-Pfund-Schein fürs Mittagessen und sagte, sie würde mich um 15.30 Uhr abholen. Ich sah ihr nach, wie sie davonfuhr, und winkte zum Abschied, dann ging ich über den Parkplatz zum Eingang. Ich drückte auf den Summer der Sprechanlage und schnitt Grimassen in die Überwachungskamera, die mich von hoch oben an der Wand ins Visier nahm. »Ich bin's! Naomi. Was ist los mit dir? Erkennst du mich nicht? Lass mich rein.«

Der Summer ertönte. Ich stieß die Tür auf. Im Empfangsbereich, gleich rechts neben der Tür, stand ein L-förmiges beigefarbenes Sofa mit bunten Kissen. Alte Teenagerzeitschriften lagen verteilt auf einem Beistelltisch. Hinter einem Tresen parkte Marie auf einem Hocker, stierte auf einen Computerbildschirm und einen Überwachungsmonitor. Für eine Frau von neununddreißig hatte sie sich nicht schlecht aufgeschraubt, aber ihr Rouge erinnerte ein bisschen zu sehr an Tomatenketchup, und mit ihren Fingernägeln hätte sie kugelsichere Westen aufschlitzen können. Ihr Leo-Print-Oberteil fand ich aber geil. »Guten Morgen, Liebes«, grüßte sie. »Freut mich, dass du wieder bei uns bist. Musstest du schon wieder umziehen? Dir ist bestimmt schon ganz schwindlig von der ständigen Umzieherei ... Kim hat dich vermisst.«

»Schon okay, Marie«, erwiderte ich, bevor ich rechts in einen Gang abbog. Ich wollte mich auf keine lange Konvo mit ihr einlassen. Marie erzählte gerne mal ausführlich von *Love Island,* wohin sie in den Urlaub fahren wollte, wo sie mit ihrem neuesten Freund tanzen war und was für Cocktails sie sich letzten Freitag reingetan hatte.

»Die sind alle im Wohnzimmer«, rief Marie. »Richard hält einen Vortrag.«

Richard hält immer Vorträge.

Die Wohnzimmerwände hingen voller Poster, die vor Drogen warnten, vor noch mehr Drogen und einem ganzen Alphabet an Geschlechtskrankheiten. Mir kroch das dermaßen in den Schädel, dass mir der Appetit auf Bananen verging.

Ein Fernseher stand in der Ecke, und darüber hing ein weiteres Plakat mit der Aufforderung, Mobbing sofort zu melden. Richard stand mitten im Raum. Er trug ein hellblaues Hemd mit hochgekrempelten Ärmeln und eine schwarze Jeans. *Wäre er nicht klein wie ein Hobbit, wäre er ja ganz sexy. Ich meine, Hermione hat sich auch nie in einen ihrer zwergwüchsigen Professoren verknallt, oder?*

Meine Klassenkameraden pennten in Sesseln oder auf Riesenkissen: drei schwarze und zwei weiße Jungs, ein schwarzes Mädchen, ein gemischtes und zwei weiße. Kim trug orangefarbene Leggins, einen Mini-mikro-Jeansrock, ein Kung-Fu-T-Shirt und zur Krönung obendrauf orangefarbene hochstehende Haare. Ein silberner Stecker zierte ihre Nase, und ein goldener Ring glänzte an ihrer Unterlippe. Sie war hübsch und musste sich nicht mal dafür anstrengen. »Naomi! Du bist total abgetaucht«, begrüßte sie mich. »Wo warst du?«

Alle im Raum schauten mich an. Ich kam mir echt komisch vor.

»Bin umgezogen«, erwiderte ich und spielte mit einem von meinen Zöpfchen. »Hatte Probleme, da wo ich zuletzt war.«

»Ich krieg nie so viele Tage frei, wenn die mich verlegen«, maulte Kim. »Wieso ziehst du nicht wieder zu uns? Hast du nicht schon alle Pflegefamilien von ganz Ashburton und Umgebung durch? Zieh wieder bei uns ein, Schwester.«

»Ich ...«

»Können wir uns die Begrüßungen und Gespräche bis zur Pause aufheben?«, bat Richard höflich.

»Wir reden später«, sagte Kim. »Wer hat dir die Haare geflochten?«

»Meine neue Pflege...«

»Mädchen!« Richard hob die Stimme. »Also, wo war ich?«

Nats zeigte auf meine Zöpfchen. »Sieht gut aus«, sagte sie. »Ich ... ich hab schon gedacht, du gehst auf eine andere Schule.«

»Noch nicht«, erwiderte ich.

Nats guckte ein bisschen enttäuscht. Sie hatte immer noch ihren Anorak an, trug dazu eine himmelblaue Jogginghose und pinke Sneaker. Ihre Extensions schlängelten sich bis über die Ellbogen.

»Demnächst spritzt sie sich noch Steroide in den Arsch, damit sie aussieht wie wir«, fauchte Cassandra, eine schwarze Sechzehnjährige, die zusammengerollt auf einem Kissen vor Nats lag. Sie hatte braune Zöpfchen und dazu passenden braunen Lippenstift. Ihre Augenbrauen waren auftätowiert. Sie warf mir einen superfiesen Blick zu und zog die Oberlippe hoch. Ein kalter Windhauch Angst durchfuhr mich.

»Trink was Kühles, Cass«, tat Kim sie ab.

Cassandra zog wieder die Oberlippe hoch und betonierte ihre Augenbrauen. Ich versuchte sie von meinem Schirm zu löschen.

»Keine Angst wegen Cass«, sagte Kim. »Sieht super aus. Vielleicht lass ich mir die Haare auch so machen, wenn sie ein bisschen mehr gewachsen sind.«

»Wer hat dich gebeten, dich einzumischen?«, bellte Cassandra.

»Wer bist du denn?«, brüllte Kim. »Ich kann mich nicht erinnern, von dir auf die Welt gesetzt worden zu sein, also sag mir nicht, was ich machen soll. Ich misch mich ein, wo ich will.«

Nats setzte sich um, direkt neben Kim.

»Meinst du, *dich* will jemand als Mutter!«, knisterte Cassandra. »Ich würd mich umbringen, wenn ich aus dir rausgekommen wär.«

Dieselbe Einrichtung, dieselben Themen, derselbe Hickhack.

Und schon ging's ab.

Kim stürzte sich auf Cassandra, wurde aber von Richard und einem weiteren Erzieher zurückgehalten. In den nächsten zehn Minuten kochte und brodelte der Streit weiter, es wurde geschubst und gestoßen. Jedes dritte Wort war ein Schimpfwort. Ich starrte zu Boden und spielte mit meinen Zöpfchen. *Was sollte ich sonst machen?* Nats versuchte Kim zu beruhigen, indem sie ihr die Schultern tätschelte und sie umarmte. Richard stand mit ausgebreiteten Armen mitten im Raum.

»So. Jetzt, wo wir uns alle wieder beruhigt haben, mache ich weiter, wo ich stehen geblieben war.«

Ich war die Einzige, die ihm zuhörte, weil die anderen alle in ihre Handys tippten.

»Wir müssen lernen, Meinungsverschiedenheiten ruhig zu lösen«, fuhr Richard fort. »Wenden wir Gewalt an, tut es uns häufig hinterher leid.«

»Mir wird es *nicht* leidtun«, fiel ihm Cassandra ins Wort.

»Viel besser ist es, man diskutiert offen und ehrlich über die vorliegenden Probleme«, fuhr Richard fort.

Ultimatives Sozialarbeitergequatsche.

»Ich will mal ganz ehrlich sein, Richard«, unterbrach ihn Kim. »Dein Vortrag ist der langweiligste, den du je gehalten hast. Wann zeigst du uns den Film?«

Alle Blicke richteten sich auf Richard, außer der von Cassandra. Ihr schiefer Seitenblick zu mir war inzwischen chronisch. Ungelogen, meine Nerven verkrallten sich in meinem Bauch.

»Okay«, erklärte Richard sich bereit. »Aber bitte schaut zu und denkt darüber nach, warum eine kleine Meinungsverschiedenheit völlig außer Kontrolle geraten kann. Versucht, etwas daraus zu lernen.«

»Jetzt leg endlich den scheiß Film ein«, verlangte ein Typ hinten im Raum.

»Wenn hier weiter geflucht wird, nehm ich die DVD aus dem Player raus«, ermahnte ihn Richard.

»Mach die scheiß DVD an«, hob ein weiterer Typ die Stimme. »Das ist der einzige Grund, warum ich heute überhaupt hier aufgeschlagen bin.«

Die Klasse beruhigte sich, schaute den Film. Er handelte von zwei Vierzehnjährigen, die sich wegen eines gefundenen Smartphones verkrachten, und endete damit, dass einer den anderen abstach. Während des gesamten Dramas schielte mich Cassandra von der Seite an. *Allmählich wird mir das zombiemäßig unheimlich. Was hab ich der denn getan? Versuch nicht hinzuschauen. Bleib bei Kim und Nats.*

Richard wollte im Anschluss an den Film wieder diskutieren, aber weder er noch seine Mitarbeiter leisteten großartig Widerstand, als wir beschlossen, stattdessen lieber zwanzig Minuten früher Pause zu machen. Ich folgte Kim und Nats in die Kantine. Wir kauften uns jede eine Portion Pommes, einen Schokoriegel und eine Dose Cola, dann parkten wir uns an einen Tisch. Cassandra und ihre Schwester Yoanna setzten sich auf die andere Seite weiter hinten im Raum. Ich konnte den Hass in ihren Blicken spüren.

»Ist das jetzt auf Dauer dein neuer Platz?«, wollte Nats wissen. »Kommst du dann nicht mehr hierher?«

»Nein«, erwiderte ich. »Ist nur vorläufig, für eine Woche oder so.«

»Wie ist das denn so?«, fragte Kim. »Bei Schwarzen wohnen?«

»Das Essen ist anders«, erwiderte ich. »Und die sind ein bisschen strenger. Man muss am Tisch essen und so. Als ich angekommen bin, hatte ich keinen Fernseher im Zimmer. Da musste ich erst mal protestieren.«

»Unverschämtheit«, sagte Kim. »Was ist mit dem Vater? Ist doch hoffentlich kein Schwanzophiler, oder? Behalt den im Auge, Naomi. Ich sag dir, die meisten Pflegeväter sind Pädos – deshalb nehmen die überhaupt nur Pflegekinder auf. Über Mr Holman hast du dich beschwert, oder?«

»Äh, so ungefähr.«

»Was soll das heißen, ungefähr? Du hast mir erzählt, er hat angeklopft, wenn du dich im Bad oder im Schlafzimmer umgezogen hast. So fangen die immer an, Naoms.«

»Hat er ja gar nicht gemacht«, versuchte ich aufzuklären, bevor Kim ihren Redeschwall abspulte.

»Die sind immer erst mal nett zu dir«, startete sie auf ein Neues. »Total höflich, der ganze Scheiß. Kaufen dir Süßigkeiten, stecken dir Kippen zu und lassen dich harten Alkohol trinken. Manche kaufen dir sogar kleine Geschenke, Ohrringe und Parfüm. Weißt du noch, der, der mir ein Handy gekauft hat? Das war der ultimative Kinderficker! Die wollen, dass du ihnen vertraust. Aber unter der Oberfläche von dem Ganzen wollen sie dir bloß ihre dreckigen Finger unter die Wäsche schieben. Das wollen die, Naoms. Die achten nicht mal auf saubere Finger. Die waschen sie nicht mal, wenn sie auf dem Klo waren. Die schieben dir einen rein, das macht sie an, und dann schieben sie dir noch einen rein. Melde das mit Holman bloß deiner Sozialarbeiterin. Scheiß Kinderficker. Wenn der im Knast landet, treten die ihn da so lange, bis keine Wichse mehr in ihm drin ist.«

»Mach ich«, nickte ich.

»Und lass nicht zu, dass sich dein neuer Pflegevater, wenn du unter der Dusche stehst, auch nur ansatzweise in der Nähe aufhält. Vielleicht versucht er durchs Schlüsselloch zu gucken oder so«, warnte Kim.

»Schon gut«, gelang es mir einzuwerfen. »Ich hab ihn schon gewarnt. Der weiß schon, dass er sich mit mir besser nicht anlegt. Er muss unten bleiben, wenn ich dusche.«

»Gut!«, sagte Kim. »Ich weiß immer noch nicht, wieso du dich überhaupt in Pflegefamilien unterbringen lässt. Dem solltest du endlich ein fettes Ende machen. Wie heißt deine Sozialarbeiterin noch mal?«

»Louise«, erwiderte ich.

»Schmeiß sie raus, hättest du längst machen sollen«, beharrte Kim. »Klatsch ihr die Lohnsteuerkarte ins Gesicht und entlass sie aus deinem Leben.«

»Die ist ... in Ordnung«, brachte ich raus.

»Bist besser dran, wenn du dich an uns hältst«, sagte Kim. »Wie oft muss ich dir das noch funken?«

»Es ...«, fing Nats an. Sie stammelte. »Vielleicht ... vielleicht funktioniert es ja gut mit den Neuen. Man weiß nie, nicht alle Pflegeeltern sind ...«

»Auf jeden Fall sehen deine Haare megageil aus«, fiel Kim Nats ins Wort. »Wie bei den schwarzen Sängerinnen. Siehst echt superduper damit aus. Die Typen werden sich ganz schön die Hälse nach dir verrenken.«

»Danke.«

Nats starrte Kim an. Sie schien nicht glücklich.

Nach zwei Wochen ohne Kim und Nats wusste ich immer noch nicht so ganz, wie ich in die Beziehung der beiden passte. Ich kam mir ständig vor wie das fünfte Rad am Wagen – ich war nur nützlich, wenn ich wirklich gebraucht wurde.

»Alicia Keys«, lächelte ich und wickelte mir ein Zöpfchen um den Finger.

»Mach dir nichts draus, was die anderen sagen«, riet Kim. Sie hob die Stimme. »Soweit ich weiß, gibt es kein Gesetz, das weißen Mädchen Zöpfchen verbietet.«

Kim streckte eine Hand aus und tastete, wie sich meine Zöpfchen anfühlten. »Muss ewig gedauert haben«, sagte sie.

»Ungefähr fünf Stunden alles zusammen«, erwiderte ich.

»Steht dir«, sagte Kim. »Macht deine Stirn ganz schön breit, aber funktioniert.«

»Danke«, sagte ich noch mal.

Nats schaute Kim an. »Ich könnte ... ich könnte dir die Haare machen«, bot sie an.

»Du kannst dir deine eigenen Haare machen, Nats«, erwiderte Kim, »aber kannst du's auch bei anderen?«

»Natürlich«, behauptete Nats. »Ich mach's morgen, bevor wir herkommen. Ich steh schnarchend früh auf, wenn du willst.«

»Nee«, sagte Kim. »Alle werden sagen, ich hab's Naomi nachgemacht.«

»Mir egal«, sagte Nats. »Ist doch kein Problem. Ich flechte dir noch bessere, als Naomi welche hat.«

»Schon gut, Nats«, sagte Kim. »Ich will nicht, dass du wegen mir superfrüh aufstehst. Chill mal.«

Ich schaute zu Cassandra. Sie sah mich immer noch aus dem Augenwinkel an und flüsterte Yoanna etwas zu. In meinem Bauch tobte und toste ein aufgewühlter Ozean.

»Ich hab mich entschieden«, verkündete Kim.

»Was hast du entschieden?«, fragte ich.

»Ich brauche neue Klamotten.«

»In meinen Taschen klimpert nichts, also viel Glück«, lachte Nats.

»Wir brauchen einen Plan C«, sagte Kim. »Ich dachte an den Kerl, der mich neulich auf der Ashburton High Street anquatschen wollte. Der sah aus, als hätte er was in der Brieftasche. Wenn ich den das nächste Mal sehe ...«

»Aber der wird was von dir wollen, Kim«, fiel Nats ein. »Du hättest ihm sagen sollen, dass du mit mir zusammen bist. Warum hast du ihm das eigentlich nicht gleich gesagt?«

Kim dachte drüber nach. Jetzt lachte Nats nicht mehr. *Das Thema kommt immer wieder hoch und ich werde meine Klappe halten, sonst ende ich als die Salami in dem Brötchen, das die beiden sind.*

Kim ignorierte Nats' Frage.

»Ich hab keine Lust mehr auf den Billomist von Primark und aus dem Secondhandladen«, brach Kim das Schweigen. »Und Naoms, wenn ich Kohle kriege, dann fahre ich mit dir in die schicke Innenstadt und wir kaufen uns ein paar anständige Markenklamotten. Ein paar neue Overknee-Stiefel könnte ich auch gebrauchen.«

Nats sah Kim wütend an, dann bohrte sie ihren Blick in mich.

»Und mit dir natürlich auch, Nats«, korrigierte sich Kim schnell. »Werde dich ja nicht ausschließen. Bist mein Mädchen, das weißt du ja.«

»Will ich auch hoffen«, sagte Nats. Sie war immer noch angepisst.

»Nats dreht voll durch, wenn ich sie bei irgendwas ausschließe«, sagte Kim. Sie lachte nervös. »Weiß nicht, worüber die sich aufregt.«

Wir standen auf, warfen unseren Müll in den Eimer und gingen in den Hof nach draußen. Ich schlürfte meine Coladose leer. Kim wollte gerade ihre Kippen aus der Tasche ziehen, als ich plötzlich was von hinten abbekam. Ich ging zu Boden. Cassandra. *Wer sonst?* Bis Kim begriff, was los war, hatte sie mir zweimal in die Rippen getreten.

»Du bist nicht schwarz!«, fauchte Cassandra. Ihr Gesicht war eine einzige Problemzone. »Hast du gehört? Du bist nicht schwarz, also tu auch nicht so!«

»Lass sie in Ruhe!«, schrie Kim, sprang Cassandra auf den Rücken, würgte sie mit dem linken Arm und schlug mit dem anderen auf sie ein.

Cassandra war nicht klein. Sie warf Kim ab und schlug sie zweimal, dann trat sie ihr in den Bauch. »Du scheiß Freak! Nimm deine Schlampenfinger von mir!«

Bevor Nats reagieren konnte, bekam sie Tritte von Yoanna ab. »Du scheiß Bitch!« Die beiden tauschten Schläge aus und gingen zu Boden.

Mir gelang es gerade so, mich zusammenzureißen. Ich nahm fünf Meter Anlauf und trat Cassandra so fest in den Arsch, wie ich konnte.

Sie ging in die Knie. Dann fuhr sie mit dem Kopf zu mir herum und stieß ein Wahnsinnsgebrüll aus, raste mit *Urban-Zombie*-Wucht auf mich zu. *Manchmal verlässt einen das Wonder-Woman-Gefühl und man weiß, dass es Zeit ist, so schnell wie möglich abzuhauen.*

Ich rannte um mein Leben ins Schulgebäude zurück. Cassandra kam mir keuchend hinterher, aber Richard und zwei weitere Erzieher hatten die Randale von der Kantine aus gesehen und versperrten ihr den Eingang. »Die Bitch hat mir in den Arsch getreten!«, schrie Cassandra. »Die weiße Bitch mach ich fertig! Wetten?! Verkacktes weißes Stück Scheiße! Kommt in die Schule und hält sich für schwarz. DU BIST NICHT SCHWARZ! Denkst du, die können dir immer helfen? DU BIST TOT! Hast du mich gehört, verdammte Scheiße! EISKALT! Ich schneid dir eine zweite Ritze in deinen weißen Arsch! Wetten?!«

Mein Herz wummerte wie eine irre Grime-Bassline. Ungelogen, Angst erfüllte meinen ganzen Schädel und alles andere auch. Ich keuchte wie bei einem Asthmaanfall und hörte erst auf zu rennen, als ich an ein leeres Klassenzimmer kam. Dort setzte ich mich auf einen Stuhl, klemmte das Gesicht zwischen die Knie und versuchte, meine Atmung wieder zu normalisieren. Ich hielt mir die Ohren zu, um Cassandras Geschrei nicht mehr zu hören. »Die mach ich fertig und ihre freakige Freundin auch und Nats, diese scheiß Kokosnuss! Ein verkacktes Bounty, das ist die! Die weiß nicht mal, dass sie einen halben Nigger in sich hat!«

Marie betrat den Klassenraum: »Alles klar, Liebes?«

Ich schaute auf, spürte Tränen in den Augen. »Verpiss dich, Marie! Hör auf, so zu tun, als würd's dich interessieren.«

Das hatte sie nicht verdient.

Marie verschränkte die Arme. »Ist das der Dank dafür, dass ich nach dir schaue? Ich weiß nicht, was ist bloß los mit euch? Immer wollt ihr euch gegenseitig umbringen. Manchmal denke ich, wir sollten euch Stöcke und Steine in die Hände drücken, mit euch in die Berge fahren und einfach machen lassen.«

»*Marie!*«, schrie ich.

»Kein Grund so zu schreien.«

»Dann lass mich in Ruhe!«

Kopfschüttelnd ging Marie zurück zur Tür. »Ich lass dir ein bisschen Zeit, Liebes, um dich zu beruhigen. Siehst nicht aus, als hättest du schlimm was abbekommen. Ich komm nachher noch mal nach dir sehen. Ich bin hier für die Erste Hilfe zuständig und hab meinen Fortbildungskurs nicht umsonst gemacht.«

Ich bedachte Marie mit einem meiner schönsten Dunkle-Macht-Blicke. Marie schüttelte erneut den Kopf, drehte sich um und trabte wieder an die Rezeption.

Ich hörte Cassandra kreischen und fluchen, während sie in den Schutzraum gezerrt wurde. Ich schloss die Augen.

Vor meinem inneren Auge sah ich die Sanitäter bei uns zu Hause ins Bad gehen. Sie zogen sich Latexhandschuhe über. Es gab keine Eile. Alle waren ganz ruhig. Dad hockte in der Ecke, hatte die Arme um sich geschlungen und wippte auf den Hacken. Tränen liefen ihm über die Lippen.

»Alles klar, Naoms?«, fragte Kim sachte.

Als ich die Augen öffnete, hörte ich Dads Stimme in meinem Kopf: »*Gott kümmert sich jetzt um sie. Und ich kümmere mich um dich, mein Engel.*«

Kim küsste mich auf die Stirn und nahm mich in den Arm. »Komm, wir gehen eine rauchen«, sagte sie. »Keine Angst wegen Cass. Die hat Arrest. Musst dir mal die Folgen von Nats' Atomschlag gegen Yoanna anschauen. Sie hat ihr was Chronisches verpasst, dafür haben sie sie in den anderen Schutzraum gesteckt. Hoffentlich wissen sie auch, was ihnen selbst guttut, und lassen sie bald wieder raus. Nats kann ne echte Bitch sein, wenn es sie packt. Ganz besonders, wenn mir jemand blöd kommt.«

Kim legte mir einen Arm um die Schulter und ging mit mir in eine Ecke vom Hof. Ein Stück weiter kifften zwei Typen. Auf dem Weg trafen wir Richard. »Alles klar, Naomi? Bist du verletzt?«

Ich war zu benommen, um zu antworten.

»Der geht's gut«, sagte Kim. »Ich kümmere mich um sie. Ihr habt euch ganz schön Zeit gelassen, bis ihr rausgekommen seid. Was sollte das? Habt ihr gedacht, wir sprechen offen über unsere Probleme? Lass uns bloß in Ruhe. Wir sind bald wieder fit.«

Ich starrte zu Boden.

»Vielleicht sollte Naomi sich mal von Marie untersuchen lassen«, schlug Richard vor. »Sie ist hier für Erste Hilfe zuständig.«

»Scheiß auf Marie«, fauchte Kim. »*Ich* kümmere mich schon um sie.«

»Vielleicht kann Marie sie sich später mal ansehen?«, fragte Richard flüsternd.

Kim dachte drüber nach. »In Ordnung. Aber erst nachdem *ich* mich gekümmert hab.«

Richard ging wieder zurück ins Gebäude. Kim holte ihre Kippen aus der Tasche. Zündete eine an und hielt sie mir hin. Ich nahm sie. Wieder küsste sie mich auf die Wange, lächelte mich an. »Du lebst«, sagte sie. »Kein allzu großer Schaden, und atmen tust du auch noch. Hättest mal sehen sollen, wie ich ausgesehen hab, nach der Prügelei mit meinem letzten Freund – dem hat nicht gefallen, dass ich auf Tarzan *und* Jane stehe. Das war das Resultat!«

Ich versuchte zurückzulächeln. Bekam es aber nicht hin.

»Die sollten Cass einsperren«, sagte Kim. »Die hat nicht mehr alle Bohnen in der Sauce. Wenn die da ist, ist niemand sicher.«

Ich nahm noch einen Zug. Meine Kehle fühlte sich an wie mit Kieselsteinen ausgekleidet. Ich entdeckte zwei Erzieher, die uns vom Kantinenfenster aus beobachteten. »Ich will, dass du sie mir abschneidest, Kim«, sagte ich. »Schneid sie *alle ab*!«

»Sag das noch mal, Naoms?«

»Schneid sie ab! Überleg doch mal, was es heute für ein Drama deshalb gab.«

»Lass dich von der irren Cass nicht durcheinanderbringen«, beharrte Kim. »Was hab ich dir gesagt? Lass dir nicht von anderen sagen, was du zu tun hast. Spiel deren Spiel nicht mit, Naoms.«

Kim griff nach einem meiner Zöpfchen, hielt es sich an die Nase und schnupperte dran. »Sag mir noch mal, wer das für dich gemacht hat.«

»Meine neue Pflegemutter, Colleen.«

»Wie lange hat sie gebraucht? Fünf Stunden? Hat sich schon mal irgendeine andere Pflegemutter fünf Stunden lang mit deinen Haaren beschäftigt?«

»Nein«, erwiderte ich.

»Hat dir dein Dad jemals eine Frisur gemacht?«

»Willst du mich verarschen? Nein, ich hab ihm *seine* geschnitten und gewaschen.«

»Dann darfst du die Zöpfchen jetzt auch nicht abschneiden, Naoms. Hör auf mit dem Quatsch.«

Endlich bekam ich ein halbes Lächeln hin. Ich zog noch mal an meinem Krebslutscher. Kim legte mir einen Arm um den Hals und drückte mich an sich. Sie küsste mich auf die Stirn. Ich hatte das Gefühl, als würde eine große Schwester auf mich aufpassen. »Sabotier nicht deine Haare, Naoms. Weiß nicht, wie lange du's so lassen solltest, aber es sieht gut aus bei dir. Also scheiß auf die alle und jeden, der auf dem Boot segelt.«

Wir rauchten fertig und gingen zurück ins Wohnzimmer. Während der nächsten Unterrichtsstunde hörten wir, wie Cassandra aus dem Gebäude geleitet und in einen Transporter verfrachtet wurde. Dabei fluchte sie laut auf Kim, Nats und mich. Ich fragte mich, was für persönliche Probleme sie wohl hatte. Wir hatten alle welche. Ich versuchte sie aus meinen Gedanken zu streichen, aber ich spürte einen dicken Klumpen Angst im Bauch. Er sprang herum und ich konnte nichts dagegen machen.

Am Nachmittag ging ich aufs Klo. Nats folgte mir. Als wir fertig waren, wuschen wir uns die Hände, starrten uns dabei in den Spiegeln über den Becken an.

»Ich schwöre bei Gott, ich bring jeden um, der Kim was tut«, sagte Nats. Ihr Blick verließ den Spiegel nicht. »*Und jede.*«

»Kapiert«, erwiderte ich. »Du lässt Kim nie im Stich. Yoanna hast du echt fertiggemacht.«

»Kim redet vielleicht, als käme sie von der Straße, aber eigentlich tut sie's nicht«, fuhr Nats fort. »Unter der Oberfläche ist sie ... ist sie ganz weich. Verletzlich. Die kann eigentlich gar nicht kämpfen. Sie kommt aus keinem Getto. Ihre Mum ist Mittelschicht.«

Ich wusste nicht so genau, was ich sagen sollte, also nickte ich.

»Als das mit mir passiert ist, wollte ich mein verkacktes Leben beenden«, fuhr Nats fort. »Kim hat mich gerettet. Ich hab ihr alles zu verdanken.«

»Ich ... ich weiß«, sagte ich.

Sie sah mich an, als wollte sie mich vor irgendwas warnen. »Deshalb kann ich's auch nicht tolerieren, wenn ihr irgendjemand wehtut. Verstehst du, was ich sage?«

»Nats«, erwiderte ich. »Ich weiß nicht, auf welchem Dampfer du gerade fährst. Kim hat mich auch immer verteidigt. Sie war eine Schwester. Wieso sollte ich auf die Idee kommen, ihr was zu tun? Ich bin nicht Cassandra. Über die musst du dich aufregen.«

Nats dachte drüber nach und lächelte. »Du hast recht. Naoms ... tut mir leid, ich hab's gar nicht so gemeint. Bin bloß ganz schön aufgewühlt, nach dem allen heute. Hat mir nicht gefallen, Kim mit Schmerzen zu sehen.

»Mir auch nicht«, brachte ich raus.

Nats trocknete sich mit ein paar Papiertüchern die Hände und ging raus. Ich musste noch ein paar Minuten im Klo bleiben, bis mein Herz wieder einigermaßen ruhig schlug.

Colleen kam mich um Punkt 15.30 Uhr abholen. Ich sagte Kim und Nats noch schnell Tschüs, dann stieg ich hinten ein. Ich musste ewig warten, bis Colleen mit Richard und zwei anderen Erziehern geredet hatte. Dabei wollte ich einfach nur, dass sie mich nach Hause brachte.

Anstatt sich hinters Steuer zu setzen, kam Colleen zu mir nach hinten. Sie machte erst die Tür zu, bevor sie anfing. »Alles klar?«, fragte sie, legte mir eine Hand auf die Wange und sah mir in die Augen.

»Ja, alles gut«, erwiderte ich. »Die hat mich überrumpelt. Hab nicht damit gerechnet. Das nächste Mal schlag ich als Erste zu. Die macht mir keine Angst, weißt du? Absolut nicht! Das nächste Mal bring ich sie um.«

Ehrlich gesagt, Cass macht mir eine Wahnsinnsangst. Vor Nats hab ich mich auch ein bisschen erschrocken, aber vielleicht schieb ich da auch eine kleine Paranoia. Sie war einfach wütend, weil Cass über uns hergefallen war, und hat in den Beschützer-Modus umgeschaltet. Mehr nicht.

»Willst du … willst du trotzdem noch, äh, willst du die Frisur behalten?«

Ich dachte an das, was Kim vorher gesagt hatte. Sie hatte gesagt, ich sähe supergut damit aus. Und Colleen hatte eine lange Schicht investiert.

»Ja, will ich«, erwiderte ich endlich.

Colleen lächelte und streichelte meine Wange. Dann stieg sie auf der Fahrerseite vorne ein. »Willst du nicht zu mir nach vorne kommen?«

»Nein«, erwiderte ich. »Das ist Sharynas Platz.«

Unterwegs zur Junior School sagte ich nicht viel. Wir holten Pablo und Sharyna ab und die beiden wirkten beruhigend auf mich. Ich fühlte mich wieder wie eine große Schwester. Pablo zeigte mir eine Zeichnung, die er gemacht hatte, von seiner Familie. Colleen war mit großen Augen und abstehenden Haaren darauf zu sehen; Tony mit einem Spaten in den Händen; Sharyna vor einem Spiegel; und ich umarmte etwas, das nach einer kleinen Ratte aussah. Ich musste grinsen, aber aus irgendeinem Grund machte es mich auch traurig. *So sieht eine normale Familie aus, Naoms. So was hattest du nie.*

Ich wuschelte Pablo durchs Haar.

Kaum waren wir zu Hause, fing Colleen mit dem Kochen an. Sie sagte: »Morgen bringt Tony dich zur Schule. Ist das in Ordnung?«

»Tony?«, wiederholte ich.

»Ja. Macht's dir was aus?«

»Nein, macht mir nichts aus«, sagte ich. »Aber ich werd dich und deine Geschichten über deine Schulzeit vermissen.«

Colleen lächelte. »Ich hab einen Arzttermin morgen früh, den ich nicht verpassen darf«, erklärte sie. »Und wenn ich Sharyna und Pablo abgesetzt habe, muss ich sofort los.«

»Geht von mir aus klar«, sagte ich. »Nimmt er mich in seinem Pick-up mit?«

»Ja. Alles klar? Tut dir nichts weh?«

»Alles noch da, wo's hingehört«, sagte ich. »Kim hat nachgeschaut, und Marie hat mich auch noch mal gecheckt.«

»Hauptsache, du bist sicher.«

»Supersicher.«

Ich setzte mich an den Küchentisch und sah zu, wie Colleen ein paar Kartoffeln aus dem Gemüseständer nahm. Das erinnerte mich daran, wie ich Mum früher zugesehen hatte, wenn sie Essen machte. »Was kochst du?«, fragte ich.

»Ich hab heute Morgen schon ein paar Hühnerschenkel gewürzt«, erwiderte Colleen. »Die schieb ich gleich in den Ofen. Dazu gibt's Kartoffeln, gedünstete Pastinaken und Kohl.«

»Soll ich die Kartoffeln schälen?«, bot ich an.

»Willst du nicht mit Sharyna oder Pablo spielen?«

Ich will nicht, dass Sharyna und Pablo mitbekommen, dass mich Big Cass terrorisiert hat. Dieser Angstklumpen liegt immer noch schwer im Bauch. Bei Colleen fühle ich mich sicher. Ich spüre das Wasser in meinen Augen, aber trotzdem werde ich vor ihr keine Tränen vergießen. Hab ich vor meinem Dad oder Louise auch nie gemacht, also fang ich jetzt nicht damit an.

»Nee, ich spiel später mit den beiden«, erwiderte ich. »Aber ich bin's gewohnt zu kochen. Hab immer für Dad gekocht. Meistens wollte er's nicht, und manchmal hat er's auch erst morgens gegessen. Oft eiskalt. Ich musste mich mit ihm streiten, damit er den Teller hergibt und ich ihn in die Mikrowelle stecken konnte.«

Als Bettzeit war, sah Colleen noch mal nach mir. Fernseher und

Licht waren noch an. Über den Bildschirm lief der Abspann von einem schlechten Horrorfilm. Meine Vorhänge waren geöffnet. Ich hatte mich ganz klein zusammengerollt und lutschte am Daumen – Dad hatte mal gesagt, das hätte ich mir angewöhnt, als Mum tot war. Mein Erdmännchen saß neben mir. Colleen lächelte mich an. Sie schaltete den Fernseher aus, zog die Vorhänge zu, schloss das Fenster und ging raus.

7

TONY DRÜCKT AUF DIE TRÄNENDRÜSE

Tony fuhr vorsichtig durch das Einbahnstraßensystem von Ashburton. Ich spürte, dass er sich unterhalten wollte, aber nicht wusste, wie. *Keine Ahnung warum. Mit mir kann man sich gut unterhalten.*

»Hast du alles, was du brauchst?«, fragte er.

»Ja.«

»Hoffentlich machst du dir keine Sorgen wegen dieser Cassandra. Sie wird nicht da sein.«

»Ich mach mir keine Sorgen. Ich hab keine Angst vor der.«

»Hast du deine Brote mitgenommen?«

»Ich nehm keine Brote mit.«

»Hast du unsere Nummern in dein Handy eingespeichert, die von Colleen und mir?«

»Ja – hast du sie nicht mehr alle, Tony? Du hast sie mir aufgeschrieben, kurz bevor wir aus dem Haus sind.«

Tony grinste gequält. »Ah, ja«, sagte er. »Ich werde schon senil.«

»Was ist senil?«, fragte ich.

»Wenn man Sachen vergisst.«

»Ich vergesse auch Sachen«, sagte ich. »Ich werd doch wohl nicht senil?«

»Noch nicht, Naomi. Normalerweise trifft das nur alte Menschen.«

»Also dich.«

Tony schüttelte den Kopf und lachte. Ein paar Minuten lang sagten wir beide nichts.

»Wie viel Geld hat Colleen dir gestern gegeben?«, fing Tony wieder an.

»Fünf Pfund«, erwiderte ich. »Aber heute brauche ich extra was für so ein Projekt.«

»Was denn für ein Projekt?«

»Wir backen was in der Küche. Ich brauche Zutaten für einen Kuchen. Genau, wir müssen was in die Kasse spenden für die Zutaten.«

Tony ließ die rechte Hand am Steuer, zog mit der linken einen Zehn-Pfund-Schein aus seiner Jeanstasche. »Hier«, sagte er.

Affe schwingt einen Hula-Hoop! Das ging aber leicht.

»Danke«, erwiderte ich.

Dann folgten drei Minuten Schweigen. Ich hatte ein schlechtes Gewissen, weil ich ihm die zehn Pfund abgeluchst hatte, also fragte ich ihn, wie es ihm ging. Das war höflich. Louise lag mir ewig in den Ohren, ich sollte mich für die Leute interessieren, die sich um mich kümmern. »Wieso wolltest du einen Beruf haben, wo man mit Gras, Bäumen und Erde rummacht?«, fragte ich. »Klingt dreckig und echt öde.«

Tony lächelte im Ansatz. Irgendwie hatte ich einen Punkt bei ihm getroffen. »Ich bin aufgewachsen gegenüber vom Crongton Park«, erzählte er. »Auf der Südseite.«

»Du hast in Crongton gewohnt?« Das wollte ich erst mal bestätigt haben. »Bist du sicher? Du klingst nicht, als hättest du in der Gegend da krabbeln gelernt. Warst du ein Crongbanger? Hast du schon mal gesehen, wie jemand abgestochen wurde?«

Tony schüttelte den Kopf. »Nein, nein, nein«, beharrte er. »Mit so was hatte ich nichts zu tun. Mein Dad hätte mich umgebracht. In Crongton gibt's ja nicht nur Gangs.«

»Meine Freundin Kim sagt, Crongton ist voller Gs«, sagte ich. »Alles Gangster und bis an die Haarwurzeln bewaffnet. Die feilen sogar ihren Hunden die Zähne scharf.«

Tony bedachte mich mit einem *echt-jetzt*-Blick. Louise musste ihm gezeigt haben, wie der geht. Er wechselte das Thema. »Immer, wenn ich mal Freizeit hatte ...«

»Freizeit?«, unterbrach ich.

»Zeit, um zu tun, was ich wollte«, erklärte Tony. »Mein alter Herr hat meinen Geschwistern und mir immer ganz schön viel Arbeit im Haus zugeteilt.«

»Was für Arbeit?«

»Ach, zum Beispiel alle Zimmer saugen, die Fenster putzen, Möbel polieren, Unkraut jäten im Garten, Geschirr spülen, den Küchenboden wischen, Wäsche in die Wäscherei bringen. Meine Eltern wollten es zu Hause immer schön sauber haben.«

»In die Wäscherei?«, wiederholte ich. »Was ist das?«

»Oh, Verzeihung, in den Waschsalon. Meine Mum hat immer Wäscherei gesagt.«

»Das ist aber noch keine Verurteilung auf lebenslänglich«, meinte ich. »Das ist doch ziemlich normal. Das hab ich auch alles gemacht ... und noch mehr. Manchmal musste ich unsere Klamotten mit Seife in der Wanne waschen.«

»Ich schätze mal, kein Kind liebt Hausarbeit.«

»Ich bin *kein* Kind und ich hatte keine andere Wahl«, ich hob die Stimme. »Hätte ich's nicht gemacht, hätte Dad es auch nicht gemacht. Entweder ich oder niemand. Immer. Wenn die vom Jugendamt kamen, musste ich mitten in der Nacht aufstehen und putzen. Die leeren Dosen und Flaschen konnte ich nicht in den Müll schmeißen. Da haben sie nachgesehen. Also hab ich sie in eine Tonne um die Ecke oder in der Parallelstraße geworfen.«

»Muss hart gewesen sein«, sagte Tony.

Ich zuckte mit den Schultern. »War halt so.«

»Hattest du Zeit zum Spielen?«, fragte Tony. »Zeit, normale Sachen zu machen?«

»Was ist denn normal?«, erwiderte ich.

»In den Park gehen, Freundinnen treffen, schwimmen gehen, shoppen – du weißt schon, normale Sachen.«

Ich schenkte Tony einen meiner kältesten Verachtungs-Blicke.

»Willst du mich verarschen?«, fauchte ich. »Wie hätte ich denn *normale* Sachen machen sollen, ich musste mich doch um meinen Dad kümmern.«

»Ich wollte nicht ... tut mir leid, das hätte mir klar sein müssen.«

Erwachsene! Manchmal können sie echt dämlich sein.

Ich ließ den barschen Tonfall wieder. »Schon gut«, sagte ich.

Tony räusperte sich. »Ich wollte nur sagen, ich hab mit meinem Dad nie normale Sachen zusammen gemacht.«

»Hat er denn auch gesoffen?«, wollte ich wissen.

»Hin und wieder mal eine Cola Rum. Oder auch mal ein Bier. Aber nicht mehr ... außer bei Hochzeiten.«

»Warum drückst du dann auf die Tränendrüse? Wenigstens war dein Dad nüchtern. Das ist schon mal was.«

»Äh, ja. Ich hatte Glück«, gestand Tony. »Aber er ist nie ... er ist nie mit uns in den Park gegangen, oder auf den Jahrmarkt, es gab keine Strandausflüge, du weißt schon, solche Sachen. Er ist noch nicht mal gekommen und hat zugeschaut, wenn ich für meine Schule Kricket gespielt hab. Dabei war ich der Teamkapitän! Er ist einfach nur arbeiten gegangen, nach Hause gekommen, hat gegessen und die Füße hochgelegt. Er wollte auch nie meine Hausaufgaben sehen. Er saß abends vor dem Fernseher und hat Zeitung gelesen. Wir haben ihn nur gehört, wenn er uns angeschrien hat, weil wir zu laut gespielt haben. So war mein Dad.«

Ich sah Tony schief von der Seite an, als wäre er der verwöhnteste Junge der Welt. »Buhuhuhubuh!«, spottete ich. »Wenn ich eine Geige hätte, würde ich dir jetzt ein ganz langes Solo spielen. Sei bloß vorsichtig, am Ende wird deine knallharte Lebensgeschichte ja noch verfilmt.«

Tony konnte sich ein Schmunzeln nicht verkneifen. *Immerhin verträgt er einen Scherz.*

»Hat er deiner Mum Geld für Essen gegeben und dafür gesorgt, dass euch Gas und Strom nicht abgestellt werden?«, fragte ich. »Hat er dir eine Schuluniform bezahlt? Ist er zum Postamt gegangen und hat er seine Kommunalsteuer gezahlt? Das musste ich nämlich alles machen. Wenn ja, dann war dein Dad doch absolut brauchbar.«

Tony dachte drüber nach. »Was ich erzähle, muss für dich total jämmerlich klingen«, sagte er. »Er hat das alles bezahlt und gemacht, wovon du sprichst. Aber wenn ich auch nur einmal meine Schuhe beim Nach-Hause-Kommen in die Ecke gekickt hab, wusste das ganze Haus tagelang drüber Bescheid und die Nachbarn auch.

Meine Mum ist immer so wütend geworden, wenn er mit mir geschimpft hat, dass sie mir was hinter die Ohren gegeben hat, nur damit er die Klappe hält.«

Ich dachte an meinen eigenen Dad.

»Das ist dasEinzige, was mein Dad bei mir nie gemacht hat«, sagte ich. »Er hat mir kein einziges Mal eine runtergehauen. Aber ich ihm, wenn er nicht aufgestanden ist.«

»Das macht Colleen auch manchmal bei mir«, lachte Tony.

»Wenn ... wenn er mich angebrüllt hat, dass ich aufhören soll, wusste ich, dass es ihm gut geht«, fuhr ich fort. »Ich hab's gehasst, ihn zu sehen, wenn er so ganz still dalag ... ich hab immer gedacht, er ist tot. Und Tote guck ich mir nicht gerne an ... außer in Horrorfilmen.«

Ich dachte an meine Mum.

»Muss hart gewesen sein«, sagte Tony.

Ich zuckte mit den Schultern.

Die nächsten Minuten schwiegen wir.

Ich hoffe, Tony ist nicht von der tränenreichen Sorte, die bei jeder traurigen Geschichte gleich losheulen. Das wär echt megapeinlich.

»Jedenfalls hab ich meine ganze Freizeit, wenn ich mal welche hatte, im Park verbracht«, sagte er nach einer Weile. »Und da fing ich an, alles Grüne und die Bäume zu lieben. Meine Geschwister fanden mich seltsam. Dann hab ich mich den Pfadfindern in Ashburton angeschlossen und bin im Sommer zelten gegangen.«

»Wie?«, fragte ich. »Im Zelt, oder was? Auf einer Wiese?«

»Ja, natürlich im Zelt. Auf einer Wiese. Normalerweise zeltet man im Zelt, Naomi.«

Ich schnitt eine Grimasse. »Mich kriegt keiner dazu, auf einer Wiese zu übernachten. Das gehört verboten! Wo habt ihr denn hingekackt?«

»Tagsüber haben wir uns öffentliche Toiletten oder ein Restaurant gesucht.«

»Und nachts?«

»Äh, wahrscheinlich sind wir in den Wald.«

»Iiiihhh! Wie ekelhaft!«

Tony kicherte wieder. Es dauerte eine Weile, bis ich seinen Humor richtig einsortiert bekam.

»Ich muss noch einen der Erzieher um einen Bericht bitten, über den Zwischenfall gestern«, sagte er.

»Du musst nicht mit rein«, erwiderte ich. »Ich lass mir den Bericht geben und bring ihn mit nach Hause.«

»Sicher?«

»Was? Hältst du mich für zu blöd, um einen Bericht mitzubringen?«

»Überhaupt nicht.«

»Dann machen wir's so.«

»Okay, aber pass auf, dass die ihn in einen Umschlag stecken.«

Fünf Minuten später setzte Tony mich ab. »Ich hör heute früher auf, damit ich um halb vier hier sein kann«, sagte er.

»Gut, bis dann.«

»Hab einen schönen Tag.«

»Und du auch mit deiner Erde und den Bäumen.«

Tony schmunzelte und fuhr los.

Ein wilder Angstrausch bauschte sich auf in meiner Brust und stieg mir bis in die Kehle. Vor meinem geistigen Auge sah ich Cass und mich selbst in einer steinernen Zelle ohne Türen und Fenster. Und ohne Fluchtmöglichkeit. Wegen der niedrigen Decke mussten wir uns zusammenkauern. Ihre Fäuste waren größer als der Bauch eines dicken Schneemanns. *»Jetzt hilft dir keiner mehr, du weißes Stück Scheiße! Jetzt machst du nicht mehr auf schwarz, oder? Ich reiß dir die Zöpfchen einzeln vom Schädel und wickel sie dir um deinen weißen Hals, bis du keine Luft mehr kriegst.«* Dann bombte sie mir eine Faust aufs Kinn.

»Scheiß drauf!«, sagte ich mir.

Schnell flitzte ich zum nächsten Zeitungskiosk und lud meine U-Bahn-Karte mit den zehn Pfund auf, die Tony mir gegeben hatte. Außerdem kaufte ich zwei Schokoriegel und eine Dose Cola. Dann parkte ich mich am Rand der Hauptstraße ins Gras und futterte meine Schokoriegel. Ich saß da und überlegte, wie ich den Tag rocken könnte. Ich schaltete mein Handy aus, sah den Verkehr vorbeifließen und trank die kalte Cola. *Ich muss was gegen diese Sucht unternehmen, aber nicht heute.*

Ich gelangte zu einer Entscheidung, stand auf und ging zur Bushaltestelle. Mit dem Bus fuhr ich bis zur Station East Ashburton und genehmigte mir in einem Café dort noch eine heiße Schokolade. Ich kam mir voll erwachsen und toll vor neben den ganzen Müttern mit ihren Formel-1-Buggys und den Anzugträgern. *Vielleicht hätte ich Nats und Kim fragen sollen, ob sie mitkommen. Aber wahrscheinlich hätten sie das Fahrgeld nicht gehabt. Außerdem gab Kim ihr Geld, wenn sie mal welches hatte, immer nur für Krebslutscher, Schminke oder Klamotten aus, die sie im Secondhandladen entdeckte.*

Ich fuhr die kurze Strecke mit der U-Bahn nach Woodside Bridge.

Als ich aus der Station kam, latschte ich eine Seitenstraße entlang, die zu einer heruntergekommenen Sozialsiedlung führte. In einem Laden kaufte ich noch eine Dose Cola. Mir gefiel nicht, wie ich von der anderen Seite des Tresens mit misstrauischen Blicken verfolgt wurde. »Ich bin nicht hier, um was zu klauen!«, blaffte ich.

Die aufmerksamen Blicke richteten sich daraufhin auf jemand anders.

Ich sah mich um. Hatte sich nicht viel verändert. Immer noch dieselben stinkigen kleinen Läden, in denen Brot mit abgelaufenem Mindesthaltbarkeitsdatum und internationale Telefonkarten verkauft wurden. Dieselben Mums zeterten wegen ihrer unbezahlten Stromrechnungen, kauften aber trotzdem erst mal Kippen und Promizeitschriften, und dieselben Hundebesitzer erlaubten ihren hässlichen Kötern, den Gehweg vollzuscheißen.

Da ich dem Fahrstuhl nicht traute, ging ich zu Fuß in den dritten Stock eines der Wohnblocks. Irgendwo hinter dem Gebäude setzte ein Laster zurück, der Motor heulte auf. Auf dem Laufgang begegnete ich einem schwarzen Putzmann. Glaube nicht, dass ihm seine Arbeit Spaß machte. Er trug ein neongelbes Oberteil und Handschuhe, die Eskimofinger warm gehalten hätten, dazu schwarze Kampfstiefel. »Bonjour, Mademoiselle«, grüßte er mich lächelnd.

»Alles klar, Monsieur«, erwiderte ich.

Ich ließ die Briefklappe der letzten Tür ganz hinten scheppern und rieb mir die Hände, um sie zu wärmen. Dann hörte ich Schritte. Ich wusste, dass Nan erst mal durch den Spion guckte, wer sie da besuchen kam. »Ich bin's, Nan!«

Schlüssel klapperten in beiden Schlössern, bevor die Tür aufging. Primrose Burton, meine dreiundachtzigjährige Urgroßmutter, trug ein Dean-Martin-T-Shirt, eine braune Strickjacke, eine Jogginghose und rote Puschen. »Naromi! Was führt dich denn hierher?«

Ich zuckte mit den Schultern. »Hab dich lange nicht gesehen«, sagte ich. »Wollte wissen, wie's dir geht. Dachte, du freust dich vielleicht über ein bisschen Gesellschaft. Ist das ein Verbrechen?«

»Überhaupt nicht, Naromi.«

»Ich heiße Naomi, Nan«, verbesserte ich sie.

»Naromi, Naomi, egal. Ist jedenfalls eine große Freude, dich zu sehen. Eine ganz große Freude.« Sie umarmte mich herzlich, aber kraftlos. »Komm rein, hier zieht's.«

Ich folgte Nans langsamen Schritten in die kleine Küche am Ende eines kurzen Flurs. Mir stieg der Gestank nach alten Teebeuteln, Pisse und Möbelpolitur in die Nüstern. Ich setzte mich auf einen wackeligen Holzstuhl an dem kleinen Küchentisch und sah mich um. Am Kühlschrank hingen immer noch dieselben Postkarten, an die ich mich erinnern konnte, von als ich noch ganz klein war. Sie waren in Brimton Bloats, Morthcore Palace, Pickleness Sands, Dunweir Broads, der Isle of Chark, Lewesborough Flats und Headington Gramley abgeschickt worden. Auf dem Herd stand ein altmodischer, verbeulter Pfeifkessel. Um einen alten Tony-Curtis-Kalender herum klebten Bilder von Princess Diana an der Wand. Da war ein kleines Kiefernregal mit gerahmten Familienfotos in Schwarz-Weiß, und darauf standen Souvenirteller. Ich erkannte Mum und Grandma. Machte mich immer noch traurig, wenn ich kapierte, dass ich beide nie wieder lebend sehen würde.

Eine gabelförmige Energiesparlampe goss trübes gelbes Licht über uns aus, und eine zerrissene Spinnwebe klammerte sich mit letzter Kraft in einer Ecke an die Decke. Mitten auf dem Küchentisch lag ein Stapel geöffnete Briefe und Rechnungen.

»Ich wollte gerade meine Crumpets essen«, sagte Nan. »So fängt mein Tag an. Willst du auch welche?«

»Nee.«

»*Wie* bitte?«

»Tschuldigung. Nein, danke, Nan.«

»Schon besser. Manieren kosten nichts. Ist fast schon halb elf, Naromi, wenn ich fertig gefrühstückt habe, geh ich raus.«

»Ganz schön kühl da draußen, Nan.«

»Meine Heizung ist so eingestellt, dass sie sich um halb elf ausschaltet. Wenn du Zeit mit deiner alten Nan verbringen willst, musst du mitkommen in die Bücherei.«

»In die Bücherei?«

»Rümpf nicht die Nase, bevor du's dir angesehen hast«, sagte Nan. »Früher bin ich immer ins Café und hab um einen Becher heißes Wasser gebeten. Die haben mich immer komisch angeguckt und gefragt, ob ich nicht lieber einen von ihren schicken Kaffees probieren will, die ich nicht mal aussprechen kann. Also hab ich gedacht, drauf gepfiffen, auf die und ihre Hochnäsigkeit! Ich such mir was anderes. Die Heizung in der Bücherei ist schön gemütlich. Da les ich Zeitschriften bis Mittag.«

Ich sah zu, wie Nan zwei Crumpets in den Toaster steckte. »Und wie geht es dir?«, fragte ich.

»Ach, geht so. Wenigstens bin ich gesund. Das ist das Einzige, was zählt. Mildred unten ist ständig im Krankenhaus. Wenn's nicht ihre Beine sind, dann sind es ihre Arme, wenn's nicht die Arme sind, dann ist es der Magen, und wenn's der nicht ist, macht ihr die Arthritis zu schaffen, und wenn's das alles nicht ist, dann ist sie im Kopf nicht ganz richtig. Bei Mildred stimmt andauernd was nicht. Das kommt von der Einsamkeit, denke ich. Ich weiß nicht, wieso die sie überhaupt immer wieder nach Hause schicken. Genauso gut könnten sie die Arme auch einfach dabehalten. Aber sie liebt ihr eigenes Bett. Alles in allem komme ich gut zurecht. Muss ich dem da oben für danken. Gott gnädiger. Sicher, dass du keinen Tee willst? Hab ich dich gefragt, ob du Crumpets willst?«

»Nein, danke. Ich hab meine Cola.«

»Trinkst du immer noch Cola? Deine Mum hätte dir so was nie geben dürfen, als du klein warst. Ich wusste nicht, dass sie dir Cola ins Fläschchen macht. Da hätte mal jemand was sagen sollen. Wenn ich dich das nächste Mal sehe, hast du keine Zähne mehr.«

Die Crumpets machten einen Salto aus dem Toaster und Nan butterte sie mit zittrigen Händen. »Darfst du überhaupt hier sein, Naromi?«

Ich zuckte wieder mit den Schultern.

»Wegen dir krieg ich wieder Ärger. Ich will nicht, dass die Neugierigen noch mal bei mir vor der Tür stehen. Du weißt, dass ich die Neugierigen nicht in meiner Wohnung haben will. Tausend Fragen stellen die. Das ist, als wäre man bei *Mastermind*, wenn die da sind.«

»*Was ist Mastermind*?«, fragte ich.

Nan schüttelte den Kopf.

Während sie ihre Crumpets verdrückte, nahm sie eine kleine Thermoskanne vom Kühlschrank oben und goss Milch rein. Zum Schluss noch einen großen Schuss Brandy drauf, dann schraubte sie den Deckel wieder drauf und schüttelte. »Macht warm ums Herz«, lächelte sie. »Wenn du alt genug bist, kannst du mit deiner alten Nan was trinken – wenn mir der da oben noch ein paar Jahre schenkt.«

»Ich hab noch nie Brandy getrunken, Nan. Hab überhaupt noch nie getrunken. Ich weiß, wie schlimm das Zeug sein kann.«

Ich dachte an Dad.

Nan sah mich von der Seite an. »Ist nur vom Beelzebub, wenn man zu viel davon trinkt.«

Ich fragte mich, wer der Beelzebub war, wenn er hinter den Fahrradschuppen pisste. Oder war das eine Zeichentrickfigur?

Ich wollte das Thema wechseln. »Wirst du nicht manchmal einsam, wenn du so alleine lebst, Nan?«

»Ich? Einsam? Das behaupten immer alle! Mildred fragt mich ständig, ob ich mit ihr zum Seniorentreff gehe. Da machen die alles Mögliche, sagt sie. Töpfern, Handarbeit, Malen, Tanzen und wie man so ein Laptopdings benutzt. Aber es ist so, Naromi, da sind bloß lauter alte Leute. Wieso denken immer alle, dass ich alte Leute sehen will? Ich will junge sehen.«

»Vergisst du immer noch Sachen?«

»Leider ja. Ich vergess sogar, auf die verfluchte Toilette zu gehen! Aber ich hab seit gestern oder so nicht mehr in die Hose gemacht. Peinlich ist das. So, jetzt pack zusammen, Naromi, ist Zeit. Schon halb elf.«

Ich sah zu, wie Nan ihren Teller spülte, und merkte gleich, wie anstrengend es für sie war, die Finger zu bewegen. »Lass mich das doch machen, Nan.«

»Nein! Ich bin keine ... wie heißen die noch mal? Ich bin keine Karotte! Wenn ich nichts mehr selbst mache, dann werde ich zur Karotte. Und wenn ich nicht aufpasse, versammelt sich vor meiner Haustür eine Herde Esel. Das wünschst du deiner alten Nan doch nicht, oder?«

»Nein, Nan.«

Nan zog Turnschuhe an, band sich ein Kopftuch um und schlüpfte in einen rosa Mantel – na ja, vor langer Zeit war er wohl mal rosa gewesen. Sie steckte ihre Thermo in die linke Manteltasche und schlurfte raus. Sie bog sich im Wind. Ich folgte ihr nach draußen, achtete darauf, dass sie die Schlüssel einsteckte, bevor sie die Tür zuzog.

Die Bücherei war fünfzehn Minuten zu Fuß entfernt. Ganz offensichtlich war meine Nan dort bei allen Mitarbeitern bekannt. Sie schnappte sich drei Promizeitschriften, suchte sich einen Platz nah bei der Heizung und las. Ungefähr alle fünf Minuten nahm sie einen Schluck aus ihrer Thermo. Ich hoffte, dass ich sie nicht raustragen musste.

Ich spazierte in der Bücherei herum, wusste aber nicht so recht, was ich mit mir anstellen sollte. Ich nahm mir einen Comic und zog einen Stuhl neben Nan.

»Mr Swales ist anscheinend heute gar nicht da«, sagte sie.

»Mr Swales?«, wiederholte ich. »Wer ist das, wenn er sich morgens die Zähne putzt?«

»Der wird dir gefallen, Naromi. Ist immer eine Freude, ihn zu sehen. Breite Schultern, schönes Lächeln, griechische Locken.«

»Griechische Locken?«

»Schwärzer als schwarz«, erklärte Nan. »Und Locken wie an so einer griechischen Statue. Hast du mal griechische Statuen gesehen, Naromi? Die sind wunderschön. Da wurden sogar die unanständigen Körperteile mitgemeißelt. Den wirst du nicht kennen, aber Mr Swales erinnert mich an Victor Mature. Der hat in *Samson und Delilah* mitgespielt. Wunderschöne Schultern hatte der. Ich sage dir, Naromi, vor fünfzig Jahren hätte ich ihm schöne Augen gemacht, und wenn er angebissen hätte, noch viel mehr.«

Affe im Schweinestall! Ich will mir meine Nan nicht beim Sex vorstellen. Muss dringend das Thema wechseln.

»Wie lange bleiben wir hier noch, Nan?«

»Bis Mittag. Kannst du deiner alten Nan einen Gefallen tun?«

»Was soll ich machen?«

»Geh zur Ausleihe und frag, ob Mr Swales heute da ist.«

Ich grinste und ging zur Ausleihe. Eine indische Angestellte in einem hübschen pinken Hidschab stempelte Bücher ab, während ich geduldig wartete, dass sie zu mir aufblickte. Sie hatte freundliche Augen. »Ist Mr Swales heute da?«

Die Angestellte schenkte mir einen langen, eigenartigen Blick, dann sah sie zu Nan, die gerade wieder an ihrer Thermo hing. Mit *ach-du-armes-Ding*-Miene schaltete sie zu mir zurück. Sozialarbeiterinnen waren Expertinnen in so was. »Mr Swales ist seit über einem Jahr nicht mehr hier im Dienst«, sagte sie fast flüsternd. »Wir haben einmal versucht, es ihr zu erklären, aber Primrose hat sich sehr aufgeregt. Kannst ... kannst du ihr sagen, dass er im Urlaub ist oder so?«

Ich drehte mich um und schaute zu Nan rüber; sie blätterte ihre zweite Zeitschrift durch. »Ich erzähl ihr irgendwas.«

Ich kehrte zu Nan zurück, setzte mich. Mir fiel nichts ein, was ich ihr sagen könnte. »Macht er Pause oder ist er auf dem Klo?«, fragte sie.

»Nein, Nan. Er ... er ist im Urlaub.«

»Ach, verstehe«, sagte Nan. »Frag mich, wo? Wahrscheinlich da, wo seine Familie herkommt und wo sie alle schwarze Locken und schöne breite Schultern haben. Ich hoffe, er denkt an meine Postkarte. Aber schade, dass er nicht hier ist, ich hätte ihn dir so gerne vorgestellt. Irgendwann werde ich Mr Swales zu Tee und Crumpets einladen.«

Ich sagte nichts mehr, bis ich meinen Comic durchhatte.

»Nan?«, fragte ich dann und legte das Heft auf den freien Stuhl neben mir. »Der da oben? Schaut er auch noch nach mir? Meinst du, er gibt mir immer noch die Schuld?«

Nan zeigte mit einem krummen Finger auf mich. »Also, so will ich dich nicht reden hören, Naromi«, sagte sie. »Ich hab's dir einmal gesagt und ich sag's dir wieder. Du hast gar keine Schuld.«

»Aber meine Mum ...«

»Ihr ging's nicht gut, Naromi. Sie hatte Depressionen. Schon seit Jahren. Ich nehme an, sie hat sich Mühe gegeben und es vor uns verheimlicht. Das war für uns alle ein Schock, als wir kapiert haben, dass sie mehr Tabletten geschluckt hat als die liebe alte Mildred von unten.«

»Ich fühl mich trotzdem schuldig«, sagte ich.

»Haben dir die Neugierigen den Floh ins Ohr gesetzt?«, fragte Nan. »Dir das erzählt? Wenn ja, kriegen sie's mit mir zu tun. Ich habe denen noch nie über den Weg getraut, stehen mit ihren schicken Kulis, schicken Formularen und schicken Telefonen vor meiner Tür.«

»Nein, Nan. Aber manchmal, wenn ich nachts nicht schlafen kann, frag ich mich, ob mir dein Mann da oben die Schuld gibt. Ich hätte sie retten können. Sie hat so lange gebraucht da drin. Hätte ich doch bloß mal nachgesehen.«

»Ist auch *deiner*, der da oben«, sagte Nan. »Und gnädig ist er. Er gibt dir nicht die Schuld. Lass dein armes rotes Herzchen nicht dran zerbrechen, Naromi.«

»Meine Albträume sind alle rot, Nan. Ich wünschte, die würden aufhören. Ich wünschte, ich könnte bei dir wohnen.«

Nan nahm noch einen Schluck aus ihrer Thermo und kicherte in sich rein. Ihr Gelächter wurde zu einem tiefen Husten. »Das würden die Neugierigen niemals erlauben«, sagte sie. »Und wenn ich's vor dem da oben schwören müsste, dann würde ich ihnen sogar recht geben. Ich meine, ich vergesse jeden Tag mehr. Ist ein Wunder, dass ich noch ans Aufwachen denke. Erst gestern hab ich die Karte für den Stromzähler nicht gefunden. Lag auf meiner Kommode und ich hab die Küche auf den Kopf gestellt. Zum Schluss lagen Töpfe und Pfannen, von denen ich gar nicht mehr wusste, dass ich sie habe, überall auf dem Küchenboden. Ich konnte kein Wasser für meinen Tee kochen und meine Hände tun mir weh, wenn ich unter kaltem Wasser Geschirr spüle. Kannst du dir das vorstellen? Blöd wie'n Hamster in ner Wollsocke bin ich.«

»Das könnte ich ja alles für dich machen«, sagte ich. »Hab mich doch auch um Dad gekümmert.«

»Nein, Naromi. Um *dich* soll sich jemand kümmern. Nicht andersrum. So viel weiß ich. Du bist noch nicht erwachsen.«

»Ich kümmere mich gern um andere, Nan.«

»Und du hast das mit deinem Dad ja auch ganz toll gemacht. Aber du warst nie für ihn verantwortlich. Oh nein. Die Neugierigen hätten ihm helfen sollen. Ich will dir nicht zu nahe treten, aber die hätten ihn schnurstracks zu den Anonymen Alkoholikern verfrachten sollen, oder in eine Entziehungsklinik. Verzeih mir, Naromi, aber der hätte Schnaps ausschenken können, indem er sich in den Finger ritzt.«

Ich fing an, wie blöd zu kichern. Nan hatte immer Sprüche drauf.

»Dad konnte Sozialarbeiter nicht leiden«, sagte ich. »Hat immer geschimpft über die. *Kümmert euch um euern eigenen Dreck,* hat er gebrüllt. *Das ist meine Wohnung! Naomi ist meine Tochter, also verpisst euch!* Der Witz war halt, dass es ja gar nicht seine Wohnung war. War die von Mum, aber sie ...«

»Kein Wunder, dass du ein Mundwerk hast wie ein Abwasserkanal«, fiel mir Nan ins Wort, bevor ich noch trauriger werden konnte. »Du musst aufhören, so viel zu fluchen, Naromi. Wer will dich denn heiraten mit so einer Klappe? Glaub bloß nicht, dass der nette Mr Swales dich fragt. Meine Rita hatte dasselbe Problem. Die hatte auch ein Mundwerk so dreckig wie die Unterhose von nem Schornsteinfeger.«

»Ich krieg ständig geschimpft wegen meiner Flucherei«, räumte ich ein.

»Ist nicht damenhaft, Naromi. Ich kann mir nicht vorstellen, dass Lady Di jemals geflucht hat. Oh Gott, nein. Die hat sich immer von der besten Seite gezeigt. Die wusste, wie man ein Tässchen Tee trinkt und dabei den kleinen Finger abspreizt. Eine reine Freude war sie. Umgebracht haben sie die. Eines Tages wird es rauskommen, diese brutalen Schweine. Die wollten nicht, dass sie ein Wüstenkind bekommt, mit schwarzen Locken, verstehst du? Oh nein. Der nächste englische König darf ja kein Bruder von einem Wüstenkind sein, oder? Also, wovon hab ich gerade geredet? Du musst dir keine Sorgen machen, der da oben denkt an dich. Der wird es verstehen. Gnädig ist er.«

Ich ließ ein Grinsen aufblitzen.

»Naromi, pass auf meinen Platz auf, ich geh mal für kleine Mädchen. Hoffentlich liegen heute wieder ein paar Extrarollen da.«

»Was für Rollen?«, wiederholte ich.

»Klopapier«, erklärte Nan. »Dann muss ich nicht zu Tesco und welches kaufen. Allerdings ist das Papier in der Bücherei ein bisschen rauer als das im Supermarkt. Sogar Baumrinde ist weicher.«

Nan kam zurück mit einer sichtlich ausgebeulten Handtasche und ließ sich erneut neben mir nieder, trank noch einen Schluck aus ihrer Thermo, schmatzte mit den Lippen und nahm ihre dritte Zeitschrift. Ich schmunzelte.

»Die haben auch einen Raum mit Computern drin, wenn du Lust hast«, sagte Nan. »Geh nur, ich bleib hier. Vielleicht kommt Mr Swales an seinem freien Tag ja doch noch mal vorbei, um Hallo zu sagen. Schöne griechische Locken hat er. Hab ich dir schon gesagt, dass er aussieht wie Omar Sharif? Er hat Wüstenaugen.«

Ich fragte mich, wer zum Teufel diese Oma Sheriff sein sollte.

Ich trieb mich bis halb eins im Internet rum. Nan tippte mir auf die Schulter. »Zeit für Mittag«, sagte sie. »Ach und übrigens, deine Frisur gefällt mir. Die Neugierigen sind ja vielleicht nicht zu viel zu gebrauchen, aber wenn die dir die Haare gemacht haben, dann bekommen sie einen Sternchenaufkleber von mir.«

»Das war meine Pflegemutter, Colleen.«

»Ach? Und was ist die? Afrikanerin? Colleen klingt nicht nach einem afrikanischen Namen. Eher irisch. Aber die Iren flechten keine Zöpfchen, oder? Jedenfalls keine so guten.«

Der starke Wind hatte Regen mitgebracht, und Nan tat ihr Bestes, uns mit ihrem kleinen, kaputten Regenschirm davor zu schützen. Wir gingen in ein Café und setzten uns an einen Tisch. »Ich lad dich ein«, sagte sie und wischte sich die Tropfen mit einem Taschentuch aus dem Gesicht.

»Hast du denn genug Geld, Nan?«

»Wofür hältst du mich? Wenn ich in die Bücherei gehe, steck ich immer vier Pfund fürs Mittagessen ein.«

»Aber jetzt bin ich doch dabei.«

»Ach so, ich hab nur vier Pfund. Egal, wir teilen uns Scampi und Chips.«

»Schon gut, Nan, ich hab selbst Geld.«

»Hast es doch nicht gestohlen, oder?«, wollte Nan wissen. »Das will ich nicht, Naromi! Deine Großmutter hat vor Jahren bei C&A und Marks & Sparks Klamotten geklaut. Erwischt haben sie die und auf die Wache gebracht. In meinem ganzen Leben war mir noch nie was so peinlich. Eine mündliche Verwarnung hat sie bekommen. Das sag ich dir, zu Hause ist sie nicht so glimpflich davongekommen.«

»Nan, ich hab das Geld nicht geklaut.«

»Bist du sicher? Ist ganz schön viel Geld für eine Elfjährige.«

»Ich bin vierzehn, Nan.«

»Ehrlich? Seit wann?«

Ich hielt den Mund, als einer bedienen kam. »Was darf's sein?«, fragte er.

»Scampi und Chips, bitte«, bestellte Nan. »Und ich will keine alten Fritten, die schon seit einer halben Stunde in dem Warmhalteding liegen. Ich will frische.«

»Selbstverständlich«, nickte der Mann. Jetzt wendete er sich an mich. »Und für Miss ...«

»Dasselbe«, erwiderte ich.

Nan sah den Mann in die Küche abziehen. Kaum war er von unserem Schirm verschwunden, beugte sie sich zu mir rüber und sagte: »Das letzte Mal hat er mir kalte Fritten gebracht. Ich sag dir, das mache ich nicht noch mal mit.«

»Nan«, sagte ich nach einer Weile, »wie war meine Mum, als sie so alt war wie ich?«

»Deine Mum? Das war ein ganz liebes Mädchen, ein ganz liebes. Lass mal überlegen ... meine Rita hat mir deine Mum sonntags zum Mittagessen gebracht – ich hab immer Rinderbraten gemacht. Die haben in Moston Coals gewohnt ... kann mich nicht mehr erinnern, welchen Bus sie nehmen mussten. War's der 133er oder der 68er?«

»Rita hat alleine gelebt, oder?«, fragte ich.

»Wie redest du denn daher, Naromi?«, blaffte Nan. »Meine Rita heißt für dich Gran.«

»Tut mir leid, Nan. Hatte Gran einen Mann?«

»Kaum hatte er gehört, dass meine Rita guter Hoffnung ist, hat er die Flucht ergriffen, als wär ein mit den Fäusten fuchtelnder Kredithai hinter ihm her. Der Name von deinem Grandpa war Bill. Dürr wie ein billiges Würstchen. Ein schöner Charmeur. Hatte ein strahlendes Lächeln. In seinen Grübchen konnten sich Fliegen verirren. Er hat auf den Crewbury Docks gearbeitet, allerhand Plunder in Pubs verkauft und furchtbar gerne dicke Zigarren geraucht, dieser Bill. Aber an den Zigarren war mehr Fleisch dran als an ihm. Frag mich nicht, wie er die ganzen Kisten gehoben hat.«

»Scampi und Chips«, kündigte der Mann an, der bediente, und stellte die Teller auf den Tisch.

Nan musterte misstrauisch die Fritten. »Sind die frisch?«, fragte sie.

»Vor noch nicht einer Minute aus der Fritteuse gekommen.«

»Okay, vielen Dank. Jetzt fort mit Ihnen. Ich unterhalte mich mit meiner Urenkelin. Sieht sie nicht toll aus?« Nan kniff mir in die Wangen.

Der Mann grinste und ging zurück an die Arbeit.

»Meine Mum?«, fragte ich erneut.

»Ach so, entschuldige, Naromi. Ich erzähle und erzähle von meiner Rita und von Bill, dabei hast du nach deiner Mum gefragt. Ein liebes kleines Mädchen war sie. In den Sommerferien sind wir immer in den Riddlesdown Park gegangen, haben Schlagball gespielt und gepicknickt. Erdnussbutter-Marmeladesandwiches haben wir gegessen. Ach, und Lemon Tarts. Lemon Tarts darf man nicht vergessen. Deine Mum war gut im Schlagball. Meilenweit hat sie den Ball geschlagen. Die Vögel mussten sich vor ihr in Acht nehmen. Und dann hat sie sich die kleine Lunge aus dem Leib gerannt. Ein breites Strahlen im Gesicht dabei. Alle Jungs standen auf sie. Meine Rita musste die immer verscheuchen, wenn sie zu Hause angeklopft haben ...«

»Dann war sie damals also noch nicht so traurig?«, wollte ich wissen.

»Nein, überhaupt nicht. Das kam erst später, als meine Rita gestorben ist.«

»Das muss schrecklich für sie gewesen sein.«

»War's auch«, erwiderte Nan. »Hat furchtbar lange getrauert, deine Mum. Sie wollte gar nicht wieder in die Schule.«

»Was haben sie mit ihr gemacht?«, fragte ich.

»Die Ärzte und die Neugierigen haben ihr Tabletten verschrieben«, sagte Nan. »Ich glaub nicht, dass ihr die viel geholfen haben. Sie haben ihr nur den Schwung genommen.«

»Dann hatte Mum es also schwer?«, fragte ich.

»Oh ja, das kann man wohl sagen. Sie hat den Tod von meiner Rita nie verwunden. Wahrscheinlich ist das der Grund, warum sie so viele Tabletten genommen hat, das arme kleine Ding.«

Wir blieben noch zwei Stunden in dem Café sitzen. Ich kaufte Nan zwei Becher Tee und ich nahm noch eine Dose Cola. Nan erzählte mir Geschichten über untreue Bingo-Conférenciers, Markthändler mit Goldzähnen, einäugige Katzendiebe und Taschendiebinnen. Wind und Regen hatten sich gelegt, als wir schließlich wieder nach Hause schoben. Kaum waren wir aus dem Fahrstuhl gestiegen und rechts auf den Laufgang zu Nans Wohnung abgebogen, sahen wir

Tony, Louise und noch eine Sozialarbeiterin draußen vor Nans Wohnungstür stehen. *Affe bricht durchs Eis!* Die sahen nicht aus, als wollten sie uns erzählen, dass sie beim Bingo gewonnen hatten.

»Oh nein, Scheibenkleister!«, rief Nan. »Die Neugierigen!«

Ich weiß nicht warum, aber als wir auf sie zugingen, musste ich lachen.

»Ihr neugierigen Leute wart doch wohl nicht in meiner Wohnung?«, fragte Nan. Sie fingerte in ihrer Manteltasche nach den Schlüsseln. »Lasst euch von mir sagen, dass ich lieber abends als morgens sauber mache, also hört bloß auf, die Köpfe zu schütteln. Das lasse ich mir nicht gefallen.«

»Schon gut, Primrose«, sagte Louise. »Wir haben nur auf Naomi gewartet.«

»Wir wollten wissen, ob alles in Ordnung ist«, setzte Tony hinzu.

»Ich denke mal, ihr wollt bestimmt alle Tee«, sagte Nan. Sie öffnete die Haustür. »Ich hab nicht genug Crumpets für alle, es sei denn, ihr wollt sie einmal durchschneiden. Zwei von euch müssen stehen. Ich hab nur zwei Stühle am Küchentisch. Und ich hör mir keine Fragen von euch an.«

»Nan, ich glaub nicht, dass sie reinkommen und Tee trinken wollen«, sagte ich. »Die sind nur hier, um mich abzuholen.«

»Sie steckt doch nicht in Schwierigkeiten, oder?«, fragte Nan. »Sie hat doch nicht gestohlen, oder? Wenn sie gestohlen hat, dann kriegt sie was von mir zu hören. Ich bin nicht zu alt, um ...«

»Nein, nichts dergleichen«, erwiderte Louise. »Wir sind nur froh, dass sie wohlauf ist. Vielleicht hätte sie uns sagen sollen, dass sie Sie besuchen will.«

»Darf ich Nan am Wochenende wieder besuchen?«, fragte ich.

»Natürlich«, sagte Tony. »Ich bring dich her und hol dich wieder ab.«

Nan sah mich mit freundlichen Augen an. »Gott sei mit dir«, sagte sie. »Ruf mich an und sag Bescheid, um wie viel Uhr du kommst. Ich setz Wasser auf, und dann hab ich auch genug Crumpets da.«

»Kommst du zurecht, Nan?«

»Natürlich komme ich zurecht«, erwiderte sie. »Heute Nachmittag schau ich mir einen alten Film mit Barbara Stanwyck an. Wenn mir wieder einfällt, wie der DVD-Player funktioniert. Blendend hat die ausgesehen. Der liebe Mr Swales hätte Schauspieler werden sollen mit seinen griechischen Locken. Der sieht nämlich auch blendend aus.«

Nan grinste mich breit an und ging in die Wohnung, aber bevor sie die Tür schloss, sah sie Tony und Louise noch böse von der Seite an.

»Scheint ja alles in Ordnung zu sein, ich verschwinde dann mal«, sagte Louise' Sozialarbeiterkollegin. Ich hatte sie noch nie gesehen.

Tony schaute ihr nach, wie sie über die Treppe nach unten verschwand, dann erst redete er wieder. »Alles in Ordnung, Naomi? Können wir nach Hause fahren? Vielleicht kannst du uns das nächste Mal Bescheid sagen, wenn du deine Nan besuchen willst.«

»Wir können fahren.«

»Wenn's dir nichts ausmacht, Tony, dann fahre *ich* Naomi zu euch nach Hause«, sagte Louise. »Ich muss noch mal in Ruhe mit ihr reden. Ist das okay?«

»Kein Problem«, sagte Tony. »Wir sehen uns zu Hause.«

Louise bedachte mich mit einem genervten *echt-jetzt*-Blick. Das bedeutete, mir stand einer ihrer langen Vorträge bevor. Hätte nie gedacht, dass ich das mal sagen würde, aber ich wäre lieber mit Tony gefahren.

Louise ließ kein Sterbenswörtchen verlauten, bis ich auf dem Beifahrersitz saß. Sie mit verschränkten Armen neben mir. »Warum hast du deine Nan während der Schulzeit besucht?«

Okay, wie würde Kim mit der Situation umgehen? Lass dich nicht von oben herab behandeln, Naoms. Befrei die Rebellin in dir.

»Weil ich Lust dazu hatte«, erwiderte ich.

»Bist du sicher, dass es nichts mit dem Vorfall mit Cassandra zu tun hatte?«

»*Nein!* Ich hab keine Angst vor der! Meinst du, nur wegen der würde ich was vom Unterricht verpassen? Auf keinen Fall.«

»Es ist nichts dabei, Angst zu haben, Naomi«, sagte Louise. »Cassandra wird die Sondereinrichtung eine Weile nicht mehr besuchen. Sie hat eigene Probleme, an denen sie arbeiten muss.«

»Wie oft muss ich dir das noch sagen? Die macht mir *keine* Angst! Ich hab Nan lange nicht gesehen und wollte sie besuchen und es nicht so lang aufschieben, bis sie tot im Bett liegt, wenn ich endlich auftauche.«

»Das wird nicht passieren.«

Ich hob die Stimme. »Woher willst du das denn wissen? Niemand hat mit dem gerechnet, was mit meiner Mum war, und trotzdem ist es passiert. Ich weiß nicht, ob dir das aufgefallen ist, aber Nan wird langsam alt. Und sie vergisst alles Mögliche. Wieso schaut ihr nicht mal nach ihr?«

Betretenes Schweigen. Louise starrte durch die Windschutzscheibe. Ich fingerte am Autoradio herum.

»Irgendwas muss doch los sein, Naomi«, brach Louise das Schweigen. »Tony hat dich an der Schule abgesetzt. Er sagte, dir schien es gut zu gehen, du warst guter Stimmung. Er sagte sogar, ihr beiden hättet euch allmählich besser verstanden. Du hast niemandem gesagt, dass du deine Nan besuchen willst. Soweit ich mich erinnere, hast du sie seit, wie lange? Seit zwei Jahren nicht mehr gesehen?«

Ich zuckte mit den Schultern. »Das heißt nicht, dass ich sie jetzt auch nicht sehen will. Ist ja nicht so, dass *du* mit mir hinfährst. Ich hab dich oft genug darum gebeten.«

»Das ist nicht wahr!«

»Doch, ist es! Du willst immer bloß langweilig mit mir mittagessen und über langweiligen Scheiß reden. Übrigens findet Nan meine Frisur auch toll.«

»Ich muss meinen Job machen, Naomi«, sagte Louise. »Ich muss wissen, ob dich etwas bedrückt.«

»Mich würde sehr viel weniger bedrücken, wenn ich meine Nan besuchen könnte, wann ich will!«

Louise hielt inne und holte ein paar Mal tief Luft. Ich spürte, dass sie eine Kippe rauchen wollte, und starrte aus dem Fenster. »Ist wirklich alles in Ordnung mit dir und Tony?«, fragte sie. »Er sagt, ihr versteht euch besser, aber stimmt das auch? Oder hat er was Unpassendes zu dir gesagt? Ist er dir in irgendeiner Form zu nahe getreten?«

Ich stellte die Anlage auf einen Dance-Sender ein. Drehte die Lautstärke hoch und nickte mit dem Kopf zu dem hämmernden Drum Beat.

»Naomi, ich hab dir eine Frage gestellt«. Louise hob die Stimme. »Hat Tony sich in irgendeiner Weise unangemessen verhalten?«

»Er meckert ganz schön viel rum«, erwiderte ich schließlich. »Bisschen wie du eigentlich – aber sonst ist er ganz in Ordnung. Was hast du denn gegen ihn?«

Das stoppte erst mal ihren Redefluss. Zwanzig Sekunden lang hielt sie die Klappe.

»Bist du sicher, dass er nichts gesagt hat?«, fragte Louise. Sie hatte ein Fragezeichen zwischen den Augenbrauen. »Oder hat jemand was auf dem Weg zur Schule zu dir gesagt? Ich muss verstehen, warum du einfach so abhaust.«

Ich drehte das Autoradio noch lauter.

»So oder so, ich denke, ich bringe dich zu den Hamiltons«, überschrie Louise die Musik.

»Zu wem?«

»Den Hamiltons«, wiederholte Louise. »Hab ich dir von denen nicht schon erzählt? Ich bin ziemlich sicher, dass ich das habe.«

»Sind die auch schwarz?«

»Nein, das sind Weiße.«

Ich zuckte mit den Schultern.

»Sie passen vielleicht besser zu dir ... nicht weil sie weiß sind, sondern weil sie mehr Zeit für dich haben werden. Colleen hat mit Pablo und Sharyna schon beide Hände voll zu tun, und Tony macht immer viele Überstunden.«

»Wenn du meinst.«

»Du stehst immer noch auf unserer Adoptionsliste, Naomi. Mein Job ist es, eine passende Familie für dich zu finden, in der du längerfristig bleiben kannst.«

»Wenn du meinst.«

Affe haut aufs Becken! Wann hält sie endlich die Klappe? Vielleicht hatte sie ja selber keinen guten Tag gehabt. Ich wette, sie hat von ihren Chefs aufs Dach bekommen, weil sie irgendeinen Antrag nicht richtig ausgefüllt hat. Oder eins von ihren Kindern abgehaun ist. Bei Louise ist so was Standard. Ich will jetzt einfach nur ein paar krasse Grime Rhymes hören.

»Wenn du willst«, fuhr sie fort, »dann verabrede ich, dass du übers Wochenende zu den Hamiltons kannst. Die sind nett.«

»Nett?«, wiederholte ich. »Das hast du über die Holmans auch gesagt.«

Louise bedachte mich mit ihrem kältesten *echt-jetzt*-Blick aller Zeiten. »Hmmm.«

Hat mir gefallen, als sie wegen mir so genervt geguckt hat.

»Kann ich trotzdem zu meiner Nan, auch wenn ich die Hamiltons besuche?«, fragte ich.

»Natürlich.«

»Kann ich auch unter der Woche zu ihr?«

»*Nein!* Naomi, ich weiß, dass du's nicht leicht hattest, aber du musst gewisse Einschränkungen respektieren.«

»Einschränkungen?«, sagte ich. »Ich bin doch nicht King Kong hinter einem Lattenzaun.«

Louise drehte sich zu mir und sah mich streng an.

»Du besuchst deine Nan nicht unter der Woche, wenn du Unterricht hast.«

»Warum nicht? Ich hab sie heute besucht. Tony hat gesagt, er fährt mich hin.«

»Tony ist nur erleichtert, dass dir nichts passiert ist. Versprich mir, dass du so was nicht noch mal machst. Ich habe *Wichtigeres* zu tun, als dich zu suchen, und Tony auch. Er muss arbeiten.«

Ich zuckte erneut mit den Schultern. »Wieso machst du dir so in die Dessous? Ich wär ja zurückgekommen. Du denkst, ich lande auf der Straße, bettle und penne in irgendeinem dreckigen Ladeneingang neben einem hässlichen Köter.«

Als ich nach Hause kam, hab ich nicht mehr viel geplaudert, nur Spaghetti Bolo gegessen und dann ab in mein Zimmer. Ferngesehen hab ich nicht und auch keine DVD geguckt. Pablo kam eine Weile rein und wir haben Playstation gespielt, aber ich war nicht bei der Sache.

»Nomi, du bist total schlecht!«

Da hatte er nicht unrecht.

»Ich fühl mich heute nicht so top, Pabs«, sagte ich zu ihm. »Morgen geht's mir wieder besser.«

Pablo ging ins Bett.

Danach kam Sharyna rein und erzählte mir, dass ihr irgendein Typ in ihrer Klasse ein Zettelchen zugesteckt hatte.

»Was stand drauf?«, wollte ich wissen.

»Nur *ich mag dich*.«

Sharyna konnte sich das Grinsen nicht verkneifen, das sich auf ihrem Gesicht breitmachte.

»Was soll ich machen?«, fragte sie.

Ich wusste nicht, was ich ihr sagen sollte. Mir hatte noch nie ein Typ in der Schule oder im Heim jemals ein Zettelchen zugesteckt, auf dem stand, dass er mich mag. *Du musst jetzt erwachsen sein.* »Wenn du ihn auch magst, dann sei halt einfach nett zu ihm, wenn er mit dir reden will, und warte ab, was passiert.«

»Danke, Naomi.«

»Aber anfassen ist nicht, vom Hals abwärts.«

»Alles klar.«

Sie umarmte mich. Ich wusste gar nicht so genau, was ich mit meinen Armen machen sollte. *Flipp nicht aus, Naoms. Das ist normal. Das hast du gut gemacht mit deinem Rat.*

»Gute Nacht«, sagte sie.

»Gute Nacht, Sharyna.«

Ich konnte nicht schlafen. Meine Tür stand leicht offen, aber Colleen klopfte trotzdem an. »Darf ich reinkommen?«, fragte sie.

»Ja«, erwiderte ich.

Sie parkte auf meinem Bett und es sah aus, als hätte sie sich den ganzen Abend lang auf das vorbereitet, was sie mir gleich sagen wollte. »Alles in Ordnung, Naomi?«

Ich zuckte mit den Schultern.

»Du warst heute Abend gar nicht wie sonst«, setzte Colleen noch dazu.

Ich antwortete nicht, starrte mein Erdmännchen neben mir an.

Colleen versuchte zu lächeln. Sie legte mir eine Hand auf die Schulter. »Reden hilft vielleicht.«

Ich dachte an Nan, Mum, Dad und den Rest meiner Familie. »Sie wird bald sterben, oder?«, fragte ich.

Colleen rutschte näher an mich ran.

»Nan hat nicht mehr viel Zeit«, fuhr ich fort. »Danach hab ich niemanden mehr. Ich weiß nicht, wo mein Dad ist ... oder die sagen's mir nicht.«

Colleen nahm mich in die Arme und ich legte meinen Kopf unter ihr Kinn. Ich musste meine innere Tränenabwehr aktivieren.

So blieben wir die nächste halbe Stunde sitzen. Mir gefiel das. Manchmal denken Erwachsene, sie müssten immer was sagen.

»Ich will jetzt schlafen«, sagte ich.

»Okay«, sagte Colleen. »Ruf mich, wenn du mich brauchst.«

Colleen stand auf und machte das Licht im Flur aus. Ich schnappte mir mein Erdmännchen, drückte es mir fest an die Brust und heulte mir mein kleines rotes Herzchen aus.

8

STEINZEIT-DISCO

»Tavares? Chic? Sister Sledge?«, las ich und ging Tonys Disco-CDs durch. Ich lag auf Tonys Bett und warf die CDs weg, die total daneben waren. Gerahmte Fotos von Pablo und Sharyna lächelten von den Wänden runter. Bücher über Kindererziehung, Geschichten über traurige Kinder und Killer-Thriller standen über Colleens Hälfte vom Bett im Regal. Auf der anderen Seite Bücher über Schwarze – ich erkannte Martin Luther King vom Black History Month an der Schule. »Das ist doch alles aus der Steinzeit«, maulte ich. »Hast du nicht was, das nach meiner Geburt aufgenommen wurde?«

»Du hast gesagt, du willst Tanzmusik«, sagte Tony. Er lehnte sich an die Schlafzimmertür.

»Du bist doch schwarz, oder?«, fragte ich.

Tony betrachtete seine Hand. »Sieht ganz so aus«, erwiderte er.

»Wie kommt es dann, dass du nichts Neues hast? Hast du schon mal von The Grime Doctors gehört? The Gutter Band? The Road Block Three? Oder Medieval Sue? Von der musst du doch gehört haben?«

»Äh ... nein«, Tony schüttelte den Kopf. »Ich mag die alten Sachen. Hast du denn noch nie was von Nile Rodgers gehört?«

»Wer soll das sein?«, fragte ich.

Tony zuckte mit den Schultern.

»Das ist alles mit der *Titanic* untergegangen«, sagte ich. »In einer halben Stunde stehen Nats und Kim vor der Tür. Wenn ich denen dein Zeug vorspiele, frieren ihnen die Fußzehen vor Langeweile ein und sie gehen wieder. Ich könnte es ihnen nicht vorwerfen.«

»Naomi, du hast uns nur zwei Tage Zeit gegeben, um die kleine

Party vorzubereiten«, sagte Tony. »Colleen hat in der Küche Wunder gewirkt. Sharyna und Pablo pusten Ballons auf, du könntest wenigstens so tun, als wärst du dafür dankbar.«

»Ich bin ja auch dankbar, Tony ... aber die Musik. Ich meine ... selbst Pharaonen würden dir sagen, dass dein Zeug zu alt ist. Ich hätte Nats und Kim bitten sollen, dass sie selbst was mitbringen. Vielleicht hat Kim was auf ihrem Handy – die hat ein Smartphone.«

»Ach, jetzt komm aber, Naomi! So schlecht ist meine Musik nicht.«

»Ich will dich nicht in deinen Gefühlen verletzen, aber du musst dir mal einen Tag freinehmen, deine CDs im Garten vergraben und dann ins neue Jahrtausend eintreten.«

Tony konnte sich ein Schmunzeln nicht verkneifen.

»Das ist *nicht* witzig!«, protestierte ich.

Widerwillig schnappte ich mir eine Handvoll Disco-CDs und ging nach unten.

Als ich in die Küche kam, stieg mir der Geruch nach mariniertem Grillhuhn in die Nase. Auf dem Tisch standen Teller mit Chips und Erdnüssen. Auf dem Herd simmerte ein Topf Reis. Colleen gab schwarzen Pfeffer auf den Salat mit Avocado, Gurke, Cherry-Tomaten, selbst gemachtem Kartoffelsalat und Roter Bete. Auf der Anrichte neben dem Brotkasten stand ein Teller mit Schokokeksen. Pablo hielt einen Ballon und schielte auf die Kekse, als wären sie das Beste, was Willy Wonkas Schokoladenfabrik je hervorgebracht hat. Colleen hatte ihm den Rücken zugekehrt. Er schielte auf die Schokolade, dann nach Colleen. Dann wieder auf die Kekse. Er leckte sich die Lippen und schnappte nach Luft. Plötzlich raste er olympiaverdächtig schnell zu dem Teller, schnappte sich zwei Kekse, flitzte raus und die Treppe hoch.

»Was hab ich gesagt?«, sagte Tony, als er die Treppe runterkam. »Stell die Kekse erst nach dem Essen raus.«

»Ich wollte, dass alles fertig ist«, sagte Colleen. Sie sah mich an. »Und? Hast du bei den CDs was gefunden, das für dich infrage kommt?«

Ich bedachte Colleen mit einem *echt-jetzt*-Blick. Louise wäre stolz auf mich gewesen. Ich zog mein Handy aus der Tasche meines Jogginganzugs und bimmelte Kim an. »Seid ihr schon los?«, fragte ich.

»Gerade dabei«, erwiderte Kim. »Nats macht mir noch Gel in die Haare.«

»Bringt Musik mit«, bat ich. »Ist ein Notfall. Wenn nicht, geht meine kleine Party ab wie'n Furz in einem unbelüfteten Fahrstuhl.«

»Meine CDs bring ich nicht mit, Naoms«, sagte Kim. »Die verschwinden immer, wenn ich sie irgendwohin mitnehme. Und auf meinem Handy ist auch nichts, aber ich hab meinen MP3-Player.«

Ich wandte mich zu Tony um. »Kannst du einen MP3 über deinen Laptop abspielen?«

»Äh, ja«, erwiderte Tony. »Ich denke, das kriege ich hin.«

»Scheiße, da haben wir ja noch mal Glück gehabt!« Ich atmete wieder.

»Ausdrucksweise!«, rief Colleen.

»Du hast mir das Leben gerettet«, sagte ich zu Kim. »Schieb deinen Arsch in Blitzgeschwindigkeit her und sieh zu, dass Nats kommt – die wird voll giftig, wenn ich sie ausschließe. Ist mein letzter Tag hier, dann düse ich übers Wochenende zu den Hamiltons.«

»Keine Angst«, sagte Kim. »Wohin ich gehe, geht Nats auch ... Wer sind die Hamiltons, wenn sie sich morgens die Nase putzen?«

»Werd ich morgen erst erfahren, oder?«

»Sei vorsichtig, Naoms«, warnte mich Kim. »Trau keinem. Besonders nicht dem Mann im Haus.«

Fünfundvierzig Minuten später waren Kim und Nats da. Ich machte die Tür auf und war geschockt, als ich Kims Gesicht sah. Ihr linkes Auge sah aus, als hätte eine fette Nacktschnecke mit Riesenzähnen an ihr geknabbert, und ihre linke Wange war auf die Größe von Pablos Luftballons angeschwollen.

»Welche angepisste Hornisse hat sich denn in dein Gesicht gesetzt?«, fragte ich.

»Ach, so ein Typ bei JD Sports«, erwiderte Kim total lässig. »Hab mir gerade die neuesten Nikes und so angesehen, da kam er und hat mir Scheiße erzählt, er wär Anwärter auf irgendeine Spitzenfußballmannschaft, dann meinte er noch, was für megaschöne Augen ich hab und ob ich mit ihm ausgehen will. Die Antwort war nicht das, was er hören wollte, also hat er den Frauenschläger raushängen lassen. Glaub mir, der sieht schlimmer aus als ich. Ich hab ihm in die Wange gebissen, in die Schulter und die Hand. Wenn er nicht abgehauen wäre, hätte ich ihm meine Reißzähne auch noch in die Eier geschlagen.«

Nats stand hinter Kim, starrte zu Boden und schwieg.

Ich ließ die beiden ins Haus.

Kim trug ihre blaue Leggings, ihren Mikro-Jeansrock, ein Marilyn-Monroe-T-Shirt und eine rote Baskenmütze auf den bunt gefärbten abstehenden Haaren. Sie nahm erst mal das Haus gründlich unter die Lupe. »Irgendwie schon ganz geil«, sagte sie. Sie trat einen Luftballon aus dem Weg. »Aber die könnten trotzdem so einen Heimverschönerer brauchen. Die Bilder an den Wänden gefallen mir. Alles ganz schön Black History Month. Sogar Cass müsste es gut finden, dass du hier wohnst. Vielleicht sollte ich meine Sozialarbeiterin fragen, ob ich nicht auch bei einer schwarzen Familie unterkommen kann.«

Nats folgte uns ins Wohnzimmer. Sie grinste, als sie Sharyna und Pablo sah, die sich gegenseitig beschimpften. »Hallo«, sagte sie. »Hat euch Naomi unter ihrer Fuchtel?«

»Und wie!«, lachte Pablo. Er beobachtete Kim, als wäre sie gerade von einem *Star-Wars*-Planeten hier gelandet.

»Nein«, sagte Sharyna und hielt ihrem Bruder den Mund zu.

»Schön, euch beide kennenzulernen«, grüßte Nats.

»Auch schön, dich kennenzulernen«, sagte Sharyna.

Okay. So weit so gut. Sogar Nats ist ganz geschmeidig. Kim hat sie sich wohl unter vier Augen vorgenommen.

Colleen servierte allen Teller mit Grillhuhn, Reis und Salat. Kim saß am Esstisch neben mir. Nats beschloss, im Stehen zu essen, hinter Kim. Pablo pflanzte sich neben Kim und musterte sie von oben bis unten mit Disney-Zeichentrick-Stielaugen. Gleichzeitig hatte Tony aber Probleme, Kims MP3-Player mit seinem Laptop zu verbinden.

»Brauchst du Hilfe, Dad?«, bot Sharyna an.

»Äh, ja«, gestand Tony. »Das wäre super.«

Eine halbe Stunde später hatten Tony und Sharyna den Laptop gezwungen, Musik abzuspielen. *Man Down* von Rihanna drang aus dem Computerlautsprecher, während Colleen und Nats den Esstisch an die Wand schoben, um Platz zu schaffen.

»Die Tanzfläche gehört dir«, sagte Tony zu Sharyna.

Sharyna schaute Nats, Kim und mich an, legte die Hände auf den Mund und wurde rot. »Nee, Dad, heute nicht.«

»Na los!«, feuerte Tony sie an. »Du bist eine tolle Tänzerin.«

»Ja, komm schon, Sharyna«, sagte ich. »Neulich in deinem Zimmer hab ich ein paar Moves von dir gesehen. Du bist die lebende Dancing Queen.«

Immer noch mit den Händen im Gesicht, schüttelte Sharyna den Kopf. Kim und Nats drehten sich zu mir um.

»Naoms, dann leg du doch los«, riefen sie mir zu. »Komm schon, Schwester! Du weißt, du willst es.«

Ich wollte es nicht.

»Genau«, rief Kim. »Schwing den Hintern, Schwester!«

»Kannst du tanzen?«, fragte mich Colleen.

Affe auf nem Baum, Löwen unten! Mein Herz wachte auf und fing einen wilden Streit mit meinen Rippen an. Alle Blicke waren auf mich gerichtet. Ich sagte nichts.

»Die ist der *Hammer*«, sagte Nats.

»*Setz den Track noch mal auf Anfang!*«, brüllte Kim.

Sharyna ließ den Song noch mal von vorne laufen und drehte die Lautstärke hoch. »Zeig ihnen deine Moves, Schwester!«, rief Nats.

Ich verschränkte die Arme und starrte zu Boden. Das Feuer in meinen Wangen war so heiß, ich hätte Büffelschenkel drauf braten können. Kim fasste mich an den Armen und zog mich auf die Füße. »Zeig ihnen, was du draufhast, Schwester!«

»Wieso hast du uns nicht erzählt, dass du tanzen kannst?«, fragte Colleen. »Na los! Die Tanzfläche gehört dir.«

Pablo rannte mit seinem Ballon in die Mitte des Raums und legte ein paar wilde Schritte hin, vollendete seine Nummer mit einer

Michael-Jackson-Drehung, einem irren Purzelbaum und einem angedeuteten Spagat. Dann stand er ein bisschen wacklig wieder auf. Für das Grinsen, das er dabei präsentierte, hätte er endlos viele Sternchenaufkleber von Nan bekommen. Alle klatschten und brüllten. Sharyna drückte noch mal auf Neustart und Kim und Nats fingen an zu singen: »*Dance, sister, dance. Dance, sister, dance!*«

Ich lockerte meine Zehen und dehnte die Arme. *Affe im Zirkus! Ich hatte ewig nicht mehr getanzt.* Ich warf einen ängstlichen Seitenblick auf Kim. Die nickte und warf mir einen Kuss zu.

Ich versuchte mich zu entspannen. Meine ersten Schritte waren echt nervös, aber dann wechselte ich in den Beyoncé-Modus. Kim und Nats klatschten. Die anderen fielen mit ein. Ich machte ein paar Drehungen und einen Streetdance Move, dann sprang ich rückwärts und landete auf den Füßen. »Wow!«, schrie Tony.

Mein Selbstvertrauen tanzte einen inneren Tango. Ich machte so ein Beyoncé-Ding mit den Hüften, sprang und trat in die Luft, dann drehte ich mich wie eine irre Eiskunstläuferin. *Naomi Night Fever.*

»Sie ist großartig«, sagte Colleen.

»Hab ich doch gesagt«, sagte Kim. »Sie steht voll auf Beyoncé. Ihr Lieblingsvideo ist *Baby Boy,* das guckt sie dauernd auf YouTube.«

Kim hatte nicht unrecht.

Dann war der Track zu Ende. Meine Lungen rieten mir, mich zu setzen. Kim wischte mir den Schweiß von der Stirn und umarmte mich fest. »Siehst du!«, sagte sie. »Niemand hat gelacht. Schwestern wie wir haben voll was drauf.«

Aus dem Augenwinkel sah ich Neid in Nats' Augen aufblitzen. *Wieso ist die sauer? Sie hat mich doch auch angefeuert.*

»Ich sag ihr immer wieder, dass sie mal was mit dem Tanzen machen soll«, sagte Kim. »Aber hört sie auf mich? Nein, tut sie nicht! Ohren aus Teflon! Da bleibt nichts hängen.«

»Ist nicht gelogen«, setzte Nats hinzu. Der Neid fiel von ihr ab. »Naoms hat immer schon total mega getanzt.«

»Ich denke, sie sollte das regelmäßig machen«, sagte Colleen. »Das war so gut.«

Tony nickte.

Auf dem MP3-Player waren nur vierzig Minuten Musik gespeichert.

»Hast du noch was anderes?«, fragte Kim, die immer noch neben mir saß.

»Da ist noch das alte Discozeug, von dem ich erzählt hab«, erwiderte ich. »Kann sein, dass eure Ururugroßmütter von den Toten auferstehen und dazu hotten.«

»Lass mal laufen!«, rief Kim. »Der Scheiß ist besser als nichts.«

»Ausdrucksweise!«, bellte Colleen.

»Verzeihung, Mrs Golding«, sagte Kim.

Kim entschuldigte sich? Das war neu.

Tony legte die CD in die Anlage. Er grinste, als *Lost in Music* von Sister Sledge aus den Lautsprechern drang, und tanzte einen kleinen Dad-Tanz, bis er merkte, dass er sich total blamierte. Colleen klatschte, stand auf und tanzte mit Sharyna einen Bump. Pablo wälzte sich mit zwei Ballons auf dem Rücken. Nats lachte über Pablo. Sie konnte nicht widerstehen, hob ihn auf und tanzte mit ihm. Kim sprang auf die Füße und legte so einen komischen Robotertanz hin, bei dem sie Karateschläge und -tritte andeutete. Dabei sah sie mich die ganze Zeit über an. *Will sie mich beeindrucken?*

Pablo hatte eine Überdosis Aufgekratztheit abbekommen, er rannte raus und verschwand nach oben. Wenig später kam er mit zwei Afro-Perücken wieder runter, warf Colleen die eine und Tony die andere zu. »Car Wash!«, schrie er.

»Oh nein!« Colleen schüttelte den Kopf. »Ich hab mich schon genug blamiert.«

»Car Wash! Car Wash!« Pablo ließ nicht locker.

Tony klopfte den Staub aus seiner Perücke, inspizierte sie erst mal, bevor er sie aufsetzte; sein Kopf war ein paar Nummern zu groß. »Ich kann nicht glauben, dass ich das noch mal mache«, sagte er.

Pablo hopste und jubelte. Kim und Nats ballten ihre rechten Fäuste und fuchtelten wie wild in die Luft. Tony sah Colleen an, als hätte jemand Fotos von den beiden beim ersten Knutschen hochgeladen. »Wollen wir's rocken?«

»Hoffentlich kann ich danach noch gehen«, erwiderte Colleen.

Begleitet von weiteren Anfeuerungsrufen zog Colleen ihre Perücke über. Sharyna legte die CD ein. *Car Wash* von Rose Royce funkte aus dem Lautsprecher. Colleen stellte sich vor Tony, dann trat sie im Takt von links nach rechts. Drei Schritte zurück, zwei Schritte nach rechts, drei Schritte vor. Tony folgte Colleen rhythmisch nicht ganz so perfekt. Zwei Schritte vor, dabei den Oberkörper schütteln. Tonys Afro war am Rand ein bisschen eingerissen und rutschte ihm vom Kopf. Pablo warf sich weg vor Lachen. Sharyna wand sich peinlich berührt, war kaum in der Lage, der *Titanic* vor sich beim Sinken zuzusehen. Ich konnte mich nicht erinnern, wann ich das letzte Mal so gelacht hatte. Ich nickte mit dem Kopf, während Nats und Kim weiter mit den Fäusten in die Luft boxten. »*Los, Daddy, los, Mummy!*«

Der Song lief aus und wir spendeten Colleen und Tony wie wild Applaus.

»Noch mal!«, schrie Pablo. »Noch mal!«

»Nein«, sagte Colleen. »Wenn ich das noch mal mache, müsst ihr mich nachher die Treppe hochtragen oder aufs Sofa legen.«

Pablo wurde die Musik langweilig. Er nahm noch einen Ballon und lief zu Sharyna, zog ihr den Ballon über den Kopf und rannte die Treppe rauf.

Zwanzig Minuten später spielte er in seinem Zimmer und futterte seine gemopsten Schokokekse. Colleen unterhielt sich mit Kim, Nats und mir im Wohnzimmer, während Tony mit Sharyna Spüldienst hatte.

»Ich weiß, dass Naomis Sozialarbeiterin einen Platz für sie bei Adoptiveltern sucht«, sagte Colleen. »Wie ist das denn bei euch beiden?«

Kim sah mich an. »Viel Glück«, sagte sie, dann wandte sie sich wieder an Colleen. »Wenn du Teenager bist, hat niemand mehr Interesse an dir«, sagte sie. »Das ist die trostlose Wahrheit. Die Leute wollen süße kleine Babys mit süßen kleinen Grübchen adoptieren.«

»Genau«, nickte Nats. »Echt. Ich steh auf der Adoptionsliste, seit ich zwölf bin. Genauso gut hätten sie mich auch auf die Warteliste für den ersten Flug zum Mars setzen können. Jetzt will ich gar nicht mehr adoptiert werden. Das sag ich meiner Sozialarbeiterin und meiner Betreuerin auch immer wieder, aber die hören mir nicht zu. *Wir finden jemanden für dich*, sagen sie. *Keine Angst*, sagen sie. *Da draußen gibt's für jeden Eltern.* Kein Mensch will Teenager adoptieren, also scheiß drauf.«

Colleen warf ihr einen *Ich-dulde-diese-Sorte-Sprache-nicht*-Blick zu.

»Tschuldigung, Mrs. Golding.«

»Mir ist inzwischen egal, was die sagen oder versprechen«, sagte Nats. Sie sah Kim an. »Solange Kim bei mir ist, ist alles gut. Ich brauch die gar nicht mehr. Wenn die versuchen, uns zu trennen, zieh ich in den Krieg.«

Colleen nickte. »Verstehe.«

Ich glaube, in dem Moment kapierte Colleen erst, dass Kim und Nats ein Paar waren. Sie nahm's gut auf.

»Früher sind Leute ins Heim gekommen und haben uns angeglotzt wie Tiere im Zoo«, sagte Kim. »Danach haben sie den Rest des Tages unsere Akten gelesen. Die können mich alle mal am Arsch!«

»Ausdrucksweise, Kim! Kommt schon, Mädchen. Ich hab zwei kleine Kinder.«

»Tschuldigung, Mrs Golding.«

»Naoms hat größere Chancen, ein Video mit Rihanna zu drehen, als adoptiert zu werden«, sagte Nats. »Warum versprechen die was, von dem sie wissen, dass sie's nicht halten können?«

Kim schaute mich durchdringend an. »Du willst doch nicht adoptiert werden, oder Naoms?«, fragte sie. »Diesen Adoptiveltern kannst du sowieso nicht trauen. Ganz viele von denen sind Fummler.«

Ich schaute zu Boden und zuckte mit der Schulter.

»Das sind reiche Leute, die keinen Bock haben, selbst Kinder zu machen«, sagte Kim.

»Manche können aber vielleicht auch keine haben, Kim«, warf Colleen ein. »Egal, ob reich oder arm.«

Ich schaute Kim an. Sie hatte diesen *gewissen* Blick. Das würde sie nicht einfach so stehen lassen. »Die sind sich zum Pressen zu fein«, fuhr sie fort. »Aber wenn's ihnen gerade mal einfällt, dann wollen sie ein süßes kleines Baby adoptieren, um vor ihren reichen Freundinnen damit anzugeben. Die schicken den ganzen Tag lang Nachrichten an ihre WhatsApp-Gruppe: *Schaut mal, was wir uns vom Jugendamt geholt haben! Sind wir nicht toll?* Später schieben sie das Baby in irgendeinem Megabuggy durch einen Erste-Klasse-Park und ihre reichen Schwestern machen Oh und Ah. Dann kaufen sie dem Baby einen Haufen Scheiß zu Weihnachten, den es nicht braucht. Könnt ihr mir glauben. Hab ich selbst gesehen. Meine Mum ist mit solchen reichen Frauen befreundet.«

»So sieht's aus in der Wirklichkeit«, meinte auch Nats. »Die wollen Designerbabys.«

»Geburtstage feiern die nur, damit sie noch mehr Mist kaufen und ihre reichen Freundinnen einladen können, um ihnen zu zeigen, wie wahnsinnig *lieb* sie ihr neues Baby haben«, fuhr Kim fort. »Und denen, die's nicht auf die Party geschafft haben, texten sie, *hab meinem Baby dieses gekauft und jenes auch noch!* Zu Hause lassen sie dann die Windeln von der Nanny wechseln, die schiebt dem Kind einen Schnuller in den Mund und macht ihm ein Fläschchen. Darum geht's. Das ist alles scheiß...«

»*Kim!*« Colleen hob die Stimme.

»Tschuldigung, Mrs Golding, aber stimmt doch«, setzte Kim hinzu. »Du bist denen so egal, wie'n zerkauter Schnuller, wenn du erst mal groß bist und für dich selbst sprechen kannst.«

»Das ist nicht gelogen«, meinte Nats. »Reiche Frauen sollten keine Babys adoptieren dürfen, ganz besonders nicht im Ausland.«

Kim schwenkte den Blick auf mich. »In dem Ganzen müssen solche wie wir aufeinander aufpassen. Zu viele Pflegeeltern interessiert nur, wie sie selbst dabei aussehen, nicht das Wohl der Kinder, um die sie sich ja angeblich kümmern wollen.«

Nats nickte. »Super Rede, Schwester!«

Ich frage mich, ob ich meine Nan adoptieren dürfte, wenn ich alt genug wäre? Ihr Wohl interessierte mich auf jeden Fall.

Ich denke, Colleen war erleichtert, als Nats und Kim aufstanden, um zu gehen. Wir brachten sie zur Tür.

»Seid ihr sicher, dass ihr nicht gefahren werden wollt?«, bot Colleen an.

»Nein, danke, Mrs Golding«, erwiderte Nats. »Kein Problem.«

Ich ging mit ihnen fast bis an die Ecke und sah ihnen nach, bis sie abbogen. Plötzlich kam Nats noch mal zu mir zurückgerannt. Ich dachte, sie hätte was vergessen. »Danke, dass du mich auch eingeladen hast«, sagte sie. Sie umarmte mich lange. Ich konnte mich nicht erinnern, dass sie das schon mal gemacht hatte. »Vielen Dank.«

»Vielen Dank, dass du gekommen bist«, sagte ich. »Und danke, dass du mich beim Tanzen angefeuert hast. Bei dem ganzen Drama in meinem Leben hab ich ganz vergessen, dass ich das kann.«

»Ich hab dich lieb, Naoms«, sagte Nats. Sie lachte. »Natürlich nicht so wie Kim, aber schon echt viel.«

»Ich dich auch, Nats.«

Dann flitzte sie zu Kim zurück.

Als ich nach Hause kam, wartete Colleen draußen an der Tür auf mich.

»Und was hältst du von Kim und Nats?«, fragte ich.

Colleen neigte den Kopf. »Hmmm.«

»Was soll das heißen, hmmm? Sag mir, was du von meinen Schwestern hältst.«

»Die sind ... radikal. Gegen alles. Und sie trauen niemandem.«

»Radikal?«, wiederholte ich. »Was heißt das?«

»Ich weiß, dass das Jugendamt nicht perfekt ist, und das gilt für alle, die dort arbeiten, aber Kim und Nats sind so ...«

»So was?«, drängte ich.

»Es gibt gute Leute beim Jugendamt, die wollen Gutes tun«, erklärte Colleen. »Kim und Nats sollten das auch mal sehen.«

»Und *du* solltest sehen, dass sie so reden, weil sie anderer Meinung sind!« Ich hob die Stimme. »Das Jugendamt und Leute wie du, ihr solltet mal umdenken. Nicht wir!«

Ich wollte keinen Krieg mit Colleen, aber sie hatte meine Schwestern mit ihrem Sozialarbeitergerede blöd angemacht. *Das lass ich nicht zu.*

Ich schob an ihr vorbei und stürmte in mein Zimmer. Eine halbe Stunde später hatte ich ein schlechtes Gewissen. Ich ging runter und bedankte mich bei Colleen und Tony für die Party.

Tony schmunzelte. »Schön zu wissen, dass du Spaß daran hattest, wie ich mich zum totalen Idioten gemacht habe.«

»War also nicht alles umsonst«, setzte Colleen hinzu.

Sie miefen nach altmodischen Regeln, aber langsam wachsen mir Tony und Colleen ans Herz. Ich frag mich, wie diese Hamiltons drauf sind, wenn sie sich morgens den Schlaf aus den Augen reiben?

9

DIE HAMILTONS

»Hast du alles, Naomi?«

»Ja«, erwiderte ich vom Schlafzimmer aus.

Ich ging in Jeans und einem Zooey-Deschanel-T-Shirt an die Tür, das mir Kim geschenkt hatte, unter dem einen Arm hatte ich meine Lederjacke, im anderen mein Erdmännchen. Den Rucksack hatte ich schon auf dem Rücken.

»Bereit?«, fragte Louise.

»Ja.«

»Warte!«, sagte Colleen. »Du hast deine Sandwiches vergessen.«

»Ich bin sicher, die Hamiltons werden Naomi alles geben, was sie braucht«, sagte Louise. »Du hättest nicht …«

»Ich habe Colleen *gebeten,* mir welche zu machen«, platzte ich dazwischen. Vielleicht schmeckt mir ja nicht, was die … wie heißen die noch mal?«

»Die Hamiltons«, erinnerte mich Louise.

»Vielleicht schmeckt mir das Essen bei denen ja nicht. Dann hab ich meine Sandwiches mit Corned Beef und Gurke.«

»Lass uns los«, sagte Louise. »Susan erwartet uns um zehn.«

Ich wartete, bis ich mit dem Hintern gemütlich auf dem Beifahrersitz von Louise' Wagen saß, bevor ich sie anfiel. »Ganz schön unfreundlich, oder?«

»Was meinst du?«

»So wie du Colleen eben angefahren hast, nur weil sie mir Sandwiches gemacht hat.«

»Ich hab sie nicht angefahren.«

»Doch, hast du«, beharrte ich.

»Schließlich gehst du nicht zelten, Naomi«, sagte Louise. »Du überreagierst ein bisschen. Meinst du, die Hamiltons lassen dich verhungern?«

»Wie gesagt, kann doch sein, dass mir das Essen bei denen nicht schmeckt.«

»Dann besorgen sie dir was anderes, wenn du sie darum bittest.«

»Und wenn nicht? Vielleicht setzen sie mir ja auch Furzwaffeln mit Kackwurst vor.«

Kopfschüttelnd fuhr Louise die zwanzig Minuten von den Goldings zu den Hamiltons. Sie wohnten irgendwo in der Nähe von Spenge und hatten eine schöne Aussicht. Als Louise hielt, wollte ich nicht aus dem Wagen steigen. »Komm schon, Naomi, ist Zeit.«

Ich starrte durch die Windschutzscheibe, hielt mich an meinem Erdmännchen fest und befreite die Rebellin in mir.

»Okay, tut mir leid«, sagte Louise nach einer Weile. »Ich war ein bisschen schroff zu Colleen.«

Ich grinste über meinen Sieg, stieg aus dem Wagen und schaute zu dem dreistöckigen Townhouse auf. »In welchem Stock wohnen sie?«

»Ihnen gehört das *ganze* Haus«, erwiderte Louise. »Und einen herrlichen großen Garten haben sie auch.«

Affe spielt Verstecken mit den Jagdhunden der Königin! Louise hat mir reiche Leute beschafft. Nan wäre echt beeindruckt. Denen werde ich ein fettes Taschengeld aus den Rippen leiern, solange ich hier bin. Die Zeit der Einsparungen hat ein Ende.

Wir gingen ein paar Betonstufen zu einer breiten Haustür hinauf. Ich sah mich um. Zwischen den Häusern gab es überall Lücken. Ich entdeckte einen Transporter vom Supermarkt, der bestellte Lebensmittel in eins der Nachbarhäuser lieferte. Ich konnte den Lachs und die belgischen Pralinen praktisch riechen. Weit und breit keine Sozialblocks in Sicht.

»Hier ist es«, sagte Louise.

»Wie ist sie?«, fragte ich.

»Susan ist furchtbar nett«, erwiderte Louise. »Gerade im Umgang mit Jugendlichen deiner Altersgruppe ist sie toll. Sehr sportlich. Sie arbeitet seit Jahren ehrenamtlich im Jugendzentrum in der South Smeckenham Road und fährt mit auf Freizeiten. Sie ist sehr beliebt und geachtet.«

»Was für Freizeiten?«

»Die Erzieher fahren übers Wochenende mit den Jugendlichen in eine Jugendherberge. Da lernen sie so was wie Kanufahren und Klettern. Vielleicht interessiert dich das ja auch?«

Ich bedachte Louise mit einem verschärften *echt-jetzt*-Blick. Ich konnte mir nicht vorstellen, jemals wieder Kanu zu fahren oder klettern zu gehen. *Kennt die mich nicht? Erwachsene sind manchmal so bescheuert.*

Die Tür ging auf, und zum Vorschein kam eine lockenköpfige Frau Mitte vierzig. Ihre Sommersprossen hätten einem kleinen Punkt-zu-Punkt-Zeichner sicher viel Spaß gemacht, nur mit ihrer Sonnenbräune war was schiefgegangen. Sie trug ein weißes T-Shirt, schwarze Jeans und Flip-Flops. *Weiß die nicht, dass es kalt ist?* Susan begrüßte mich mit Fernsehlächeln. »Wie schön, dich kennenzulernen, Naomi. Ist alles für dich bereit. Wenn du willst, mach ich uns Brunch.«

»Was?«, fragte ich. Meine Füße bewegten sich nicht.

»Ein spätes Frühstück oder ein frühes Mittagessen«, erklärte Louise.

Ich war nicht sicher, ob ich mit jemandem klarkommen würde, der das Wort *Brunch* benutzte. *Ich glaube nicht, dass das hier ein Disney-Ende nimmt.*

»Kommt rein«, sagte Susan und grinste wie ein Clown, der keinerlei Liebe vom Publikum bekam.

Ich folgte Susan durch eine hohe Diele. An den Wänden hingen gerahmte Filmplakate. Ich blieb stehen, um sie mir genauer anzuschauen. *Bugsy Malone, Chitty Chitty Bang Bang, Willy Wonka and the Chocolate Factory* und *Snow White and the Seven Dwarfs*. Der Einzige, von dem ich schon mal was gehört hatte, war der mit *Willy Wonka*, aber auf dem Plakat war nicht Johnny Depp. Die mussten schon mal einen alten Willy-Wonka-Film gedreht haben, der wohl nicht so gut gelaufen war.

»Komm mit, Naomi«, sagte Louise.

Wir gingen ein paar Stufen nach unten und befanden uns in einer Küche, die groß genug war, dass man darin locker alle Oompa-Loompas, die sieben Zwerge und die gesamte Gang von Bugsy Malone hätte bekochen können. Es gab eine irre Auswahl an Mixern, Entsaftern, Dampfgarern und Grillöfen. Der Kühlschrank war so breit, dass man einen Dinosaurier darin hätte einfrieren können. In der Mitte stand ein Holztisch, und die gläserne Obstschale darauf war gefüllt mit Trauben, Äpfeln, Orangen und Blaubeeren. Jamie Oliver hätte das alles freudig abgenickt.

Ich setzte mich an den Tisch und verdrückte meine Sandwiches.

»Wenn du willst, kann ich dir auch was Warmes machen«, bot Susan an. »Eier und Speck? Ich hab gestern noch ein paar Bio-Champignons gekauft, die könnte ich dazu braten, wenn du magst?«

Ich schüttelte den Kopf und biss die Hälfte von meinem Sandwich ab. Die Gurke war schön kalt. Ich fragte mich, was Pablo, Sharyna, Tony und Colleen wohl gerade machten.

»Ich hab alle möglichen Säfte«, sagte Susan. »Apfel, Orange, Ananas, Cranberry. Wenn du magst, kann ich dir auch einen Cocktail deiner Wahl im Mixer machen. Ist ganz einfach. Man schmeißt sie nur rein, drückt auf den Knopf und ...«

»Hast du Cola?«, unterbrach ich ihren Redefluss.

»Äh ... nein.«

»Dann nehm ich O-Saft«, sagte ich. »Aber ich *will* Cola für später.«

»Ist nicht gut für die Zähne«, sagte Susan. »Es heißt, in jeder Dose Cola sind vier Teelöffel Zucker. Oder mehr.«

»Mir egal«, erwiderte ich.

»Wenn du älter bist, wirst du die Folgen zu spüren bekommen.«

»Darüber mach ich mir Sorgen, wenn's so weit ist.«

Ganz schön nervig. Schlimmer als Tony. Ich sah Susan schief von der Seite an. Susan überspielte grinsend ihre Verlegenheit und machte sich daran, Orangensaft einzuschenken. Ich roch ihre Angst. *Gut, das kann ich ausnutzen. Die Rebellin in mir kann sich hier ordentlich austoben.*

Louise setzte sich neben mich und klopfte mir auf die Schulter. »Susan kocht gerne, Naomi. Ich bin sicher, ihr habt am Sonntag Spaß beim Backen.«

»Oh ja«, nickte Susan.

Affe auf nem Fahrrad! Das wird hier wie bei den Holmans. Die ist so heiß drauf, mir alles recht zu machen, ich könnte mir sogar den Hintern wischen lassen.

»Naomi kann ja mal mein großes Backbuch durchblättern und überlegen, worauf sie Lust hat. Morgen Vormittag können wir die Zutaten kaufen«, sagte Susan. »Würde dir das gefallen, Naomi?«

Gott. Denkt die, ich bin sechs? Ruhig Blut, Naoms, du hast sie gerade erst kennengelernt. Noch keine Schimpfattacken, noch nicht. Versuch, höflich zu bleiben. Sonst springt dir Louise an den Hals.

Ich nickte. »Glaub schon.«

Ich schloss die Augen. In Gedanken sah ich meinen Dad in unserer engen Küche. In einer Hand hatte er einen Weißkohl, in der anderen ein Brotmesser. Appletons Special Rum verpestete seinen Atem – eines Abends hatte Dad einen säbelbeinigen Jamaikaner mit Goldzahn und Rum mit nach Hause gebracht. Bei Dad war's Liebe auf den ersten Schluck.

Ein Topf stand wacklig und halb voll gefüllt mit Wasser auf dem Gasherd.

»Wo ist das Schneidbrett?«, fragte Dad.

»Neben der Spüle«, erwiderte ich. »Dad, du musst nicht kochen. Mir macht's nichts aus.«

»*Muss* nicht kochen, verdammte Scheiße?«, fauchte Dad. »Ich bin dein Vater, verflucht! Darf ich nicht mal mehr für meine eigene neunjährige Tochter kochen? Für was für einen Vater hältst du mich? Also, wo ist das verfluchte Schneidbrett?«

»Im Schrank neben der Spüle«, ich zeigte drauf.

»Ich werd's dir und denen vom Jugendamt schon zeigen«, sagte Dad. »Ich zeig's allen! Ich kann für meine Tochter kochen. Scheiß auf das Jugendamt! Kommen her und machen alles runter.«

»Naomi«, rief Louise. »Naomi!«

»Oh, Tschuldigung, Louise.«

»Träumst du wieder?«, fragte Louise. »Susan hat dich gefragt, ob sie dir das Haus zeigen darf.«

»Ja, okay. Bin bloß bisschen müde.«

»Wollen wir erst durchs Haus gehen?«, fragte Susan. »Oder willst du dich erst mal hinlegen?«

»Ihr habt doch wohl kein Museum da oben, oder? Und einen Souvenir-Shop?«, scherzte ich.

Susan schmunzelte.

Der Rundgang begann im Keller. Neben drei Mountainbikes entdeckte ich Golfschläger, ein kleines Kanu und mehr Helme, als man auf einer Großbaustelle finden würde. Für den ersten Eindruck konnte ich Susan keine Topnoten geben, aber ich dachte, ich sollte lieber umgänglich bleiben, damit mir Louise nicht wieder in den Ohren lag. »Dein Mann spielt Golf, oder wie?«, fragte ich.

»Nein«, erwiderte Susan. »Ich. Er spielt Badminton.«

»Paddelt ihr damit?«, fragte ich und zeigte auf das Kanu.

»Ja«, erwiderte Susan stolz. Ein breites Grinsen zog sich über ihr Gesicht.

»Da kriegst du mich nicht rein. Vergiss es.«

Nachdem sie mir den Schuppen im Garten gezeigt hatte, in dem sich ein langer Tisch, ein Regal mit Heimwerkerbüchern, ein Computer, ein kleiner Fernseher und Gartengeräte befanden, führte Susan mich in den ersten Stock.

In einem Zimmer war ein Büro eingerichtet, das Susans Mann zum Arbeiten nutzte, wenn er zu Hause war. In einem anderen Raum waren ebenfalls Bücher und ein Schreibtisch. »Emily, unsere Tochter, lernt hier«, sagte Susan. »Nachher kommt sie auch noch her.«

Die Schlafzimmer waren im zweiten Stock. »Fühl dich ganz zu Hause, Naomi«, sagte Susan, als sie mir mein Zimmer zeigte. »Wenn du Hunger bekommst, geh einfach in die Küche und hol dir was. Vielleicht Käse auf gebutterten Crackern? Das esse ich gerne morgens zu meinem Saft.«

»Danke, aber mir ist was Warmes wie Eier und Speck lieber.«

»Wenn du willst, können wir heute Nachmittag ins Sportcenter gehen, vielleicht zum Schwimmen?«

»Nee, keine Lust.«

»Oder, wenn du möchtest, kann ich die Mountainbikes auf den Jeep laden und wir fahren raus zu den Smeckenham Hills zum Radfahren?«

Ich war seit Ewigkeiten nicht mehr Rad gefahren. Ich dachte drüber nach. »Zu kalt.«

»Willst du heute Vormittag irgendwas machen?«, fragte Susan. Sie guckte ein bisschen verzweifelt. *Vielleicht sollte sie sich erst mal setzen und sich einen von ihren gebutterten Crackern mit einem Saft ihrer Wahl reinziehen.*

»Ich will einen Film in meinem Zimmer gucken und in Ruhe gelassen werden«, erwiderte ich. »Ist das zu viel verlangt? Da ist doch ein Fernseher drin, oder? Mit DVD-Player?«

»Äh, ja. Louise hat mir gesagt, wie du's gerne hast.«

Ich parkte mich auf das Doppelbett und sah mich um. Da stand ein dicker fetter Kleiderschrank, der so groß war, dass eine ganze Bootsladung Flüchtlinge dort hätte unterkommen können. Der Frisiertisch war so lang, dass ein Basketballer ausgestreckt drauf hätte pennen können. Zeichentrickfiguren starrten mir von den Wänden entgegen: Daffy Duck, Barney Rubble, Inspector Gadget und Scooby-Doo. Allmählich gelangte ich zu der Überzeugung, dass Susan irre war und schlimmere Probleme hatte als ich. *Vielleicht brauchte sie jemanden, der sie pflegte und sich um sie kümmerte.*

»Wenn du was brauchst, ruf einfach nach mir«, sagte Susan. »Ich bin unten.«

»In Ordnung«, sagte ich.

Ich ließ meine Tasche fallen und umarmte mein Erdmännchen. *Ich hab immer noch keinen Namen für dich. Irgendwann fällt mir einer ein.* Ich starrte erneut auf die Bilder an den Wänden. *Abgefahren.*

Als Susans Schritte auf der Treppe verhallten, zog ich die Reißverschlusstasche an meinem Rucksack auf und holte die Streichhölzer und das Päckchen Zigaretten raus, das ich Louise aus dem Handschuhfach geklaut hatte. Ich schloss die Tür und öffnete das Fenster. Mit geschlossenen Augen dachte ich an Dad.

Dad schlief auf meinem Bett. Mein Erdmännchen lag neben ihm. Es war voll mit grüngelber Kotze. Ich wusch es, spülte es ab und trocknete es. Am nächsten Morgen entdeckte Dad mein Erdmännchen in meinen Armen. Er war nüchtern und zwinkerte mir grinsend zu, aber er konnte sich nicht erinnern, dass er mein Lieblingskuscheltier vollgekotzt hatte. Tagelang redete ich nicht mit ihm.

Ich strich ein Streichholz an, sah es brennen und verkohlen. Dann blies ich die Flamme aus und warf es aus dem Fenster. Ich strich ein weiteres Streichholz an und zündete meine Kippe damit an. Als ich das erste Mal inhalierte, hatte ich immer noch Dads Bild im Kopf. *Ich hoffe, er hat inzwischen ein für alle Mal mit dem Trinken aufgehört. Ich hoffe, es geht ihm gut ... wo auch immer er sein mag.*

Ich rauchte den Krebslutscher bis zum Filter runter, dann nahm ich einen Horrorfilm aus der Tasche, legte die DVD in den Player und drückte auf Play.

Eine halbe Stunde später paffte ich meine zweite Zigarette. Ich sah eine Szene aus dem Film, in der ein als Clown verkeideter Typ einem jungen Mädchen die Zehen mit einem Tomahawk abhackt. *Wieso sind die ganzen Blondinen in diesen Filmen immer so mit Hirnzellen unterversorgt? Sie wurde zwei Mal gewarnt und ist trotzdem in den Wald gegangen.*

Ich blieb den Rest des Tages in meinem Zimmer, kam nur einmal raus, um mir ein spätes Mittagessen zu machen, Thunfisch auf Toast. Susan hatte ein paar Mal gefragt, wie's mir ging, aber ich vermisste Sharyna und Pablo. Ungelogen, Tony und Colleen vermisste ich auch.

Wer macht mir hier die Haare? Ich glaubte nicht, dass Susan eine ähnlich dramatische Schulzeit gehabt hatte wie Colleen, deshalb würde ich sie gar nicht danach fragen.

Jemand klopfte an meine Tür. Ich drückte auf Pause, stand auf und öffnete.

Im Türrahmen stand eine lächelnde Susan mit einem jungen Mädchen. Sie war hübsch genug, um von einem Mörder mit einer Axt durch den Wald gejagt zu werden. »Darf ich dir meine Tochter vorstellen, Naomi?«

»Denke schon«, antwortete ich schulterzuckend.

»Das ist Emily! Ich bin so stolz auf sie.«

Dann schenk ihr einen scheiß Sternchenaufkleber!

»Hi, Naomi.« Emily lächelte und winkte. »Ich sehe schon, du bist am Chillaxen.«

Chillaxen? Wer redet denn heute noch so?

Ich stellte mir vor, wie Tomahawk-Mann sie in irgendeiner abgelegenen Hütte überfiel. »Ja, ich gucke einen Film, den ich von einer Freundin bekommen hab«, sagte ich. »Ist dein Vater auch da?«

»Noch nicht«, antwortete Susan für Emily. »Er ist in Brüssel, trifft sich mit Geschäftsleuten aus Katar. Er soll ein Gebäude für deren Unternehmen entwerfen.«

»Aus wo?«, fragte ich.

»Qatar«, wiederholte Susan. »Das ist in Nahost.«

»Nahost«, wiederholte ich. »Das ergibt doch keinen Sinn. Wie kann es nah sein, wenn's im Osten ist?«

Susan kicherte. »Ich lass euch beide allein, da könnt ihr euch kennenlernen.«

Susan ging die Treppe runter, während ich Play auf der Fernbedienung drückte. Der Film war nicht direkt nach meinem Geschmack, aber immer noch besser, als Emily zur Schwester machen zu wollen. Ich hoffte, sie würde verschwinden, aber sie parkte sich auf mein Bett, überlegte anscheinend, was sie sagen sollte.

»Hast du Lust, ein bisschen rumzufahren und was essen zu gehen?«, fragte sie nach einer Weile.

Das Ende vom Film war blöd. Die dämliche Kuh mit den fehlenden Zehen wurde gerettet. Echt enttäuschend. Ich drückte auf Stop und warf die DVD aus. »Ja«, sagte ich. »Vergiss den Film. Weiß nicht, warum meine Freundinnen fanden, dass ich den sehen muss.«

Emily und ich sprangen runter in die Küche, wo Susan einen fetten Fisch würzte. Babykartoffeln warteten auf der Anrichte neben einer Schüssel mit Gemüse und einem Teller mit Kräutern. Susan trug eine Schürze, auf die ein riesiger Blumenkohl aufgedruckt war – immerhin keine Zeichentrickfigur.

Louise hatte mir immer gesagt, dass ich Normalität brauchte. *Das hier war nicht normal.*

Ich dachte an Mum.

»Naomi und ich fahren was essen«, sagte Emily.

»Aber ich wollte gerade den Fisch in den Ofen schieben«, erwiderte Susan. Ich musste ihr Spitzennoten fürs Verstecken ihrer Enttäuschung geben.

»Sie hat den ganzen Tag in ihrem Zimmer gesessen«, sagte Emily. »Sie braucht Frischluft.«

»Ich bin übrigens auch noch da«, warf ich ein. »Ich kann selbst sprechen. Aber das ist nicht falsch, ich muss meine Lungen wirklich mal lüften.«

»Okay«, sagte Susan. »Dann essen wir den Fisch eben morgen. Sucht euch was Anständiges zu essen, keinen Fast-Food-Mist. Vielleicht das Bio-Restaurant in der Spenge Court Avenue?«

»Okay, Mum.«

Ich folgte Emily zu ihrem Wagen, einem marineblauen Peugeot 306. *Mummy und Daddy mussten die Kohle dafür lockergemacht haben. Aber ich kann's nicht scheiße finden. Wenn ich Kinder hätte und das Geld in der Tasche, würde ich's genauso machen.* Kaum drinnen, roch ich Kippen und Kaffee. Unzählige Schals, Socken und Turnschuhe lagen auf dem Rücksitz. *Okay, das ist schon eher normal.*

Emily schob den Schlüssel ins Zündschloss und *Time is Running Out* von Muse kam aus der Anlage. Ein winziger Plastik-Buddha und ein Koala-Baby baumelten am Rückspiegel. *Das ist ein interessantes Mädchen. Gar nicht so fein und vornehm, wie sie auf den ersten Blick aussieht.* »Meine Mum meint es gut«, sagte Emily. »Aber nach einer Weile wird mir ihr Essen langweilig. Worauf hast du Lust, Naomi? Pizza Express? Kentucky? McDonald's? Nando's? Mir sind die Fritten bei Wimpy ja immer lieber gewesen.«

Bevor ich antwortete, schaute ich mir Emily genau an. Sie hatte einen adretten Pagenkopf. Ein silberner Ring zierte den kleinen Finger ihrer linken Hand, unendlich viele silberne Stecker und Clips ihr rechtes Ohr. Auf ihrem schwarzen T-Shirt ließ Jimi Hendrix eine Gitarre brennen, und ihre schwarzen Jeans waren an den Knien gerissen und allmählich schon grau. Ihre Füße steckten in Basketballschuhen von Adidas. Sie war nicht geschminkt, aber ich dachte, so hübsch wie sie war, würde sich trotzdem in den meisten männlichen Jogginghosen was regen. Ich hielt sie für keine Jungfrau mehr und vermutete, dass sie keine Ahnung hatte, wie man einen Gasherd einschaltete und ein Ei kochte.

»Chinesisch«, erwiderte ich schließlich. »Oder so Thai. Das wollte ich immer mal probieren. Meine Freundin Kim hat damit angegeben, dass ihr letzter Ex mal Thailändisch mit ihr essen war.«

»Wir suchen uns lieber ein Restaurant und essen dort«, lachte Emily. »Wenn ich mit chinesischem oder thailändischem Essen nach Hause komme, kriegt Mum einen Anfall ... ich weiß, wo.«

Nachdem wir zum Southside Shopping Centre in Ashburton gefahren waren, führte Emily mich in ein Thai-Restaurant im ersten Stock neben dem Eingang zum Kino. Ich nahm eine Speisekarte und überflog sie blitzartig.

»Was nimmst du?«, fragte Emily nach einer Weile.

Ich versuchte mich dran zu erinnern, was Kim bei ihrem letzten Besuch im Thai-Restaurant gegessen hatte. »Eine große Cola, dieses Hühnercurry, Gemüsereis und solche süßen Dumpling-Teile ... ach so und Frühlingsrollen auch noch.«

»Kein Problem.«

»Aber unbedingt eine große Cola«, beharrte ich. »Deine Mum hat keine zu Hause.«

»Wenigstens haben wir eins schon mal gemeinsam«, sagte Emily. »Wir sind beide süchtig nach Koffein. Ich nehm einen Kaffee.«

»Koffein?« Ich dachte nach. »Aber Drogen nehme ich nicht! Das ist nicht mein Ding.«

Das Essen und die Getränke wurden bestellt. Ich futterte mit Messer und Gabel, war aber echt fasziniert davon, wie Emily mit den Stäbchen hantierte. »Wo hast du das denn gelernt?«, fragte ich.

»Als ich mit dem Rucksack in Thailand unterwegs war«, erwiderte Emily. »Ich hab ein Brückenjahr genommen ...«

»Was ist denn ein Brückenjahr?«

»Ich war fertig mit der Schule, hab mir einen Platz an der Uni besorgt, aber bevor ich dort angefangen habe, wollte ich noch ein bisschen reisen«, erklärte Emily. »Mum wollte mir einen Urlaub bezahlen. Sie hatte sich Australien in den Kopf gesetzt ...«

»Australien! Wow! Ist das nicht da, wo die *Ich bin ein Star – holt mich hier raus* drehen? Aber ich guck das nicht mehr. Ist was für Kinder. In Australien gibt's doch voll viel Dschungel? Sollte ich da jemals hinfliegen, nehm ich tonnenweise Insektenspray mit. Ich hab eine Scheißangst vor Moskitos.«

»Äh, ja, teilweise gibt's da auch Dschungel, genau das ist Australien«, sagte Emily. »Aber wenn Mum mitgekommen wäre, das wäre zehn Mal schlimmer gewesen als ein Moskitostich.«

Ungelogen, Emily gefiel mir. Vielleicht weil sie ihre Mum auch für vollkommen übergeschnappt hielt.

»Oh Gott!«, fuhr sie fort. »Sie wollte nach Sydney, Brisbane, Melbourne, Tasmanien und dann mit dem Flugzeug weiter nach Perth. Sechs bis acht Wochen wollte sie weg. Das hätte mich wahnsinnig gemacht. Wir wären uns zum Schluss gegenseitig an die Kehle gegangen.«

»Ich wünschte, jemand würde mit mir nach Australien fliegen«, sagte ich. »Ich war noch nie im Urlaub, jedenfalls in keinem richtigen. Meine Sozialarbeiterin Louise ist letztes Jahr mit mir und meiner Freundin übers Wochenende zu Butlin's. Louise' Freund hat's nicht so gefallen, weil Kim und ich dauernd versucht haben, die beiden beim Sex zu erwischen. Wir sind um drei Uhr morgens zu ihnen ins Zimmer geplatzt, aber die haben bloß Löffelchen gemacht. Ich schätze mal, die sind schon zu alt für Unterleibsarien.«

Emily musste heftig loskichern.

»Ich will ja nicht undankbar klingen, aber toll fand ich's nicht«, fuhr ich fort. »Der Strand war viel zu steinig, das Meer zu dreckig, und Louise wollte uns spätabends nicht mehr vom Gelände lassen.«

»Schätze mal, es war eine Erfahrung«, sagte Emily. »Alle Reiseerfahrungen sind irgendwie gut.«

Ich schüttelte den Kopf. »Glaub mir, das war keine gute. War echt langweilig, abgesehen davon, dass Kim sich mit einem anderen Mädchen angelegt hat, auf die sie zuerst scharf war. Die meisten da waren auch total lahm. Meine andere Freundin, Nats, war total angepisst, weil sie nicht mitdurfte. Stinksauer war sie. Als wir zurückkamen, hat Nats Louise voll runtergemacht. Sie hat ihr die Luft aus den Reifen gelassen, ihre Motorhaube mit einer Nagelfeile zerkratzt und einen von ihren Seitenspiegeln gerippt. Auf den Fahrersitz gepisst hätte sie ihr auch noch, wenn wir sie nicht weggezogen hätten. Wir haben versucht, Nats klarzumachen, dass der Ausflug langweilig war, aber sie hat noch ewig lange gekocht.«

»Mum will immer noch Ende des Jahres mit mir und Dad nach Australien«, sagte Emily. »Wenn du willst, können wir tauschen und du fährst statt mir.«

»Ist deine Mum so schlimm?«, fragte ich.

Lieber Gott, bitte sag Ja. Wenn Louise sie als Pflegemutter für mich haben will, kann ich dann nämlich sagen, dass sogar Susans eigene Tochter sie für verrückt hält.

»Versteh mich nicht falsch«, sagte Emily. »Sie meint es gut. Aber manchmal ist sie einfach ein bisschen too much. Als ich mit der Schule fertig war, wollte ich ausgehen und mit meinen Freunden feiern und Mum war traurig, weil ich sie nicht dabeihaben wollte. Sie will immer dabei sein. Das geht mir auf den Zeiger.«

»Kann ich gut verstehen«, sagte ich. »Mein Dad war auch so. Der einzige Unterschied war, dass er zwar dabei sein wollte, aber wegen seiner Sauferei sowieso nicht konnte, die hat ihn sabotiert.«

»Letztes Jahr war ich auf einem Musikfestival«, sagte Emily. »Da wollte sie auch mit, mit mir und meinen Freunden. Du kannst dir nicht vorstellen, wie wir uns gestritten haben, bevor ich mit dem Rucksack nach Thailand durfte. *Das ist kein sicheres Reiseland für eine Achtzehnjährige alleine! Du könntest entführt werden.* Du lieber Gott! Jeden Tag hat sie damit angefangen. Ich denk nicht mal dran, meinen Freund mit nach Hause zu bringen.«

»Hast du einen?«

»Sozusagen.«

»Sozusagen?«, wiederholte ich. Heißt das, du lässt dich von ihm begrapschen, aber nix reinschieben?«

Emily wurde rot. Sie stierte eine ganze lange Sekunde auf ihr Essen. »Äh, nicht ganz«, erwiderte sie. »Da gibt es einen, der ist halb Ghanaer, halb Schotte. Er ist schon vierunddreißig – sag bloß Mum nichts davon. Ich hab ihn in der Mango Falls Bar am Ashburton Hill kennengelernt. Er heißt Gabriel. Ich wünschte nur, er würde seinen Scheiß auf die Reihe kriegen. Er ist Dichter und Sänger mit Wahnsinnstalent, aber er ist so verdammt faul. Vor nachmittags steht er gar nicht auf. Er hat immer noch kein Demo aufgenommen ... aber einen unglaublichen Körper.«

»Vierunddreißig? Bisschen alt für dich, oder? Der kriegt bald graue Haare. Mit Graurücken willst du keine Kinder.«

»In ein paar Monaten werde ich zwanzig«, sagte Emily. »Die meisten Typen in meinem Alter sind so unreif und haben keine Ahnung.«

»Wenn ich fünfzehn werde, such ich mir auch einen Freund«, sagte ich. Meine Freundin Kim hatte auch schon Freunde mit zwölf, aber sie hat sich immer mit ihnen verkracht und voll auf sie geschimpft. Vielleicht ist sie deshalb jetzt mit einem Mädchen zusammen.«

»Oh«, sagte Emily.

»Wenn ich mir einen Freund suche, dann will ich mich um ihn kümmern und ihm sein Lieblingsessen kochen. Dann kuscheln wir auf dem Sofa und gucken Horrorfilme zusammen. Wir haben vier Kinder. Zwei Jungs und zwei Mädchen. Alle adoptiert. Das älteste soll ein Mädchen sein, damit sie sich um die anderen kümmern kann, falls mir mal was passiert.«

»Einen Freund zu haben ist nicht die Lösung für alles«, sagte Emily, trank ihren schwarzen Kaffee. »Ich treff mich außerdem noch mit einem anderen, der ist ein bisschen jünger als Gabriel. Steve. Er wohnt drüben in Elmers End. Er hat mehr Geld, aber er ist voll der Politiko.«

»Was heißt das?«, fragte ich.

Emily seufzte tief. »Er hat schon einigermaßen was in der Birne und es wäre auch das reine Glück, Zeit mit ihm zu verbringen, wenn er nur mal aufhören würde, über die Welt und ihre Probleme zu labern. Er meint es gut, aber er redet rund um die Uhr über Demos und Protestaktionen. Er will, dass ich mit ihm demonstriere und Transparente schwenke, als gäb's kein Morgen mehr. Mum würde ihn lieben, und deshalb hab ich ihn auch nie mitgebracht. Ich verabrede mich mit ihm, wenn *ich* will. Wenn ich ihn dazu bringe, mal die Klappe zu halten, küsst er ganz gut.«

»Dann fährst du zweigleisig?«

Emily dachte drüber nach. Bevor sie antwortete, nahm sie noch einen Schluck Kaffee. »Wahrscheinlich schon. Aber zum Kuckuck, was soll's! Warum darf ich nicht ein bisschen Spaß haben, bevor ich eine gehorsame Ehefrau werde wie Mum?«

»Gehorsam?«, wiederholte ich. »Ich würde mich nicht beschweren. Sie hat einen schönen Garten, schöne Küchengeräte, unzählige Mixer, ein Kanu, Golfschläger, ein Fahrrad, und sie ist Mitglied in einem Sonnenstudio. Der geht's doch supergut.«

Emily musste schmunzeln. »Bei gesellschaftlichen Anlässen und Dinner-Partys spielt sie die liebende Ehefrau, umarmt meinen Dad und gibt ihm Küsschen auf die Wange, aber wenn sie zu Hause sind, sitzen sie immer in verschiedenen Räumen und machen ihr eigenes Ding.«

»Haben die keinen Sex?«, überlegte ich. »Sind wahrscheinlich eh viel zu alt dafür. Iiiiih! Mein Gehirn lädt gerade die passenden Bilder dazu runter. Das Bett willst du danach wegschmeißen.«

Emily bog sich, weil sie so lachen musste. »Doch, schon ... manchmal ... glaube ich.«

»Wenigstens streiten sie nicht«, sagte ich. »Meine Mum hat sich immer gestritten mit ihrem ...«

Ich verstummte und starrte mein Essen an. Unwillkürlich musste ich an Mums Ex-Freund denken, an Rafi, der brüllte, tobte und sie in seiner eigenen Sprache beschimpfte, weil sie sein Baby abgetrieben hatte.

Emily nahm das Gespräch wieder auf. »Nein, die streiten nie«, sagte sie. »Würde vielleicht mal ein bisschen Leben in die Bude kommen, wenn sie's täten.«

»Hatten sie vorher schon mal Pflegekinder?«, wollte ich wissen.

»Nein, du bist das erste«, erwiderte Emily. »Mums neuestes Projekt zur Rettung aller Kinder dieser Welt.«

»Wie meinst du das?«, fragte ich. »Sie fährt doch nicht in die Hungerländer und packt jedes unterernährte Kind ein, das ihr über den Weg läuft, oder? Du weißt schon, so wie Popstars das machen. Meine Freundinnen Kim und Nats finden das scheiße.«

Emily musste erneut lachen. »Nein, nicht direkt. Mum hat nie einen richtigen Vollzeitjob gehabt. Sie brauchte keinen. Dad verdient jede Menge.«

»Wenn meine behaartere Hälfte so viel verdienen würde, würde ich auch zu Hause bleiben«, warf ich ein.

Emily verzog das Gesicht. »In den letzten Jahren hat sie ehrenamtlich in einem Jugendzentrum gearbeitet«, sagte sie. »Aber da reicht es ihr jetzt. Sie gibt sich viel Mühe, versucht sich für alles zu interessieren, was die Jugendlichen so machen, aber die können sie einfach nicht leiden.«

»Vielleicht gibt sie sich zu viel Mühe«, sagte ich.

»Neulich hat ein Elfjähriger sie als beschissene versnobte Bitch beschimpft«, sagte Emily. »Sie ist nach Hause gekommen und hat Dad und mir die halbe Nacht davon vorgeheult. Ich meine, das war einfach nur ein genervter Elfjähriger, aber sie wollte eine öffentliche Untersuchung des Vorfalls. *Denkst du, meine Herangehensweise war vielleicht nicht richtig* und so weiter. Oh Gott! Dad und mich hat das wahnsinnig gemacht. Und jetzt will sie Pflegekinder aufnehmen.«

»Wenigstens will sie helfen«, sagte ich.

Emily hob die Stimme. »Sie muss sich einen ordentlichen Job suchen und nicht ständig was Neues anfangen!«

»Ist Pflegemutter denn kein richtiger Job?«, warf ich ein. »Vielleicht will ich das später auch mal versuchen.«

Emily nickte. »Doch, ist ein richtiger Job. Aber man muss ihn auch aus den richtigen Gründen machen.«

Ich dachte an Kims Rede vom Vortag über die reichen Leute, die nur wen adoptieren wollen, damit sie von ihren reichen Freunden beklatscht werden.

Emily zuckte mit den Schultern. »Wahrscheinlich will sie morgen mit uns Rad fahren.« Ihre Stimme war wieder normal. »Und wenn ich sage, ich komme nicht mit, wird sie mir einen Eimer voll schlechtes Gewissen überkippen.«

Ich trank meine Cola aus.

Nachdem wir gekochte Eier, braunen Toast und ein paar Löffel von der größten Grapefruit aller Zeiten gefrühstückt hatten, packte Susan die Mountainbikes hinten in ihren Range Rover. Dann ging sie in den Keller und holte drei rote Helme. Einen gab sie Emily und einen mir. Ich hatte niemanden mehr so glücklich gesehen, seit Kim vor einem Jahr die braune Wildlederjacke aus so einem teuren Laden hatte mitgehen lassen. Mit Blick in den blauen Himmel sagte Susan: »Wir sollten den schönen Tag heute ausnutzen, Emily. Der Himmel ist viel klarer als gestern. Wollen wir nicht in den Hobbledash Forest fahren und dort auf die Räder steigen? Da hat man eine herrliche Aussicht. Vielleicht können wir sogar am See zu Mittag essen. So wie früher. Was meinst du?«

»Nein, Mum!«, erwiderte Emily. »Das dauert ewig, bis wir da sind. Die Smeckenham Hills tun es auch.«

»Aber Naomi wird die Landschaft da unten lieben und die kühle frische Luft wird ihr richtig guttun.«

»*Mum!*«

Ich saß vorne auf dem Beifahrersitz und spielte mit dem Riemen von meinem Helm, während Emily ausgestreckt auf dem Rücksitz ein Schläfchen hielt. Ich schloss ebenfalls die Augen. Auf der Fahrt konnte ich nicht anders als wieder an Tony und Colleen denken, wie sie mit ihren Afro-Perücken im Wohnzimmer getanzt hatten. Ich versuchte in meinem kleinen Kopfkino zu bleiben, aber Dad krachte ungebeten in meine Gedanken.

Es war sechs Uhr früh. Nachdem ich mir die Zähne geputzt hatte, ging ich in die Küche und spülte die Töpfe, die Teller und das Besteck von den Spaghetti Bolo, die ich am Abend vorher gekocht hatte. Erst wischte ich den Herd, dann den Küchenboden. Danach ging ich zu Dad ins Schlafzimmer. Er hatte die Überdecke vom Bett getreten und lag breitbeinig auf dem Bauch, die Arme unter das dreckige Kissen geschoben. Er trug nur seine Boxershorts. Die Haare auf seinen Schultern gefielen mir nicht. Die Stummel seiner Selbstgedrehten quollen aus dem übervollen Aschenbecher auf dem Nachttisch. Ich nahm ihn mit, leerte ihn in den Küchenmüll und spülte ihn unter heißem Wasser ab. Dann ging ich zurück in Dads Zimmer und suchte im Kleiderschrank, in der Kommode, in den Nachttischen und überall nach Schnaps. Ich fand eine viertelvolle Flasche Napoleon Brandy in einer Kiste unter dem Bett. Außerdem noch ein paar unbenutzte Pappbecher. Ich ging mit der Flasche an die Küchenspüle und leerte sie aus. Der Alkoholgeruch waberte mir in die Nase. Als ich wieder ins Zimmer kam, stellte ich die leere Flasche auf den Nachttisch, auf den Dad gucken würde, wenn er die Augen aufmachte. Ich wollte, dass er *wusste,* dass ich seine Verstecke gefunden hatte. Als ich sicher war, dass sonst nichts mehr im Haus war, duschte ich und zog mich für die Schule an. Ich machte mir einen Pferdeschwanz, band ihn mit einer weiß-rosa Schleife. Dann machte ich mir ein Specksandwich zum Frühstück und spülte es mit einem Glas Wasser runter. Erst als ich die Pfanne und den Teller abgewaschen hatte, ging ich zurück zu Dad in sein Zimmer.

Mit Ohrfeigen riss ich ihn aus seinen Träumen. Seine zwei Tabletten und ein Glas Wasser hatte ich mitgebracht.

»Dad. *Dad!* Es ist halb acht.«

Dad rollte auf die andere Seite vom Bett. Er brummte, ächzte und kratzte sich am Kopf. Langsam schlug er die Augen auf. Sein Kinn war eine Drahtbürste, und der Urwald auf seiner Brust gefiel mir genauso wenig. Er sah mich an und nahm seine Tabletten mit dem Wasser. Er kippte es in einem Zug runter und rülpste laut.

»Vergiss nicht, vor dem Essen nachher noch die anderen Tabletten zu nehmen«, erinnerte ich ihn. »Ich hab gestern Käse und Gurken gekauft, davon kannst du dir ein Sandwich machen.«

»Ich«, Dad rülpste erneut, »denk dran.«

»Heute ist die Vorführung von der Sechsten«, erinnerte ich ihn. »Das wird wie bei *X-Factor*. Ich tanze mit, also vergiss es nicht. Um drei Uhr musst du in der Schule sein. Komm bloß nicht zu spät.«

»Natürlich komme ich, Naomi«, versicherte mir Dad. Er setzte sich auf und rieb sich den Schlaf aus den Augen. »Wenn du willst, dann geh fernsehen, ich mach dir Frühstück.«

»Hatte schon was«, erwiderte ich. »Gestern Abend hab ich dir ein Hemd und eine Hose gebügelt. Hängen beide im Schrank. Deine schwarzen Schuhe hab ich auch geputzt. Zieh sie an, aber versuch möglichst, nicht wieder draufzupinkeln. Ich will nicht, dass du in die Schule kommst und nach Pisse stinkst! Und vergiss nicht, dich zu rasieren und zu kämmen, bevor du losgehst. Ach, und tu was in den Stromzähler. Da sind nur noch achtundfünfzig Pence drauf. Gas ist erst mal okay.«

»Du hättest meine Klamotten nicht bügeln und meine Schuhe nicht putzen müssen«, sagte Dad. »Ich werde da sein ... jetzt komm her, umarm deinen Dad, bevor du in die Schule gehst.«

Dad streckte seine Arme aus. Er legte den Kopf zur Seite und setzte dieses dämliche Grinsen auf, das er manchmal draufhatte. Ich war doch keine fünf Jahre mehr. Ich betrachtete seine Hände, als würden sie vor Säure triefen, und trat zwei Schritte zurück. In dem Augenblick konnte ich seinen Schmerz spüren, aber ich wollte, dass er meinen auch spürte. »Drei Uhr, Dad, komm *bloß* nicht zu spät.«

Dann zog ich die Tür hinter mir zu.

Hinter der Bühne rückte sich Pat Rogers, das süßeste Mädchen aus meiner Klasse, die zu große blonde Perücke zurecht. Passte gut zu ihrem karamellfarbenen Gesicht. Sie holte ein paar Mal tief Luft, während sie sich darauf vorbereitete, vor den auf Kinderzimmerstühlen sitzenden Eltern in der Schulaula *Poker Face* von Lady Gaga zu singen.

Lehrer standen mit verschränkten Armen an den Seiten, unsere aufgeregte Direktorin, Miss Amanda Compton, rutschte nervös auf ihrem Platz in der ersten Reihe herum. Zum neunzehnten Mal schob sie ihre Brille zurecht.

Fünf Tänzerinnen in schwarzen Leggings und T-Shirts mit aufgedrucktem Schul-Logo, darunter auch ich, sollten Pat beim Singen begleiten. Es war 15.53 Uhr. Ich zog den Vorhang auf der rechten Bühnenseite ein kleines Stück zurück und schaute noch einmal ins Publikum. Zwanzig Reihen gab es. Dad war nirgends zu entdecken. Nicht mal in der Nähe der Ausgänge. Ich stellte mich mit den anderen Tänzerinnen auf, senkte den Kopf. Der Track dröhnte aus der Anlage. Ich schloss die Augen, schob meine Enttäuschung bis ganz nach hinten in meinem Gehirn und konzentrierte mich auf die Choreografie, die uns die Sportlehrerin, Ms Gabrielle Banks (meine liebste Lieblingslehrerin von allen), beigebracht hatte.

Die Vorstellung begann und Pat Rogers vergaß die dritte Zeile. Sie hatte eine ernsthafte Hirnblockade. Das Publikum feuerte sie an und sie schaffte es irgendwie, ihr Lied zu Ende zu singen, bekam einen irren Applaus dafür. Ich tanzte hinter ihr, machte keinen einzigen falschen Schritt. Simon Cowell und seine Crew hätten uns eine Topbewertung geben müssen. Wäre Nan da gewesen, hätte ich endlos viele Sternchenaufkleber gekriegt. Der Vorhang fiel und wir lagen uns alle gegenseitig in den Armen. Plötzlich brach Ms Banks in Tränen aus und sagte, wie sehr sie unser Tanz und Pats Gesang gerührt hatte. Da fiel bei mir die Klappe.

Ich spazierte ziellos hinter die Bühne, zog meine Tanzschuhe aus und warf sie beiseite, fand einen wackligen Stuhl, setzte mich drauf und schimpfte mit jedem dreckigen Wort, das mir einfiel, auf Dad. Hinter der Bühne waren aller Augen auf den nächsten Künstler gerichtet, der sich gerade bereit machte: Godfrey Abrahams wollte einen Song aus *König der Löwen* singen. Während Godfrey *The Lion Sleeps Tonight* verstümmelte, konnte ich die Tränen nicht mehr zurückhalten, sie strömten mir über die Wangen.

Umgeben von hohen Bäumen hörte ich die Kiefernzapfen knacken, immer wenn ich über einen drüberfuhr. Der Luftzug fegte über mich, machte einen Riesenspaß beim Bergabrasen. Ich versuchte mit Susan mitzuhalten, die schon hundert Meter weitergezoomt war. Vielleicht mischte sie sich ja wirklich Dragon Hip Pills in ihr Beerenfrühstück mit Spinat.

Emily lag meilenweit zurück, sie radelte wie ein feines Mädchen, das nicht schwitzen möchte. Die letzte Steigung war echt steil und ich musste abspringen. Meine Wadenmuskeln schrien und mein Brustkorb bebte. Ich schob mein Rad zu so einer Aussichtsplattform, von wo aus man einen tollen Blick über Smeckenham und die Ashburton Downs hatte. Am Horizont konnte ich ein Windrad erkennen.

Ich legte mein Rad auf den Boden und ging zu Susan. Ich nahm meinen Helm ab und kniff die Augen zusammen. Die Sonne war echt grell. »Geht doch nichts über eine schöne Fahrradtour«, sagte Susan. »Man bekommt ordentlich Luft in die Lungen und das Herz kommt in Fahrt. Bringt Farbe auf die Wangen.«

»Aber es macht die Beine kaputt«, warf ich ein.

»Nur weil du's noch nicht gewohnt bist, Naomi«, sagte Susan. »Glaub mir, beim vierten oder fünften Mal sprintest du den Hang rauf wie ein Olympionikin.«

»Wenn ich noch mal herkomme, dann auf einem Motorrad. Oder so einem Ding mit Riesenrädern. Einem Quad oder so. Das wäre einfacher.«

Susan sah mich schräg von der Seite an.

Fünf Minuten später tauchte Emily hinter den Büschen unten am Hang auf. Sie hatte ihren Helm an den Lenker gehängt und dafür Kopfhörer so groß wie Mülltonnendeckel auf den Ohren. Sie ließ sich Zeit, ihr Rad zu uns raufzuschieben.

»Wenn du bereit bist, die Anstrengung auf dich zu nehmen«, sagte Susan, »kommst du auch mit dem Rad auf den höchsten Gipfel.«

Ich vermutete, dass Susan mir irgendeine Lebensweisheit oder so mitgeben wollte, aber sie flatterte an mir vorbei.

Gediegen laberte sie weiter, aber ich dachte nur dran, dass ich am liebsten am Strand liegen und eiskalte Cola schlürfen würde.

Kaum hatte Emily die Aussichtsplattform erreicht, teilte Susan Energydrinks, Proteinriegel und Bananen aus.

»Keine Cola?«, fragte ich. Ich betrachtete den Energydrink so finster, als wär's die Urinprobe eines Erdmännchens. Den Proteinriegel packte ich nicht mal aus. Man hätte ihn besser als Tischtennisschläger verwenden können. »Keine Schokolade?«, maulte ich. »Wie bist du denn drauf? Bist du so eine Schokolade hassende Jamie-Oliver-Anhängerin?«

Emily fing an zu kichern, schlug sich aber die Hand auf den Mund.

»Hab ich dir nicht gesagt, dass du mir ein paar Penguins kaufen sollst?«, fragte ich Susan. »Und zwar die normalen, nicht die mit Pfefferminz. Die mag ich am liebsten. Sogar ein Schokocremekeks wäre gut gewesen.«

»Ich kann dir doch keine Cola oder Schokokekse nach dem Sport geben«, sagte Susan. »Da ist viel zu viel Zucker drin. Damit machst du all das Gute zunichte, das du dir gerade erradelt hast.«

Okay, ich kann die Klappe nicht mehr halten. Ganz offensichtlich ist sie vollkommen gnadenlos und endgültig übergeschnappt.

»Ach, Mum! Warum gibst du Naomi keine Cola, wenn sie welche will«, warf Emily ein.

Okay, Glück gehabt, das rettet sie erst mal.

»Ich hab gar keine dabei«, erwiderte Susan.

Ich bedachte Susan mit einem langen schrägen Seitenblick, der ihr nicht verborgen blieb. Dann setzte ich mich auf den Boden und lehnte mich an eine halbkreisförmige Mauer. Während ich meine Banane schälte, ließ sich Susan neben mir nieder. Sie sah mich an wie meine Chemielehrerin, als ich einmal den Bunsenbrenner mit einem Streichholz anzünden wollte. Die war auch verrückt gewesen. »Nimm den Berg doch sinnbildlich für das Leben«, sagte sie.

Oh nein! Schon wieder ein Vortrag! Wenn Dad blau war, wollte er mir auch manchmal schlaue Vorträge über den Sinn des Lebens halten. Ich schaute Emily an, hoffte, sie würde mich erlösen, aber sie hörte Kopfhörer und hatte die Augen geschlossen.

»Ganz unten geht es mit vielen Biegungen und Wendungen los«, fuhr Susan fort. »Der Anfang ist holprig, scharfe Kurven, und es gibt viele Stellen, an denen man zu stürzen droht. Überall sind Hinweis-schilder in unterschiedliche Richtungen und man muss sehr genau aufpassen, dass man den richtigen folgt.«

Ich nickte in der Hoffnung, dass sie die Klappe halten und einen fetten Punkt hinter den ganzen Blödsinn setzen würde. Emily tat, als würde sie schlafen. Susan hielt nicht die Klappe. *Ich schwöre, wenn ich Louise sehe, die kriegt was von mir zu hören. Was hat die sich bloß dabei gedacht, mich zu dieser Irren zu schicken? Offensichtlich ist sie frisch aus der Klapse entlaufen.*

»Aber wenn man all diese Tücken meistert«, fuhr Susan fort, »gelangt man bis ganz nach oben und lacht dann über den schwierigen Start ins eigene Leben ... verstehst du, was ich dir sagen will, Naomi?«

»Nein«, erwiderte ich knapp. Ich schaute weg, hoffte, Susan würde ihrem Redefluss einen schweren Korken aufdrücken.

»Ich will nur sagen, dass du trotz deines sehr ... komplizierten Starts immer noch werden kannst, was du werden willst. Ärztin, Anwältin, Geschäftsfrau ... vielleicht sogar Politikerin. Oh Gott. Wir brauchen mehr weibliche Abgeordnete in diesem Land. Die Männer richten nur einen einzigen Schlamassel an.«

»Alles, was ich will?«, wiederholte ich.

»Äh, ja. Du kannst werden, was du willst, Naomi.«

»Dann will ich Street Dancer werden«, sagte ich.

»Street Dancer?«, wiederholte Susan. »Das ist aber kein sicherer Beruf, oder?«

»Will ich aber werden«, beharrte ich. »Ich will mit Leuten wie Nicki Minaj oder Rihanna auf Tour gehen. Ich will Städte sehen wie New York, Hollywood, Hongkong, Paris und die Stadt, wo die Olympischen Spiele stattgefunden haben. Da, wo dieser Riesen-Jesus steht.«

»Rio«, sagte Susan.

»Ja, Rio, da will ich hinfliegen und Samba lernen ... und nach Neuseeland will ich, wo die beim Rugby dieses Haka machen ... und dahin, wo's diese dicken Glatzköpfe mit den chinesischen Augen gibt.«

»Du meinst Buddhas«, warf Emily mit noch immer geschlossenen Augen ein.

»Du kannst all diese Länder besuchen, wenn du lernst, dich in der Schule anstrengst und einen Platz an einer guten Universität bekommst.«

»Mann, Mum«, unterbrach Emily. »Lass sie in Ruhe! Sie ist erst vierzehn. Und wenn sie Tänzerin werden will, dann lass sie doch.«

»Ich versuche nur, Naomi den Wert harter Arbeit zu vermitteln«, verteidigte sich Susan. »Zu viele Jugendliche heutzutage glauben, sie müssten sich gar nicht mehr anstrengen, um belohnt zu werden. Das liegt an diesem ganzen Promifernsehen.«

»Mum! Mach mal Pause. Wir wollen uns jetzt ausruhen.«

»Ja, meine Beine fühlen sich an, als wären sie aus Kartoffelbrei«, fiel ich ein.

Susan stand auf, schüttelte die Arme aus und schnaubte ein Stück den Hang runter. Sie schaute nach unten ins Tal. *Bei der flattern definitiv ein paar Raben durchs dicht bewaldete Oberstübchen.* Ich hoffte, sie würde weitergehen und erst unten am Windrad stehen bleiben.

»Jetzt ist sie beleidigt«, sagte Emily. »Aber keine Angst, die ist gleich wieder die Alte. Manchmal frage ich mich, wer hier wen erzieht.«

Auf der Fahrt nach Hause machte Susan an einem Laden halt und kaufte mir eine Flasche Cola Light und ein Mars. Bis sie wieder am Range Rover war, schnarchte Emily schon auf dem Rücksitz. Im Autoradio lief Jazz. Ich ließ es ihr erst mal durchgehen, aber sollte ich noch mal mit ihr Auto fahren, würde ich mich um das Senderproblem kümmern müssen.

»Vielleicht solltest du mal über eine klassische Form des Tanzes nachdenken?«, schlug Susan vor. »Vielleicht könntest du eine Ballettausbildung machen? Das ist ein toller Beruf.«

Ich zuckte mit den Schultern und verschlang meinen Schokoriegel.

»Die Tänzerinnen, die mit Popstars touren sind sehr jung«, sagte Susan. »Ich glaube nicht, dass davon jemand über dreißig ist. Aber wenn du dreißig bist, ist dein Leben noch lange nicht zu Ende. Deshalb schlage ich vor, dass du dir einen Plan B zurechtlegst.«

Ich konzentrierte mich auf die Straße vor uns. Ich wollte mich auf keine lange Konvo mit ihr einlassen. Ich wollte nur nach Hause und einen Horrorfilm einlegen. Vampire, die ihre Zähne in den Hälsen von reichen Leuten versenken, würden jetzt gut für mich funktionieren.

»Ich weiß, dass es in der Schule schwierig war für dich«, fuhr Susan fort. »Nach dem, was ich über dein Elternhaus gelesen habe, kann ich verstehen, warum du so wütend warst. Das erklärt die vielen Auseinandersetzungen mit Lehrern und anderen Schülern. Da muss sich einiges an Frust angesammelt haben. Du musstest dich um deinen Vater kümmern, dabei warst du diejenige, die Fürsorge gebraucht hätte.«

Affe beim Bullenverhör! Woher weiß die so viel über mich? Offiziell ist sie noch nicht meine Pflegemutter. Ich bin nur übers Wochenende hier.

»Wenn du bei uns bleibst, bekommst du jede Unterstützung, die du brauchst«, fuhr Susan fort. »Emily ist sehr schlau, mein Mann weiß alles, was man über Mathe wissen muss, und ich kenne mich ein bisschen mit Englisch und anderen Fächern aus.«

»Du kennst mich doch erst seit zwei Sekunden und hast schon meine scheiß Akte gelesen?« Ich hob die Stimme. »Du weißt alles über das ganze Theater in der Schule? Und was mit meiner Mum und meinem Dad war?«

»Äh ... ja, Naomi. Louise hat mir einiges aus deiner Akte vorgelesen. Das ist doch auch ganz sinnvoll, meinst du nicht? Damit ich dich kennenler...«

»*Ich* kenne dich überhaupt nicht und du weißt den ganzen Scheiß über mich! *Voll gemein!*«

Emily regte sich auf dem Rücksitz, setzte sich auf und beugte sich vor.

»Was ist denn los?«

»Ich versuche Naomi nur zu erklären, dass eine potenzielle Pflegemutter im Bilde sein muss über den jungen Menschen, den sie bei sich aufnimmt.«

Susan musterte mich entsetzt. Ihre Unterlippe bebte so sehr, dass ich dachte, sie würde gleich abfallen. Sie musste scharf bremsen, um nicht gegen einen Transporter vor sich zu knallen. Wir ruckten alle nach vorne.

Die Sicherheitsgurte retteten Susan und mich, aber Emily knallte vom Rücksitz. Kabuff.

»Und ich will keine scheiß Ärtzin werden!«, brüllte ich. »Ich will keine Anwältin sein und auch nicht auf die Uni gehen. Das kannst du auf einen Haufen kehren und anzünden. Du kannst mir nicht vorschreiben, was ich machen soll. Du bist nicht meine Mutter! Ich werde Tänzerin, und wenn dir das nicht passt, kannst du dich mit deiner Fahrradpumpe selber ficken!«

»Ich wollte dir nur ganz vorsichtig ein paar Denkanstöß...«

»*Halt an, verdammte Scheiße!*«, schrie ich. »Ich will aussteigen! Sag mir bloß nicht, was ich machen soll! *Mein Vater bist du auch nicht!*«

Susan trat auf die Bremse. Alle ruckten erneut nach vorne. Emily knallte mit dem Kopf gegen die Kopfstütze und fiel wieder zu Boden. »Verdammte Scheiße, Mum!«

»Entschuldigung«, sagte Susan.

Susan stieß einen langen Seufzer aus und legte den Kopf auf das Lenkrad. Dann holte sie tief Luft und schloss die Augen. Ich nutzte die Gelegenheit zur Flucht.

»Naomi!«, rief Susan. »Es tut mir sehr leid. Ich wollte dich nicht ärgern.«

Ich warf Susan einen bitterbösen Blick zu. Dann stapfte ich davon und warf das Einwickelpapier von dem Mars über meine Schulter. Meine Colaflasche vergaß ich. Hätte ganz schön tragisch ausgesehen, wenn ich noch mal zurückgeflitzt wäre, um sie zu holen. Fußgänger blieben stehen, wollten sehen, was das für ein Theater war. »Naomi!«, rief Susan erneut.

Emily sprang aus dem Wagen und rannte mir hinterher. Ich versuchte sie zu ignorieren, aber irgendwie fand ich's toll, dass ich ihr anscheinend so wichtig war, dass sie mir hinterherkam. Ein kleines Stück ging sie einfach neben mir her, bis ihr einfiel, was sie sagen wollte. »Ich weiß, du bist sauer auf meine Mum, aber es ist ein echt langer Weg zu Fuß von hier.«

Ich schenkte ihr keinerlei Beachtung und latschte weiter. Machte immer größere Schritte. Emily musste ein Stück joggen, um mit mir mitzuhalten.

»Ich weiß nicht, wie's dir geht«, sagte Emily, »aber meine Beine machen mich fertig, nach der ganzen Fahrradfahrerei. Mein Körper erinnert mich an den Schnaps, den ich gestern getrunken hab. Wenn du den ganzen Weg zurücklaufen willst, dann muss ich mitkommen – Aufsichtspflicht und so. Willst du mir das wirklich antun? Heute Abend brauch ich einen Rollstuhl und ne Kotztüte. Das ist nicht der Look, auf den ich's angelegt hab.«

»Sag deiner Mum, sie soll mir keine Vorträge halten. Sie soll mir gar nicht unter die Augen kommen.«

»Mach ich. Versprochen, wenn sie noch ein Wort zu dir sagt, erschlag ich sie mit ihrem Fahrrad und lass sie von den Hängen runterkullern.«

Ich schaffte ein Viertellächeln.

»Sie meint es nicht böse«, setzte Emily hinzu. »Manchmal geht der gute Wille mit ihr durch. Er platzt aus ihrem Bauch raus wie ein Alien.«

Ich musste mir große Mühe geben, mir mein Grinsen zu verkneifen. *Alien* war einer meiner Lieblingsfilme. Die Fortsetzungen fand ich allerdings nicht so geil.

»Ich helf dir heute Nachmittag beim Kuchenbacken«, bot Emily an. Sie lächelte und machte so was Fröhliches mit den Augen. Ich war keine sechs Jahre alt, aber wenigstens versuchte sie, mir ein Lächeln zu entlocken.

»Na schön, ich komme mit zurück, aber ich erinnere dich daran, dass du deiner Mutter das Fahrrad überziehst, wenn sie wieder anfängt.«

»Versprochen. Mum kriegt ein Fahrrad an den Kopf, definitiv – sogar schon, wenn sie nur ein kleines bisschen meckert.«

Ich konnte mir das Grinsen nicht verkneifen, das sich in meinem Gesicht breitmachte. Susans Blick ausweichend, kehrte ich zum Range Rover zurück und setzte mich nach hinten zu den Rädern. Ich verschränkte die Arme und starrte durch die Heckscheibe nach draußen. Mir ging's gut, aber ich wollte, dass Susan wusste, dass ich immer noch wütend war. Emily setzte sich zu mir. Susan ließ den Motor an und fuhr los.

»Tut mir sehr leid, Naomi«, entschuldigte Susan sich erneut. »Ich ...«

»*Mum!* Fahr einfach.«

Wir kamen zu Hause an. Ich raste in mein Zimmer und knallte die Tür hinter mir zu. Dann hörte ich, wie Emily zu Susan sagte, sie solle mich mal eine Weile in Ruhe lassen. Ich setzte mich aufs Bett und starrte den schwarzen Fernseher an. Plötzlich zeigte mir der Fernseher meine alte Wohnung von innen. *Affe im Wunderland! Allmählich sehe ich schon Sachen, die gar nicht da sind. Passiert der Scheiß in meinem Kopf oder wirklich auf dem Bildschirm?* Ich sah mich selbst im Fernsehen – oder dachte das zumindest.

Superleise schlich ich mich ins Bad und drückte die Klinke runter. Dann ging ich rein. Der Lüfter war lauter als normal. Die Seifenschale tropfte rot. Verschmierte Fingerabdrücke auf den weißen Kacheln. In den Dreckrand in der Wanne hatte sich Blut gemischt. Ich konnte den Lavendel nicht riechen, den sich Mum normalerweise ins Badewasser machte. Ihr Kopf hing über den Wannenrand. Ihr glattes Haar sah schön aus, aber auf dem Boden war eine kleine Pfütze. Es war komisch, sie so nackt zu sehen. Ihr Mund war offen, aber ihre Augen waren geschlossen. Das Wasser stand sehr still, wie ein Teich an einem kalten Tag.

Ich machte schnell die Augen zu, schnappte mir ein Kissen und schob es mir vors Gesicht.

Später an dem Tag half mir Emily, einen Victoria Sponge Sandwich Cake zu backen. Sie lobte mich voll, weil ich mich genau ans Rezept hielt und alles super vermixt hatte. Susan schaute immer mal wieder in die Küche rein, wie's uns ging, und allmählich ließ mein Zorn auf sie ein kleines bisschen nach. Aber ich hatte mich entschieden.

Als der Kuchen abgekühlt war, schnitt ich ein Stück für Susan ab und bot es ihr mit einer Serviette auf einem Teller an.

»Das meiste hat Naomi gemacht«, sagte Emily. »Sie hat *mir* gesagt, was ich machen soll.«

Das war nicht gelogen.

»Was für ein schöner Kuchen«, sagte Susan und prüfte die Konsistenz. »Vielleicht willst du ja mal Köchin werden? Du könntest dir überlegen, ob du nach der Schule eine Ausbildung zur Köchin anfängst?«

»*Mum!*« Emily hob die Stimme.

Ich biss mir auf die Oberlippe.

»Iss den Kuchen und hör auf«, drängte Emily.

Susan biss ein großes Stück ab, hob die Augenbrauen und nickte.

»Der ist ja köstlich!«

Emily lächelte und klatschte. Ich suchte Hinweise auf Heuchelei in Susans Gesicht.

»Vielleicht können wir ja morgen Cookies oder Shortbread backen«, schlug Susan vor.

Ich antwortete nicht. Stattdessen ging ich noch mal zum Küchentisch und schnitt mir selbst ein Riesenstück von meinem hervorragenden Victoria Sponge ab. Dazu schenkte ich mir ein Glas Cola ein, stürzte die Hälfte davon runter und setzte mich neben Emily. Ich holte tief Luft. »Morgen bin ich schon nicht mehr hier«, verkündete ich.

Susan und Emily wechselten Blicke.

»Aber ...«, fing Susan an.

»Ich will zurück zu den Goldings«, fiel ich ihr ins Wort. »Kannst du, wenn du deinen Kuchen gegessen hast, bitte Louise anrufen?«

»Na... natürlich«, brachte Susan heraus. »Tut mir sehr leid, wenn ich dich heute Morgen verärgert habe. Aber ich hab meine Lektion gelernt, Naomi. Wenn wir dich noch mal hier haben dürfen, dann werde ich ... umsichtiger sein.«

»Es wird kein nächstes Mal geben«, sagte ich. *Ich hebe nicht die*

Stimme und ich fluche nicht. Louise würde mir Spitzennoten dafür geben. »Kannst du bitte Louise anrufen, wenn du aufgegessen hast? Ich wäre dir sehr dankbar.«

»Äh, ja, natürlich.«

»Schade«, sagte Emily. »Wir hatten dich sehr gerne hier.«

»Ich weiß«, sagte ich. »Ich weiß das zu schätzen ... aber ... aber ich sehe nicht, wie ich hier reinpasse ... ich seh's einfach nicht ...«

Susan ließ den Kopf sinken.

»Ich versteh dich«, nickte Emily. »Aber du backst verdammt leckeren Kuchen! Soll ich den Rest in Folie einpacken, dann kannst du ihn mitnehmen.«

»Ja, bitte«, erwiderte ich. »Danke, dass du mein Lehrling warst.«

Emily lachte, aber Susan stand da, als hätte ich Witze über verhungernde Babys gerissen.

Ich saß neben Emily auf dem Bett, meine Taschen waren gepackt, und ich schaute auf meinem Handy nach der Uhrzeit. Zehn nach sechs.

»Alles klar?«, fragte Emily. »Du warst so still den ganzen Nachmittag.«

»Mir geht's gut«, erwiderte ich. »Hab nachgedacht.«

»Worüber?«

»Über meine richtige Mum. Weißt du, sie war echt hübsch. Meine Nan hat mir mal Fotos von ihr gezeigt, als sie sechzehn war. Ist schon Jahre her ... aber weißt du, ich vermisse sie ganz doll.«

»Natürlich vermisst du sie. Das ist nur menschlich.«

»Ich ...« – ich konnte die Tränen nicht zurückhalten – »ich will einfach nur irgendwo sein ... irgendwo, wo ich mir vorstellen kann, dass sie lächelt. Anstatt immer nur an sie zu denken, wie sie ...«

Emily umarmte mich ganz lange. »Du musst es nicht aussprechen«, sagte sie. Sie wischte mir die Tränen weg. Mir war's ein bisschen peinlich. Immerhin kannte ich sie erst seit einem Tag.

»Du wirst schon einen Platz finden«, sagte sie. »Was ist mit den Goldings? Kannst du da nicht bleiben?«

»Louise sagt, sie will was Passenderes finden. Ich glaube, sie meint, dass ich zu einer weißen Pflegefamilie soll.«

Ich merkte, dass das Thema Emily irgendwie verlegen machte, deshalb ließ ich's bleiben.

»Du musst es doch satthaben, ständig umzuziehen«, sagte Emily nach einer Weile.

»Damit liegst du nicht falsch!«, erwiderte ich. »Gestern Abend hab ich versucht, die verschiedenen Zimmer zu zählen, in denen ich im vergangenen Jahr geschlafen hab.«

»Und wie viele waren es?«

»Mein Taschenrechner hat auf halber Strecke den Geist aufgegeben«, sagte ich. »Ich hatte Schlafsäcke, Einzelbetten, Doppelbetten, Stockbetten. Egal, wie bequem das Bett ist und wie viele Kissen ich bekomme und ob ich das Licht anlasse ... ich hab trotzdem Albträume wegen Mum.«

Emily drückte mich erneut. Fühlte sich gut an.

»Vielleicht«, sagte sie, »vielleicht musst du ja irgendwie abschließen oder mit jemandem über sie reden. Hast du das schon versucht?«

»Louise will mit mir über Mum reden«, erwiderte ich. »Neulich wollte sie, dass wir ihren Todestag irgendwie begehen.«

»Tut eine ganze lange Weile weh, bis wir über so was wegkommen«, sagte Emily. »Jeder, der jemals jemanden geliebt hat, macht so eine scheiß Zeit durch. Ich hab wochenlang geheult, als meine Gran gestorben ist. Das zeigt, wie lieb wir denjenigen hatten. Kannst mich immer anrufen, wenn du willst. Eines Tages wird es dir gut gehen.«

»Das sagst du doch nicht nur, oder?« Ich wollte Bestätigung.

»Rufst du mich ganz bestimmt ab und zu an?«

»Na klar. Vielleicht können wir das nächste Mal in den American Diner neben dem Thai-Restaurant gehen.«

Ich grinste. »Dafür heb ich mir ne Serviette auf.«

»Coole Sache für ein chillaxtes Mädchen«, erwiderte Emily.

Ich wünschte, sie würde dieses Wort nicht mehr benutzen. Das war so letztes Jahrtausend. Zehn Minuten blieben wir noch schweigend sitzen. Meine Gedanken wanderten zu den Goldings und meinen Freundinnen in der Einrichtung. Kim wollte bestimmt ein Update über mein neuestes Drama.

»Ehrlich gesagt, ich hab nicht viele Freundinnen«, gestand ich.

»Also behalt mich bitte auf deinem Satellitenschirm. Ich weiß, dass Kim auf mich aufpasst, aber Nats ist manchmal ganz schön komisch zu mir.«

Emily lächelte und küsste mich auf die Stirn. »Ich bin sicher, Nats passt auch auf dich auf.«

Eine halbe Stunde später klingelte es an der Tür. Ich schnappte mein Erdmännchen und rannte die Treppe runter. Als ich merkte, dass ich zu ungeduldig wirkte, machte ich ein bisschen langsamer. Emily kam mit meinen Taschen hinterher. Susan stand mit verschränkten Armen da und bekam ein Lächeln hin, sie begrüßte Louise mit einem Küsschen auf die Wange. »Tut mir leid, dass es nicht geklappt hat«, sagte sie zu Louise. »Vielleicht ... vielleicht muss ich noch mehr lesen. Ich will das verstehen und daraus lernen.«

»Danke, dass Naomi hier sein durfte«, erwiderte Louise. »Mach dir keine Vorwürfe. Manchmal ... manchmal funktioniert es eben einfach nicht. Ich bin sicher, da draußen gibt es einen jungen Menschen, der dich braucht.«

»Darf ich mich schon ins Auto setzen?«, platzte ich in das Gespräch der beiden.

»Natürlich.«

Ich umarmte Susan, spürte aber, wie steif und enttäuscht sie war. »Denk an den Weg zum Gipfel«, sagte sie.

»Mach ich«, erwiderte ich. *Nein, mach ich nicht!*

Emily packte die Taschen in den Kofferraum. Susan blieb an der Haustür stehen, hielt die Arme immer noch verschränkt. »Wir reden bald weiter«, sagte Louise zu ihr.

»Wir können ja mal mittagessen. Ich rede dir deine Kaffeesucht endlich aus!«

»Kannst es ja versuchen.«

Ich saß schon auf dem Beifahrersitz. Kam mir komisch vor, aber ich wollte in Blitzgeschwindigkeit zurück zu den Goldings.

»Lass von dir hören«, sagte Emily, gab mir die Tüte mit den in Alufolie eingepackten Kuchenstücken und schloss die Beifahrertür. »Du hast meine Nummer. Wenn du bereit bist, rufst du mich an und wir gehen weg.«

»Auf jeden«, grinste ich. »Vielleicht kannst du mich ja mal nach Australien oder so mitnehmen.«

Louise ließ den Motor an, winkte Susan noch mal, dann fuhr sie los. Emily zeigte mir einen erhobenen Daumen und ein breites Grinsen. Ungelogen, es tat mir leid, von ihr wegzufahren.

10

LOUISE LÄUFT EINE LAUS ÜBER DIE LEBER

Louise hielt in einer Seitenstraße nur zwei Ecken vom Haus der Goldings entfernt, machte den Motor und das Autoradio aus. Zwanzig Sekunden lang blieb sie schweigend sitzen, starrte durch die Windschutzscheibe. Dann musterte sie mich ganz genau, als würde sie die Haare an meinen Augenbrauen zählen. Ich versuchte, sie zu ignorieren, indem ich mein Erdmännchen streichelte – ich überlegte, ob ich es Emily nennen sollte. »Ich warte, Naomi!«, explodierte Louise. »Ich kann mir vorstellen, dass das interessant wird.«

»Was?«

»Ich warte, ich möchte wissen, welches schreckliche Verbrechen Susan begangen hat.«

»Sie hat an meinen Nerven gesägt.«

»An deinen Nerven gesägt?«, wiederholte Louise. »Indem sie dir Vorschläge hinsichtlich deiner Berufswahl und Ausbildung gemacht hat? Dann stellen wir sie doch vor Gericht! Ach was, wozu solche Umstände? Hängen wir sie doch lieber gleich auf und vierteilen sie anschließend!«

»Welche Laus ist dir denn über die Leber gelaufen? Sie hat mich rumkommandiert, war rechthaberisch.«

»Du hast es nicht mal fertiggebracht, dich ordentlich zu verabschieden. Schnell wie der Wind bist du zum Wagen gerannt.«

»Hab ich ihr nicht ordentlich Auf Wiedersehen gesagt? Ich hab sie doch umarmt, oder nicht? Ich tu nicht so, als würde ich Leute mögen. So was machen Erwachsene. *Du* machst so was.«

Louise hob die Stimme. »Sie hat sich um dich gesorgt, wollte dir einen guten Rat geben. Dir Mut machen. Und dir ist es noch zu viel, auch nur einen weiteren Tag dort zu verbringen? Sie hat es sich nicht anmerken lassen, aber ihr geht es gar nicht gut damit.«

»Buuhuhuu! Kaum zu fassen, was für ein elendes Leben. Teil ihr doch eine Sozialarbeiterin zu. Schick sie in Therapie. Schenk ihr einen verdammten Lolli ...«

»Dein Sarkasmus greift nicht, Naomi.«

»Was soll ich deiner Meinung nach denn machen?«, fragte ich. »Soll ich bei jemandem bleiben, den ich nicht mag? Wäre ja nicht so schlimm, wenn Emily da wäre, aber die ist an der Uni und kaum zu Hause.«

Louise umklammerte fest das Lenkrad. Vielleicht stellte sie sich vor, es sei mein Kopf. Sie biss sich auf die Unterlippe, dann griff sie ins Handschuhfach nach ihren Zigaretten. »Und glaub bloß nicht, ich hab nicht gemerkt, dass du mir meine Zigaretten geklaut hast, als ich dich bei Susan abgesetzt hab. So was nennt man Diebstahl, Naomi.«

In dem Punkt hatte sie recht. Ich antwortete nicht. Stattdessen hielt ich mir mein Erdmännchen vor die Brust.

Louise ließ das Fenster auf der Fahrerseite runter, zündete sich eine Kippe an und zog dran, als ging's ums Überleben.

»Darf ich auch eine?«, fragte ich.

Louise bedachte mich mit ihrem durchdringendsten *echt-jetzt*-Blick.

»Die hat mich wahnsinnig gemacht«, sagte ich. »Ich bin einfach nicht mit ihr warm geworden. Noch einen Tag länger mit ihr, dann hätten die Bullen wegen Mord anrücken müssen. Glaub mir. Glaub mir, ich hätte gewusst, was ich mit dem Kanupaddel im Keller anstelle. Und du willst nicht, dass sich so ein Drama ereignet, weil du immer meckerst über deinen Papierkram und die ganzen Nachfragen vom Amt.«

Ich glaube, in dem Punkt war sie mit mir einer Meinung. Sie paffte ihren Qualm zum Fenster raus. »Sie hat getan, was sie konnte, um nett zu dir zu sein«, sagte sie. »Sie hat dir ihr Haus zur Verfügung gestellt, dir ein Zimmer gegeben, in dem du deine DVDs gucken konntest, ist mit dir Rad fahren gewesen.«

»Meine Beine tun mir immer noch weh.«

»Ich kann«, stammelte Louise, »ich kann's nicht verstehen. Was hat sie denn so schrecklich falsch gemacht? Sag es mir, weil ich beim besten Willen nicht von alleine draufkomme.«

Affe im Zeugenstand! Ist anscheinend eine ganz besonders dicke, fette Leberlaus. Ich frag mich, ob sie in letzter Zeit Stress mit ihrem Freund hatte. »Sie ... sie hat mir Vorträge gehalten«, erwiderte ich. »Die hat gar nicht mehr aufgehört.«

»Sie wollte dich hinsichtlich deiner Berufswahl beraten und dir eine Lebensweisheit auf den Weg geben. Deshalb hast du sie beschimpft, bist aus dem Wagen gestiegen und davongerannt.«

»Ich bin nicht gerannt.«

»Auch egal.«

»Ich wollte nicht bei ihr bleiben. Willst du mich jetzt einsperren und die Schlüssel wegschmeißen? Nein! Ich hab auch nicht drum gebeten, ein Wochenende bei ihr zu verbringen. Das war *deine* Idee. *Deine* Mission.«

»Susan ist eine herzensgute Frau«, sagte Louise. »Und eine liebe Freundin von mir, sie arbeitet jetzt schon seit vielen Jahren mit Kindern und Jugendlichen. Ich hoffe nur, dass diese Erfahrung sie nicht davon ab...«

»Abhält wovon?«, fiel ich ihr ins Wort. »Wieder Pflegekinder aufzunehmen? Ach, du liebes bisschen! Das ist ja eine Tragödie! Wo bleiben denn die Geigen vor ihrem Haus! Wenn sie unbedingt noch ein Kind will, wieso macht sie nicht mal die Beine breit und lässt den Alten ran? Soll sie doch selbst eins zur Welt bringen. Noch eine Emily wäre ein Segen für alle.«

»Naomi, manchmal gehst du zu w...«

»Kein Mensch, den ich kenne, will bei der wohnen«, verkorkte ich ihre Quatscherei. »Die ganze Zeit hatte ich sie an der Backe. Ist das Kissen in Ordnung? Ist der Saft zu warm? Ist es zu heiß in deinem Zimmer? Bist du sicher, dass ich nicht doch lieber das Licht ausmachen soll? Weißt du, wo das Klo unten ist, falls oben besetzt ist? Ist dir das Klopapier weich genug ...?«

»Ich denke, du übertreibst, Naomi.«

»Nein, ich übertreibe nicht«, widersprach ich. »Und sie hat nicht aufgehört, vom Leben draußen in der Natur zu faseln. Wenn sie so drauf steht, wieso setzt sie sich keinen Helm auf, packt einen Kompass ein und rauscht ab zum Nordpol!«

»Sie wollte es dir nur angenehm machen.«

»Ich bin vierzehn! Ich brauche niemanden, der mich fragt, ob mein Kissen dick genug ist und ob ich das Licht an oder aus haben will.«

»So was nennt man Fürsorglichkeit, Naomi. Mehr nicht.«

»So oder so, ich dachte, du hättest gesagt, wenn's mir irgendwo nicht gefällt, wo du mich hinsteckst, muss ich's nur laut sagen, dann verlegst du mich? Also, wieso machst du dir jetzt so dermaßen ins Hemd?«

Louise rieb sich die Stirn. Jetzt hatte ich sie. Sie blieb ganz still sitzen, starrte ewig lange durch die Windschutzscheibe. Ich überlegte schon, ob ich ihr eine runterhauen sollte, um sie aus ihrer Traumazone zu befreien.

»Ich bin wirklich ratlos, was ich mit dir machen soll«, sagte sie endlich. »Ich weiß schon gar nicht mehr, wie viele Pflegestellen du hattest ... wie soll ich, oder sonst jemand, jemals eine Adoptivfamilie oder auch nur eine Pflegefamilie finden, die dir ein bisschen Stabilität gibt?«

»Die Goldings sind doch super«, sagte ich. »Tony ist manchmal ein bisschen verkrampft, aber Colleen ist okay ... und ich mag Sharyna und Pablo. Wenn ich mich weiter gut halte, vertraut mir Colleen bestimmt, sodass ich babysitten darf.«

Louise legte mir eine Hand auf die Schulter und ihr Zorn verflog. Sie sah mich wieder freundlicher an. »Auf lange Sicht ist das nicht ideal, Naomi«, sagte sie. »Ich habe dir schon erzählt von den Problemen mit ethnisch diversen Pflegeverhältnissen und den Jugendamtsrichtlinien hinsichtlich ...«

»Nein, hast du nicht«, widersprach ich.

Louise ignorierte mich. »Außerdem«, fuhr sie fort, »wie lange wird es dauern, bis du was findest, was dich an ihnen stört? Wenn das so weitergeht, muss ich dich wieder ins Heim oder in eine Familie in einem anderen Bezirk geben. Willst du das, Naomi?«

Ich antwortete nicht. Ich streichelte wieder mein Erdmännchen.

»Und wenn du ins Heim musst, mache ich mir Sorgen, was Kim und Nats für einen Einfluss auf dich haben. Ich versuche dich möglichst von all dem fernzuhalten.«

Ich sah Louise lange in die Augen. Sie wich nicht aus und betrachtete mich aufmerksam.

»Die Goldings sind erst mal gut«, sagte ich nach einer Weile. »Aber ich weiß immer noch nicht, wieso ich keine eigene Wohnung haben darf. Ich kann mich um mich selbst kümmern. Ich brauch niemanden. Ich hab mich doch auch um meinen Dad gekümmert, oder nicht?«

Louise schüttelte den Kopf.

»Gebt mir einfach die Kohle, die ihr ihm gegeben habt«, fuhr ich fort. »Ich würde das Geld nicht versaufen. Ich würde die Miete zahlen. Und nachts das Licht ausmachen. Ich weiß, wie man einen Thermostat benutzt, ich würde die Rechnung nicht hochtreiben. Ich kan auf Sonderangebote im Supermarkt achten. Kim hat mir schon gezeigt, wo die Secondhandläden sind, in denen ich gebrauchte Klamotten finde. Kannst mich Miss Naomi Billo nennen.«

Louise lächelte kurz, aber das Lächeln verschwand schnell wieder.

»Ich könnte sogar kleinere Kinder in Pflege nehmen, vielleicht erst mal nur eins«, schlug ich vor. »Wenn es sein muss, kannst du mich ja einmal die Woche besuchen. Ich würde dir Kaffee machen und Vanillecremekekse hinstellen. Ich leg dir sogar eine Selbstgedrehte bereit. Wenn ich die Kinder ins Bett gebracht hab, gucken wir einen Horrorfilm zusammen. Das wäre doch schön.«

Zum ersten Mal, seit ich sie kannte, sah ich eine Träne in Louise' Auge. Sie senkte den Kopf und blinzelte zweimal, bevor sie sie wegwischte. Dann räusperte sie sich. Ihr Krebslutscher hatte inzwischen ein langes Ascheende. »Du weißt, dass wir dir das nicht erlauben können«, sagte sie. »Sei vernünftig, Naomi.«

»Warum nicht?«, wollte ich wissen. »Ich würde mich besser um die Kinder kümmern als die ganzen schlechten Mums da draußen. Darüber müsstest du doch am besten Bescheid wissen. Du arbeitest mit ...«

»Wir haben das alles schon mal besprochen«, unterbrach Louise meinen Redefluss. »Du bist zu jung.«

»Aber ich war alt genug, meinen Dad zu versorgen?«, widersprach ich. »Alt genug, ihm seine Pillen zu geben? Einkaufen zu gehen? *Ich* war diejenige, die die Strom- und die Gasrechnung bezahlt hat. Ich hab die Wohnung geputzt, wenn die Sozialarbeiter gekommen sind, und hab aufgepasst, dass er zum Arzt geht. *Ich* hab das alles gemacht.«

»Ich weiß, was du hinter dir hast, Naomi. Es war nicht richtig, dass dir das aufgebürdet wurde. Du hättest mehr Hilfe bekommen müssen. Das geben wir alle zu. Aber du bist noch ein Kind und brauchst jemanden, der sich um dich kümmert.«

»Ich bin kein scheiß Kind!«

Louise schüttelte erneut den Kopf. Der strenge Tonfall kehrte zurück.

»So kommen wir nicht weiter.«

Was ist los mit diesen Sozialwichsern? So schnell wie bei denen die Stimmung schwankt, kann man nicht gucken.

»Wieso könnt ihr mir nicht zuhören und mich fragen, was ich will!«

Louise starrte wieder durch die Windschutzscheibe. Dann warf sie ihre aufgerauchte Kippe aus dem Fenster. »Ich bring dich zurück zu den Goldings«, sagte sie. »Montag habe ich mir freigenommen, also sieh zu, dass du morgens in die Schule gehst.«

»Tony fährt mich.«

»Hmmm«, erwiderte Louise. Sie ließ den Wagen wieder an. »Keine Ausflüge mehr zu deiner Urgroßmutter.«

»Ich müsste keine Ausflüge machen, wenn eine *gewisse* Person mit mir hinfahren würde.«

Ich stellte den Sender ein, den ich hören wollte, während Louise blinkte und anfuhr.

Die gesamte Fahrt über sah sie mich nicht mehr an. Ich vermutete, dass sie echt stinkig auf mich war. Oder dachte sie nach? *Ich war doch nicht zu weit gegangen, oder?*

Louise hielt draußen vor dem Haus der Goldings. »Ich ... ich bring dich nicht bis zur Tür«, sagte sie. »Du kommst ja klar, oder?«

Ich nickte und ging zum Kofferraum, holte meine Taschen raus.

»Naomi«, rief Louise.

»Was denn jetzt schon wieder? Dieses Mal hab ich deine Kippen nicht geklaut.«

»Das ist es nicht.«

»Was dann?«

Louise wollte was sagen, dann zögerte sie. Sie starrte unter sich. »Tut mir leid«, sagte sie.

»Was tut dir leid?«

»Tut mir leid ... tut mir leid, dass ich dich zu jemandem geschickt habe, mit dem du nicht klargekommen bist. Ich hab ... ich hab einfach gedacht, dass Susan einen guten Einfluss auf dich haben könnte. War mein Fehler. Wenn das okay für dich ist, dann müssen wir den Goldings nichts davon erzählen.«

Ich wollte breit grinsen, das war tatsächlich eine Entschuldigung. Erwachsene entschuldigen sich normalerweise nicht, nicht in meiner Welt. »Wenn sie mir keine Fragen stellen, muss ich nicht lügen«, sagte ich.

»Wahrscheinlich lag mir persönlich zu viel daran, dass es mit Susan und dir klappt«, ergänzte Louise.

»Keine Ahnung, was dir persönlich dran lag, aber mach dich nicht fertig, Louise«, sagte ich. »Erwachsene bauen auch Scheiße. Sogar Sozialarbeiter. Das ist normal.«

Ich wusste nicht, ob Louise lachen oder weinen wollte. Sie legte den ersten Gang ein und war weg. *Affe flieht vor Jägern!* Das war aber auch gefühlig.

11

KEKSE UND KATASTROPHEN

»Ich mach das«, sagte ich, als Tony Wasser in den Kocher laufen ließ.

»Danke«, erwiderte er und parkte sich an den Küchentisch. Auf dem Tresen lag eine Packung Schokokcremekekse und Tony griff danach. Er nahm zwei raus und hielt mir die Packung hin. Ich nahm drei.

Tony musterte mich nervös. »Also ... was war los bei den Hamiltons? Habt ihr ... wart ihr wegen irgendwas unterschiedlicher Meinung?«

»Louise hat gesagt, ich soll dichthalten«, erwiderte ich. »Ist aber kein großes Ding. Ich weiß nicht, wieso sie's ›top secret‹ stempelt. Im Prinzip hat sich Susan voll die Mühe gegeben, aber mich hat das kaltgelassen. Kann passieren. Sie hat mir nichts Schlimmes getan, dann wär ich keine Sekunde da geblieben. Da wär ich mit dem Bus nach Hause gefahren.«

Ich hab ›nach Hause‹ gesagt.

Tony starrte den dampfenden Wasserkocher an. Ich vermutete, er wollte noch mehr darüber erfahren, was los gewesen war, wusste aber nicht, wie er fragen sollte.

»Gibt halt Leute, mit denen versteht man sich einfach nicht«, setzte ich hinzu.

»Stimmt schon«, sagte Tony. »Gibt auch einige, mit denen ich mich nicht verstehe.«

»Louise zum Beispiel«, tippte ich.

Tony schaute mich eine lange Sekunde an, dann nickte er. »Wir hatten schon manchmal Meinungsverschiedenheiten, was die Jugendamtspolitik angeht.«

»Was gefällt dir denn nicht an ihr und dem Jugendamt?«, wollte ich wissen.

»Wie gesagt«, erwiderte Tony, »war nur hin und wieder mal eine Meinungsverschiedenheit. Mehr nicht. Nichts Ernstes.«

»Ich dachte erst, das ist eine Superbitch«, sagte ich. »Aber wenn man sie besser kennt, ist sie eigentlich voll okay. Sie kümmert sich wirklich.«

»Sollte sie auch«, warf Tony ein.

Das Wasser hatte gekocht. Ich machte Tony seinen Kaffee. Rührte sogar um für ihn. »Danke«, sagte Tony leise. Er nahm einen Schluck und ich verknusperte noch einen Keks.

»Ich glaube, sie hat Probleme mit ihrem Freund«, tratschte ich. »In letzter Zeit brütet sie was aus. Wird andauernd total gefühlig. Gestern hätte sie fast eine Träne vergossen.«

Ich sah, dass Tony verlegen war. Er wechselte das Thema. »Hat dir das Radfahren Spaß gemacht?«

»Am Anfang schon, aber Susan wollte Berge rauf, da hast du den Gipfel vor Wolken nicht gesehen. Emily und ich hatten Asthmaanfälle.«

Als ich Colleen die Treppe runterkommen hörte, holte ich noch einen Becher aus dem Schrank. »Ich hab Tony gerade Kaffee gemacht«, sagte ich zu Colleen, als sie reinkam. »Willst du auch einen?«

»Okay, gerne, Liebes. Vergiss nicht, ich trink meinen …«

»Schwarz«, schnitt ich ihr das Wort ab. »Weiß ich. Ich kann mir so was merken.«

»Ist Pablo eingeschlafen?«, fragte Tony.

»Ja«, erwiderte Colleen. »Er war ganz schön aufgeregt, weil Naomi wieder da ist. Er will jetzt auch in die Berge und Rad fahren.«

»Morgen back ich mit ihm Shortbread«, sagte ich.

»Achte aber drauf, dass du die Küche so hinterlässt, wie du sie vorgefunden hast«, ermahnte mich Tony. »Und halte dich genau ans Rezept.«

»Mach ich. Ich weiß, wie man aufräumt. Ich hab früher schon immer für meinen Dad gebacken. Ich weiß, was ich tue.«

Ich gab Colleen ihren Becher Kaffee. Sie nahm einen Schluck.

»Danke, Naomi.«

»Gern geschehen.«

Tony und Colleen wechselten Blicke, verabredeten irgendwas. Beide nickten. Ich fragte mich, was für eine Mission sie in Planung hatten.

»Wir haben uns gestern mal ein paar Urban-Dance-Kurse angesehen«, sagte Colleen.

»Ach?«, erwiderte ich und schenkte mir ein Glas Cola ein. *Affe sitzt im Unterricht und passt auf!*

»Wir haben was gefunden in North Crongton – in einem Gemeindezentrum«, sagte Colleen. »Da gibt's eine Tanzschule, die heißt Urban Steps.«

»In North Crongton?«, wiederholte ich. »Kim sagt immer, Crongton ist die Heimat aller Messerstecher – da gibt's endlose Morde. Ist dieses Gemeindezentrum denn sicher?«

»Fanden wir schon«, sagte Colleen. »Soweit wir gehört haben, gab's da noch nie Ärger. Die Urban Steps sind schon in Schulen aufgetreten und beim Crongton Council. Ein paar von denen waren sogar schon in Pop- und Grime-Videos dabei.«

»In Videos?«, wiederholte ich. »Welchen? Von wem? Wolf Riders? Moleskin? The Beaver Crew?«

»Kann mich an die Namen nicht erinnern«, erwiderte Colleen. »Zuletzt sind sie bei der Crongton Park Country Show aufgetreten. Da haben sie einen Riesenapplaus bekommen – auf der Internetseite gibt's ein Video davon. Ist ein Stück zu fahren, aber wir dachten, vielleicht willst du's dort mal versuchen?«

»Natürlich! Meine Füße sind überreif. Das wisst ihr.«

»Die haben Kurse dienstagabends und samstagmorgens«, sagte Colleen. »Ich dachte, wir könnten dich am Dienstag mal der Trainerin vorstellen. Das ist eine nette Frau – halb Französin, halb Tunesierin. Sie hat einen tollen Akzent. Ms Ibtissem Almi – hoffentlich hab ich das jetzt richtig ausgesprochen.«

»Aber ich kann kein Französisch-Tunesisch oder was«, sagte ich. »Wie soll ich die verstehen?«

»Sie spricht super Englisch«, lachte Tony. »Hast du Lust, am Dienstag mal mitzumachen?«

Ich könnte das gleich ausnutzen, um meine Garderobe aufzupeppen. Lass dir die Gelegenheit nicht durch die Lappen gehen, Naoms.

»Ich hab keine Tanzklamotten«, erklärte ich. »Die letzten Sneaker, in denen ich getanzt hab, mussten in die Tonne. Ich brauch solche Slip-ons, Leggins, eine Jogginghose und so ... und ich will auch ein Stirnband ... bitte. Und keine Billo-Marken – die halten eh nicht.«

»Ich wollte dir, wenn ich das nächste Mal einkaufen fahre, was zum Tanzen mitbringen«, sagte Colleen. »Louise hat gesagt, es ist in Ordnung, wenn wir dir ein paar Sachen kaufen – in vernünftigem Rahmen. Wir müssen ihr nur die Quittungen geben. Pablo und Sharyna brauchen auch was Neues zum Anziehen. Wir fahren nach Southside.«

»Ich bin definitiv dabei.«

»Super!«, sagte Colleen. »Wir fahren nach der Schule oder am Wochenende, und danach essen wir dort was.«

»Da bin ich auch dabei. Können wir zu Mega Burger? Die haben so einen neuen Double-Bacon-Burger mit Käse.«

Colleen verzog das Gesicht. »Hmmm, denke schon.«

Am nächsten Tag nach der Schule backten Pablo und ich Shortbread, so mehr oder weniger jedenfalls. Ich hatte die ganzen Zutaten selbst zusammengesucht: ungesalzene Butter, Mehl und Zucker. Pablo hatte einen Riesenspaß mit dem Rührstab. Danach war die Küche umdekoriert, aber ich hab alles wieder sauber gemacht. Colleen platzte immer wieder in die Küche rein. Ich musste ihr sagen, dass sie sich verziehen soll. »Ich mach das schon«, sagte ich. »Wir können keine Küchenpolizei gebrauchen.«

Als Pablo und ich mit den Ausstechformen zugange waren, gingen Colleen und Sharyna weg, um was für ihre Biologie-Hausaufgaben zu besorgen. Als sie wiederkamen, war der Ofen ein einziges Katastrophengebiet. Ich riss alle Fenster auf, damit der Qualm abzog, und schrubbte den Herd gründlich von innen. Pablo warf sich weg vor Lachen, als er die verkohlten Kekse in den Müll warf. Und als Colleen, die Arme in die Hüfte gestemmt, an der Tür stand, musste er noch lauter lachen. Sharyna kam rein und schlug die Hand vor den Mund.

»Ist ein bisschen schiefgegangen«, sagte ich.

Colleen ließ mich mit ihrem strengen Blick nicht aus den Augen.

»Pabs, ich hab was für dich«, sagte Sharyna.

Colleen rührte sich nicht, bis Sharyna und Pablo die Treppe hochgeflitzt waren.

Ich stand auf und wusch mir die Hände.

»Naomi«, rief Colleen. »Setz dich.«

Ich trocknete mir die Hände ab und setzte mich. Colleen musterte mich durchdringend.

Ich starrte zu Boden.

»Ich ...«, stammelte ich, »... ich hab den Ofen zu heiß gestellt, auf acht, aber eigentlich hätte es drei sein müssen. Pablo wollte in den zwanzig Minuten, die die Kekse im Ofen waren, noch was spielen.«

Colleen hätte mit ihrem Laserblick einen Banktresor knacken können.

»Ich hab nicht kapiert, wieso sie verbrannt sind, bis ich ins Rezept geschaut habe.«

»Hör mir mal gut zu, Naomi«, senkte Colleen ihre Stimme. »Als ich dich gefragt habe, ob du das Rezept richtig gelesen hast und ob du noch irgendwas wissen willst, hab ich das nicht getan, weil ich dachte, dass du das nicht kannst. Überhaupt nicht. Es ist nur so, dass du, wenn du die Verantwortung von Erwachsenen übernimmst, dir auch im Klaren darüber sein musst, was du tust. Verstehst du das, Naomi?«

Aus den Augenwinkeln schaute ich nach Pablo, der mal wieder die Finger in der Keksdose hatte. Meine Wangen waren so heiß wie der Ofen. Mir fiel nichts zu meiner Verteidigung ein.

»Ich weiß, dass du den Großteil deines Lebens erwachsen sein musstest«, fuhr Colleen fort, »aber wenn man sich nicht sicher ist, ist es trotzdem nicht verkehrt, einfach mal die Hand zu heben und zu fragen. Du bist erst vierzehn.«

»Hab's kapiert, Colleen!«

»Genau betrachtet, bin ich auch schuld«, gestand Colleen. »Ich hätte hierbleiben und dich beaufsichtigen müssen. Gott weiß, was Louise daraus machen würde.«

Die Andeutung eines Grinsens machte sich auf meinen Lippen breit. »Die würde dir eine Million Gefahreneinschätzungsberichte über den Schädel ziehen. Da gäb's kein Ende. Aber keine Angst, ich halt die Klappe.«

»Versprichst du mir, wenn du das nächste Mal unsicher bist, egal wobei, dass du dann fragst?«, sagte Colleen. »Das ist kein Zeichen von Schwäche. Nur so lernt man dazu.«

»Ich hab also nicht bis in alle Ewigkeit Küchenverbot?«, wollte ich wissen.

Colleen lachte. »Ach was!« Ihr Gesicht wurde wieder weicher. »Darfst mir gerne Frühstück machen, wenn ich Geburtstag habe. Letztes Jahr hat Tony eine Riesenschweinerei veranstaltet. Komm schon, ich helf dir sauber machen, und dann fahren wir alle nach Southside.«

12

FRANZÖSISCHSTUNDE

Mein Tanzoutfit steckte in meiner neuen Adidas-Schultertasche, weißes Stirnband und Slip-ons. Auf der Fahrt ins Tanzstudio presste ich mir mein Erdmännchen an die Brust und schaute aus dem Beifahrerfenster – die Straßen von North Crongton waren echt dreckig. Wir fuhren an unzähligen schmierigen Grillhuhn-Imbissen, Wettbüros, Schnaps- und Billoläden vorbei.

»Alles klar, Naomi?«, fragte Colleen.

Ich musste zugeben, dass ich im Kopf ganz woanders war. Ich überlegte, wie die anderen Mädchen in dem Tanzkurs wohl drauf waren. Ob sie mich auslachen würden? Loserzeichen hinter meinem Rücken machen und mich im Ranking ganz nach unten schieben würden?

Und wenn ich hinfalle? Oder mich zur Idiotin mache? Ich wünschte, Kim und Nats wären jetzt bei mir. Die würden mich verteidigen. Aber vielleicht war ich ja gar nicht so gut, wie die behaupteten. Ich schwör's, wenn mich eine auslacht, kriegt sie so was von aufs Dach, dass es ihrer Großmutter noch in den Fußnägeln juckt. Dann verschwinde ich von dort und hau alleine ab, auch wenn ich laufen muss.

»Naomi«, wiederholte Colleen, als sie rückwärts in eine Lücke fuhr. »Alles klar?«

»Ja ... schon irgendwie.«

»Irgendwie?«

»Was sind denn da noch für welche in dem Kurs?«, wollte ich wissen.

Colleen machte den Motor aus. »Lauter Mädchen, die tanzen wollen, denke ich.«

»Ich meine ... sind da welche ... wie ich?«

»Was meinst du denn, *wie du?*«

»Du weißt, was ich meine, Colleen. Welche von der Fürsorge. Welche, die von der Schule geflogen sind, welche mit ... Problemen.«

»Ehrlich gesagt, ich weiß es nicht, Naomi. Ist aber auch egal, wo du herkommst. Wichtig ist, dass du tanzen willst, oder?«

»Aber ...« – ich merkte, wie wilde Furien Loopings in meinem Magen flogen –, »aber ich war ewig nicht mehr mit normalen Jugendlichen zusammen. Nicht mehr seit ich in der Sondereinrichtung angefangen hab. Und da bin ich jetzt, wie lange? Fast zwei Jahre ... mit Unterbrechungen. Die anderen in der Tanzschule halten mich vielleicht für zurückgeblieben. Die gucken mich komisch an, tuscheln hinter meinem Rücken.«

»Die müssen nicht mal erfahren, wo du herkommst«, sagte Colleen. »Du gehst da nicht hin, um deine Familiengeschichte zu diskutieren.«

»Aber vielleicht fragen die mich nach meinem Leben«, sagte ich. »Früher oder später kommen die damit an. So ein Drama brauch ich nicht. Was soll ich denen denn erzählen? Ich kann's nicht ausstehen, wenn normale Kids von ihren Müttern und Vätern erzählen, von ihren Brüdern und Schwestern. Und dann dieses ganze *mein Vater holt mich mit seinem BMW ab. Meine Mum kauft mir ein Designerkleid für den Schulball. Meine Eltern fahren mit mir in den Sommerferien nach Kann-Kun-Kann, oder wie das heißt.* Da springt mein Wutalarm an.«

Colleen bedachte mich mit einem *echt-jetzt*-Blick. Sie musste bei Louise Unterricht genommen haben. »Willst du dich dadurch davon abhalten lassen, was zu machen, worauf du wirklich Lust hast?«, fragte sie. »Komm schon, Naomi! Du schaffst das!«

Ich streichelte meinem Erdmännchen über den Kopf. »Kim sagt, ich soll normalen Mädchen nicht trauen, die noch bei ihren richtigen Eltern leben. *Die halten sich immer für was Besseres,* sagte sie.«

Colleen schlang ihre Hände um meine. »Du musst nicht immer auf alles hören, was Kim sagt. Sie ist nur ein paar Monate älter als du und sie weiß auch nicht alles.«

»Komisch, dass du das sagst«, erwiderte ich. »Louise sagt dasselbe.«

»Vielleicht haben wir ja beide recht.«

»Vielleicht aber auch nicht!«, hob ich die Stimme.

Betretene Pause.

»Ich denke, ich weiß ein bisschen, wie's dir gerade geht«, sagte Colleen nach einer Weile.

»Wirklich?«

»Ich weiß noch, wie ich zum ersten Mal auf Klassenfahrt war«, fuhr sie fort. »Meine Mum war total aufgeregt, weil ich ausgewählt wurde, aber ich hatte eine Wahnsinnsangst. Ich gehörte nicht zur *In-crowd* und ich dachte, ich bin *Colleen-die-keine-Freunde-hat*. Ich wollte nicht fahren, aber Mum meinte, das wäre eine tolle Chance, also bin ich mit.«

»Was ist passiert?«, fragte ich. »Haben sie dich geärgert? Deine Schlüpfer ins Klo gespült? Dir aufs Kissen gepisst? Tittenpolster in deine Schuhe gesteckt? Das hat Kim mal bei einer gemacht, mit der sie Krach hatte.«

Colleen schüttelte den Kopf. »Tittenpolster ...«, stammelte sie. Eine kurze Sekunde lang wirkte sie echt geschockt. »Nein, so schlimm war's nie. Die In-crowd-Mädchen haben nach wie vor nicht mit mir geredet, aber ich hab mich mit einem anderen Mädchen angefreundet – Tracey Cunningham. Und wir sind bis heute gute Freundinnen. Inzwischen ist sie verheiratet und hat zwei Kinder. Und weißt du, was ich über die anderen Mädchen sage, die über mich getratscht und mich geärgert haben?«

»Was? Sägt ihnen die kleinen Zehen mit einer kaputten Rumflasche ab?«

Colleen ignorierte den Vorschlag mit der Flasche. *»Die können mich mal«, sagte sie. »Wenn sie dich nicht mögen, so wie du bist, dann brauchst du sie auch nicht als Freundinnen.«*

Ich liebte Colleens kleines Filmchen, aber die Furien traten mir immer noch gegen die Rippen. »Angenommen ich bin scheiße im Tanzen oder dem, was die Trainerin von mir will?«

»Bist du bestimmt nicht«, versicherte mir Colleen. »Du hast großes Talent. *Mach was draus.«*

»Aber das sagst du nur, weil du mich kennst.«

»Ich sag das, weil es *wahr* ist.«

Ich schenkte Colleen ein gequältes Lächeln, dann stieg ich aus dem Wagen. Mein Erdmännchen ließ ich absichtlich sitzen – wollte keinen Ärger kriegen, weil ich ein Kuscheltier mit mir rumschleppte.

»Soll ich mit dir reingehen?«, bot Colleen an.

»Nein, ich mach das schon. Ich will nicht mit dir da ankommen, dann denken alle, *guck dir die an! Muss von ihrer Pflegemutter gebracht werden, die hat bestimmt endlos Probleme!*«

Colleen ließ den Wagen an, hupte noch mal, dann fuhr sie los.

Eine halbe Sekunde lang überlegte ich, ob ich das mit dem Tanzen einfach bleiben lassen und Nan besuchen sollte. *Wo fuhr hier denn der Bus?* Dann überlegte ich es mir aber doch noch mal anders. Louise würde doppelt so viele Kippen täglich rauchen wie sowieso schon.

Ich holte megatief Luft und schob durch die Tür. Ich befand mich in einem kurzen Flur, der zu dem Tanzstudio führte. Auf Anschlagstafeln wurden Unterricht in Englisch und Mathe, Yogakurse, Flohmärkte, Hausaufgabenhilfe, IT-Kurse und Sonntagsgottesdienste angeboten. Außerdem nach einer entlaufenen weißen Katze mit schwarzen Flecken gefahndet. *Eines Tages will ich auch mal eine Katze haben, aber wenn sie nicht frisst, was ich koche, dann muss sie raus und sich ihr eigenes Abendessen fangen.* Eine große, honigfarbene Frau in schwarzen Leggings und einem schwarzen Oberteil saß an einem runden Tisch und half einem Mädchen, ein Formular auszufüllen. Ich sah schweigend zu, bis sie mich bemerkten.

»Na, 'allo«, begrüßte mich die Frau mit starkem Akzent. »Bonjour.«

»Hi«, erwiderte ich flüsternd.

»Bist du zum Tanzen hier?«

Ich nickte.

»Würdest du das Anmeldeformular ausfüllen? Ich bin die Trainerin. Ich heiße Mademoiselle Almi. Comment t'appelles-tu? Wie heißt du?«

»Naomi ... Naomi Brisset.«

»Naomi Brisset? Oh ja! *Bon.* Deine Eltern waren neulich bei mir.«

Affe schwer beeindruckt! Ihren Akzent hätte ich am liebsten mit nach Hause genommen und mir vor dem Schlafengehen in die heiße Schokolade gerührt.

»Das sind *nicht* meine Eltern«, erklärte ich.

»Excuse moi, Naomi. Wie sagt man? Äh, Pflegeeltern ... willst du heute erst mal zuschauen, oder machst du gleich mit?«

»Weiß nicht.«

»Hast du was zum Anziehen?«

»Ja.«

»Das ist gut. *Bon.* Wenn du das Formular ausgefüllt hast, ziehst du dich in der Garderobe oben um und kommst wieder runter ins Studio. In fünfzehn Minuten geht's mit Dehnübungen und dem Aufwärmen los. Wenn du erst mal nur zuschauen willst, damit du weißt, was wir so machen, auch gut. Aber du kannst jederzeit mitmachen, das ist okay.«

Die Treppe war links von mir, aber ich zögerte. Ich schaute das Formular an und verzog das Gesicht, als ich las: *Nächste Angehörige, im Notfall zu verständigen. Was soll ich da hinschreiben? Mutter tot? Von der gibt's keine Telefonnummer. Vater ist Saufchampion in Ashburton und sämtlichen Bars der Umgebung. Auch hier keine Nummer. Viel Glück bei der Suche nach dem besoffenen Sack. Vielleicht sollte ich Louise' Namen hinschreiben? Oder Colleen und Tony? Nein, scheiß drauf. Ich lass es aus.*

Ich bedauerte, dass ich mein Erdmännchen im Auto gelassen hatte. Jetzt wünschte ich, Kim und Nats wären bei mir. Kim hatte kein Problem mit normalen Leuten. Andererseits legte sie sich wahnsinnig gerne mit ihnen an. Unser Wochenende bei Butlin's krachte mir ins Gehirn.

»Ne t'inquiète pas pour ça«, lächelte Ms Almi.

»Wie bitte?«

»Das ist Französisch und heißt, keine Angst, Naomi«, übersetzte Ms Almi. »Du liebst es zu tanzen, *oui?* Und das tun wir alle. Du wirst Spaß haben.«

Als ich in meinem neuen Outfit auf einer Bank in der Umkleide saß, beobachtete ich die anderen beim Ankommen, wie sie sich umzogen und schnell wieder die Treppe runterrannten. Vom Alter her waren sie zwischen elf und sechzehn. Sie schienen sich so wohlzufühlen und ich kam mir so komisch vor. Erst als der Raum wieder ganz leer war, stand ich auf und machte ein paar Dehnübungen. Über dem Waschbecken hing ein Spiegel und ich schaute rein, zog mein Stirnband zurecht und sagte mir, *ich schaff das. Colleen findet mich gut, Kim und Nats denken, dass ich's auf jedem Dancefloor draufhab, und meine Sportlehrerin in der Grundschule, Ms Banks, hat mir immer Spitzennoten gegeben – Gott segne ihre Hammerzehen. Die würde die Faust ballen, mich streng ansehen und sagen: Zeig's ihnen, Naomi.*

Im Stockwerk untendrunter hörte ich es jetzt stampfen. Ich vermutete, dass das Aufwärmtraining begonnen hatte. Ich starrte meine Klamotten am Haken an und überlegte, ob ich mich nicht einfach wieder umziehen sollte. Aber Kim würde sich auch nicht feige drücken, dachte ich. Sie würde nicht ganz alleine hier oben hocken. Sie würde runtergehen in das Tanzstudio und einen Scheiß drauf geben, was die anderen über sie dachten ... und Nats würde hinterherkommen.

Ich stieg die Treppe runter. An der Tür zum Studio blieb ich stehen. Ein Dance Track mit schwerer Bassline ließ den Boden vibrieren. Ich nickte zum Beat. Holte zweimal tief Luft und betrat das Studio, als wäre ich der Star bei *America's Next Top Model*. Ich spürte die Hitze der Blicke, mit denen mich die anderen von den Augenbrauen runter bis zu den kleinen Zehen musterten.

Ms Almi saß im Schneidersitz auf dem Boden, hatte einen Stock in der Hand und drillte den Mädchen die ersten fünf Schritte einer Choreo ein. Aus einer Boombox in der Ecke dröhnte ein Track von Nicki Minaj. »*Un, deux, trois, quatre, cinq!*«, gab Ms Almi vor. »*Un, deux, trois, quatre, cinq!*«

Ich sah mich selbst in dem bodenlangen Spiegel, der sich über die ganze Wand zog, und setzte mich schnell auf die freie Seite des Studios. Wieder zog ich mein Stirnband zurecht und wippte mit dem Fuß, als ich den Mädchen zusah, wie sie ihre Moves einstudierten. Ich war schwer beeindruckt und fragte mich, ob ich wohl mithalten konnte.

Zwanzig Minuten später machten die Furien in meinem Bauch Pause und ich beschloss, mich zwischen die Tänzerinnen einzureihen. Ms Almi wollte mich den anderen im Kurs vorstellen, überlegte es sich dann aber doch anders. Ich glaube, sie wollte keine zusätzliche Aufmerksamkeit auf mich lenken. Innerhalb weniger Minuten hatte ich die Choreo drauf und kickte mir die Stresshormone aus dem System. Ms Almi lächelte mich an und killte die Musik. »*Très bien! Fantastique!* Jetzt ruht euch mal kurz aus.«

Als Ms Almi auf mich zukam, machten meine Beine das, was Spaghetti im Kochtopf machen. Ihre spitzen Füße, das angehobene Kinn und der gerade Rücken faszinierten mich. Ich fragte mich, wie es wohl war, in Frankreich aufzuwachsen, und ob die dort auch Sondereinrichtungen und Kinderheime hatten. »Sehr schön, dass du mitmachst, Naomi. Nächste Woche bist du dann gleich von Anfang an bei den Dehnübungen und dem Aufwärmtraining dabei, *oui?*«

Ich nickte, war erleichtert, dass ich meine erste Session nicht verkackt hatte. Ich ließ sogar ein halbes Grinsen frei.

»*Bon!*«

Wenn ich wieder in die Einrichtung komme, frage ich, ob ich Französisch lernen darf.

13

DER LADENTRICK

Als wir fünfzehn Minuten vor Unterrichtsende aus dem Klassenzimmer schoben, führte Kim Nats und mich auf den Spielplatz, wo wir uns auf eine Bank pflanzten.

Kim zog ihre Kippen aus der Tasche ihrer geklauten Wildlederjacke und bot mir eine an. Ich nahm sie. »Danke.«

Nats rauchte nicht, ließ aber ihr Feuerzeug auflodern, um uns die Kippen anzuzünden.

»Und was sagt ihr zu Richards Unterricht heute Nachmittag?«, fragte Kim.

Ich zuckte mit den Schultern.

»Der ist bloß neugierig«, sagte Nats. »Der ist genau wie die anderen Erzieher. Die wollen auch jeden noch so kleinen Scheiß von dir wissen.«

»Da hast du nicht unrecht, Nats«, pflichtete Kim ihr bei. »Ich hab kein einziges scheiß Wort geschrieben. Scheiß drauf.«

»Ich auch nicht«, sagte Nats. »Wie kommt er drauf, dass wir freiwillig ein Geheimnis auf einen Zettel schreiben, das keiner vom anderen kennt? Und dann sammelt er die Zettel ein und alle müssen raten, wer's geschrieben hat? Ich glaube, es haben überhaupt nur drei was hingeschrieben.«

»Ich hab auch was hingeschrieben«, sagte ich. Ich zog fest an meinem Krebslutscher und checkte, wie Kim und Nats reagierten. Klatschten nicht direkt fröhlich Beifall. »Richard hat ja gesagt, es muss nicht so wahnsinnig persönlich sein«, erklärte ich. »Kann auch ein Lieblingssänger oder so was sein.«

»Wieso hast du das gemacht?«, wollte Kim wissen. »Hab ich dir nicht gesagt, dass die bloß ihre Nasen in deine Angelegenheiten stecken wollen? Du weißt schon, dass die das alles behalten. Wahrscheinlich muss Marie alles abtippen, und dann stecken sie's in deine Akte und kopieren es sich in ihre Tabellen. Und bei den Teamsitzungen lesen sie's dann alle. Denen kannst du nicht vertrauen, Naoms. Wann fängst du endlich mal an, die Ohren aufzusperren und auf mich zu hören? Ich erzähl keinen Scheiß.«

»Was hast du denn geschrieben?«, fragte Nats. »Was ist das denn, das keiner von uns weiß?«

Meine Wangen waren in der Mikrowelle. Ich starrte zu Boden.

»Ach komm schon, Naoms!«, drängelte Kim. »Du kannst uns nicht erzählen, dass du was geschrieben hast, und dann nicht damit rausrücken. Komm schon! Lass das Nashorn auf den Flokati kacken.«

Ich ließ sie noch ein bisschen länger schmoren. »Ich fand's eine gute Idee«, sagte ich. »Und ich fand auch, dass Richard recht hatte, als er gesagt hat, dass wir uns vielleicht besser verstehen würden, wenn wir ein bisschen mehr Info übereinander hätten. Dass es dann nicht so viel Streit geben würde.«

»Das sagst du bloß, weil du auf ihn stehst«, sagte Kim. »Und es wird immer welche geben, die sich an die Gurgel gehen. Richard denkt ...«

»Ich stehe überhaupt nicht auf den!«, protestierte ich. »Viel zu klein.«

»Wahrscheinlich hat er einen Stummelschwanz«, lachte Kim.

»Richard?«, meinte Nats. Sie schüttelte angewidert den Kopf. »Kim hat voll recht, du kannst keinem Typen vertrauen, Naoms, auch nicht, wenn's ein Lehrer ist. Aber egal, wir warten. Was hast du aufgeschrieben?«

Beide funkelten mich an, aber ich ließ sie noch ein bisschen zappeln. »Mein Dad hat immer in so kleinen Läden geklaut«, gab ich dann zu.

»Ist das alles?«, fragte Kim. Ihre Augäpfel rollten einmal im Kreis. »Nach dem ganzen Hype? Das ist nicht gerade das Geständnis eines Serienkillers, Naoms. So wie du's mit deiner langen Pause auf-

gebauscht hast, dachte ich, dein Dad hätte jemandem die Eier abge-
schnitten oder so.«

Nats bog sich wie irre vor Lachen.

»Kommt aber drauf an, wie er's gemacht hat«, sagte ich.

»Wieso? Wie hat er's denn gemacht?«, wollte Nats wissen.

»Mit mir«, sagte ich. »Er hat mich zuerst reingeschickt. Ich sollte
so tun, als hätte ich voll das Trauma. Er hat mir das Gesicht gerie-
ben und in die Nase gekniffen, bis alles rot war, und dann hat er
mich reingeschoben.«

»Und dann?«, fragte Kim.

»Hab ich geheult«, erklärte ich. »Du weißt schon, so wie süße
Mädchen in Disneyfilmen heulen, wenn sie ihr Hundebaby verloren haben. Ich bin auf die Knie gefallen und der Ladenbesitzer kam
zu mir und hat gefragt, ob alles in Ordnung ist. Manchmal haben sie
mich auch erst mal ewig lange angestarrt und ich musste das Drama
verschärfen.«

»Unser Mädchen will einen Oscar«, schmunzelte Kim.

»Wenn sie dann zu mir gekommen sind, hab ich gefragt, ob ich
Wasser trinken darf. Dann sind sie los und haben Wasser geholt,
Dad ist rein und hat alles Mögliche mitgehen lassen. Schnaps für
sich, Brot, Cornflakes, Milch und meine Cola – wenn er mir keine
mitgebracht hätte, hätte ich's nicht gemacht. Ach, und auch noch
ein paar Rollen extrastarke Pfefferminzbonbons – er fand's nicht
gut, wenn die Sozialarbeiter den Alkohol in seinem Atem gerochen
haben.«

»Und was hast du gesagt, wenn der Ladenbesitzer mit deinem
Wasser zurückgekommen ist?«, wollte Kim wissen.

»Hab was erzählt von wegen Paps liegt krank im Bett und der
Arzt hat den Kopf geschüttelt. Dann hab ich noch ein paar Tränen
verdrückt und mir eine Packung Schokokekse schenken lassen. Ich
hab mich bedankt, aber zu dem Zeitpunkt war Dad schon auf dem
schnellsten Weg nach Hause und hat mir Frühstück gemacht.«

»Gar nicht mal so dumm für einen Mann«, sagte Nats.

»Er hätte gleich noch ein paar Scheine aus der Kasse holen sollen«, sagte Kim. »Das hätte *ich* gemacht. Wozu soll das gut sein, sich

für ein bisschen was zu essen und Schnaps einsperren zu lassen? Scheiß drauf. Da kannst du dir auch gleich den Jackpot holen.«

»Dad hat immer ein schlechtes Gewissen dabei gehabt«, sagte ich. »Manchmal, wenn er das Kindergeld auf der Post geholt hatte, ist er noch mal zurück, und wenn keiner geguckt hat, hat er Geld auf den Tresen gelegt. Meistens nur ein paar Fünfzig- oder Zwanzig-Pence-Münzen. Nie genug, um alles zu bezahlen, was er hat mitgehen lassen. Aber damit ging's ihm besser. *Ich bin kein Verbrecher*, hat er mir immer wieder gesagt. *Aber du musst ja was essen.*«

Kim schüttelte den Kopf. »Was für eine bescheuerte Aktion«, sagte sie. »Wieso gibt er das Wechselgeld zurück? Wäre er dabei erwischt worden, hätte er sich nur verdächtig gemacht, das Zeug auch geklaut zu haben.«

»Wie heißt die noch mal?«, dachte Nats laut. »Anita Stelling. Die ist verurteilt worden, weil sie bei den Ashburton Riots Parfüm geklaut hat.«

»Anita ist nicht mit besonders viel Hirnschmalz gesegnet«, sagte Kim. »War bloß eine Billomarke. Wenn du schon klaust, dann nimmst du am besten gleich das Beste.«

»Ich würde höchstens für Chanel No. 5 in den Knast gehen«, lachte Nats. »Oder wenn's noch mal ein Kerl bei mir versucht. Dafür würde ich auch sitzen.«

Nach dem, was Nats mit ihrem Pflegebruder mitgemacht hatte, würde ich mit ihr sitzen, sollte ihr noch mal einer an die Wäsche gehen.

»Trotzdem ganz guter Trick, den sich dein Dad da ausgedacht hat, Naoms«, sagte Kim. »Wenn ich mal ein Kind habe, machen wir das auch. Ich zieh sie supersüß an, damit die Leute im Laden alle *aaaahhhh* machen. Sie kriegt rosa Strumpfhosen, kleine weiße Stiefel und eine hübsche kleine weiße Jacke. Dann noch eine kleine pinke Baskenmütze obendrauf.«

»Wie willst du denn jemals ein Kind haben?«, fragte Nats. »Du hast gesagt, du machst nie wieder bei einem Mann die Beine breit. Und wir beide bleiben doch ewig zusammen.«

Nats musterte Kim durchdringend. Eine Sekunde lang sah ich

Zögern in Kims Augen. »Äh ... ja«, sagte sie. »Wir bleiben ewig zusammen, Nats, das weißt du doch.«

Wieder befand ich mich in der Peinlichkeitszone.

Nats' Stirnfalten entspannten sich. »Und ...«, stammelte sie, »hast du nicht auch mal gesagt, dass du keinen Bock hast auf die ganzen Schmerzen beim Kinderkriegen?«

»Da hast du nicht unrecht«, bestätigte Kim. »Scheiß aufs Kinderkriegen und diesen ganzen himmelschreienden Mist. Eines Tages werd ich eins adoptieren. Und dann zieh ich den Trick durch.«

»Du willst ein Kind adoptieren?«, kicherte Nats. »Könnte echt Spaß machen, wir beide als Eltern.«

Ich konnte mir nicht vorstellen, dass Kim und Nats ein Kind adoptierten. *Das würde ein Kriegsspiel werden.*

»Weiß nicht, wieso ihr beiden euch kaputtlacht«, sagte Kim. »Ich mein's ernst. Da draußen gibt's bestimmt ein kleines Mädchen mit Kummer und Problemen, sagen wir mal um die zehn oder elf – ganz kleine will ich nicht, da musst du bloß Scheiße wegwischen und Tränen trocknen. Aber wer würde eine Zehnjährige mit Problemen besser verstehen als ich? Tatsächlich sollte mir das Jugendamt für mein Know-how einen Wohnwagen voll Kohle zahlen.«

»Die werden dir kein Kind geben, Kim«, sagte Nats. »Die geben dir erst Geld, wenn du über achtzehn bist und mit einem Typen zusammenlebst – in einer sogenannten *stabilen Beziehung.* Egal, ob's ein Pädo ist oder sonst was. Die geben denen Kohle und die Kerle machen, was sie wollen. Die sollten viel mehr Kinder von lesbischen Paaren aufziehen lassen. Das ist viel sicherer.«

»Mein Dad hatte Alkoholprobleme, aber ich hab mich immer sicher bei ihm gefühlt«, sagte ich.

»Manche Männer sind okay«, sagte Kim. »Ein paar ... vielleicht?«

»Ich würde gar keinem von denen vertrauen!« Nats hob die Stimme. »Haben die Arschgesichter meinem Dad und seiner Freundin nicht sogar Kohle gegeben, damit die sich um mich kümmern? Er brauchte eine Freundin, die zu Hause geblieben ist, weil er abends gearbeitet hat. Und der Sohn von der Freundin war ein *Arsch!* Total nett, wenn die vom Jugendamt mit ihm geredet haben. So machen die das. Beim ersten Treffen hat er mir Kaffee eingeschenkt und Spritzgebäck angeboten. Männer täuschen alles Mögliche vor, aber in Wirklichkeit sind sie einfach nur böse. Ich schwöre, wenn ich den jemals wiedersehe, dann ...«

»Lass uns nicht wieder davon anfangen«, sagte Kim. »Wir wollen Naomi doch nicht runterziehen und ihr vor allen Hosenträgern Angst machen. Ich dachte, du wärst damit inzwischen über den Berg, Nats? Wir haben so oft drüber geredet. Lass dir von dem, was dieser Pisskopf dir angetan hat, nicht dein Leben sabotieren.«

Nats verschränkte die Arme und schaute auf die Hauptstraße. Dann stand sie auf und ging. Ich wollte ihr hinterher und sie in den Arm nehmen, überlegte es mir aber anders. *Affe im Versuchslabor! Und ich dachte, ich hätte eine Riesenkiste voller Probleme.*

Zwanzig Minuten später kam Colleen mich abholen. Sie fragte, wie mein Tag gelaufen war, aber ich dachte noch an Nats. *Wie kann sie nach dem Scheiß, den sie durchgemacht hat, jemals wieder einem Mann vertrauen? Sie hat echt Glück, dass Kim sie liebt und auf sie aufpasst. Da hat sie echt mal Schwein gehabt.*

»Louise will mich immer noch adoptieren lassen, oder?«, fragte ich Colleen.

»Ja«, nickte Colleen. »Im Prinzip ist das wohl der Plan.«

»Wenn sie jemanden findet«, sagte ich, »will ich aber nicht, dass im selben Haus ein Sohn wohnt, der älter ist als ich.«

Colleen schaute mich von der Seite an. »Wieso? Wieso nicht?«

Ich kaute auf meiner Unterlippe.

Sie blieb an einer Ampel stehen. »Wieso nicht?«, wiederholte sie. »Wie kommst du da drauf?«

»Wenn er jünger ist«, erwiderte ich, »kann ich ihn wegtreten, wenn er Sex will. Aber wenn er älter und größer ist als ich, muss ich mir was suchen, womit ich ihn erstechen kann. Gefallen lass ich mir das jedenfalls nicht. Aber die Blaublütigen werden das als eiskalten Mord werten.«

Colleen schluckte etwas runter. Sie schaffte es trotzdem, weiter auf die Straße zu schauen. »Hast du wieder mit Kim und Nats geredet?«

»Und wenn?«, erwiderte ich. »Was Nats durchgemacht hat, war so.«

Colleen konzentrierte sich eine Weile aufs Fahren. »Ich ... ich bin sicher, dass Louise das alles berücksichtigen wird«, sagte sie. »Sind ja nicht alle jungen Männer so ... so wie der, der Nats angegriffen hat, Naomi. Ihr Mädchen müsst lernen, auch wieder Vertrauen zu haben.«

»Ein paar sind aber so«, sagte ich. »Viel zu verdammt viele.«

»Nicht fluchen, Naomi.«

»Tschuldigung.«

Wir fuhren zwei Minuten schweigend weiter.

»Egal, wohin du kommst«, sagte Colleen – sie versuchte zu lächeln, aber es reichte nicht bis an ihre Augen –, »du hast das letzte Wort. Also mach dir keine Sorgen.«

»Und du sagst das auch nicht nur?«, wollte ich bestätigt haben.

»Nein«, erwiderte Colleen. »Ist deine Entscheidung.«

»Ich erinnere dich dran«, sagte ich. »Auf keinen Fall lebe ich bei einem Pflegebruder, der älter ist als ich. Keine Lust, dass mir jemand an die Geschlechtsteile geht.«

»Louise würde das nicht zulassen«, sagte Colleen. »Und wie gesagt, egal was vorgeschlagen wird, die Entscheidung liegt bei dir ... alleine bei dir.«

14

HAMMEL UND HORTENSIEN

Colleen war mit uns ins Ashburton Southside Einkaufszentrum gefahren. Tony wollte Regale und so einen Kram im Baumarkt kaufen. Sharyna und ich wechselten Blicke. Ich wollte meinen kostbaren Samstagnachmittag nicht damit verbringen, Sperrholz anzustarren.

»Dürfen Sharyna und ich ein paar Klamottenläden durchchecken?«, fragte ich.

»Ja«, erwiderte Colleen, »aber kommt wieder her.«

»Darf ich auch mit?«, fragte Pablo.

Colleen verengte die Augen und überlegte. Tony schüttelte den Kopf.

»Lass ihn mitkommen«, bettelte ich. »Wir behalten ihn auch die ganze Zeit im Blick. Versprochen.«

Colleen schwankte hin und her. Alle sahen einander an.

»Na gut«, gab Tony sein Okay. Er ging vor Pablo in die Hocke und wackelte mit dem Zeigefinger vor dessen Nase. »Hast du was aus dem letzten Mal gelernt, Pablo?«

Pablo grinste und nickte.

»Lauf nicht einfach weg«, ermahnte Tony ihn.

Pablo wollte sofort in den Game Store, aber er musste warten, weil Sharyna und ich erst Jeans, Tops, Jacken und einen Haufen andere Klamotten durchtesten mussten. Ich kann mich nicht erinnern, in wie vielen Läden wir waren, aber eben war Pablo noch da, dann nicht mehr. Ich hatte das Gefühl, als hätte jemand sämtliche Scheiße der Welt über mir ausgekippt. Das war zu kurz nach dem Ofenvorfall. *Was werden Colleen und Tony jetzt von mir denken? Du bist nicht erwachsen, Naomi, du kannst ja nicht mal auf einen Sechs-*

jährigen aufpassen. Meine Umfragewerte werden sinken wie ein Penny im Aquarium. Keine Ahnung, ob ein Gehirn schwitzen kann, aber meins hat's getan – es lief mir zu den Ohren raus.

Sharyna und ich gingen den ganzen Weg noch mal ab, zurück in jeden einzelnen Laden, in dem wir gewesen waren, und im Game Store schauten wir auch nach. Kein Pablo. *Affe unkonzentriert! Ich hätte ihn an die Hand nehmen sollen. Wieso hab ich ihn nicht an die Hand genommen? Das stempeln die mir in die Akte, und dann kommt es in die Tabelle, von der Kim gesprochen hat. Louise und ihre Sozialarbeiter werden mich niemals Kinder in Pflege nehmen oder adoptieren lassen.*

»Ich muss es Colleen sagen«, sagte ich zu Sharyna. »Ich muss auspacken.«

»*Nein*«, protestierte Sharyna. »Komm, wir gehen noch mal in den Game Store. Vielleicht ist er ja jetzt da.«

Ich schüttelte den Kopf.

Wir fuhren mit der Rolltreppe runter in den Baumarkt. Ich entdeckte Tony mit Regalen und einer großen Plastiktüte in der Hand. Colleen schleppte zwei Farbeimer. Langsam schlichen wir zu ihnen. Mein Herz landete Kung-Fu-Tritte gegen meinen Brustkorb. Scham setzte Karateschläge an meine Eingeweide.

Colleen sah uns zuerst. »Wo ist Pablo?«, fragte sie. Ihr Blick sprang hin und her.

Sharyna starrte zu Boden.

»Ich ... ich hab gedacht, er wäre bei uns«, sagte ich. »Tut mir leid.«

»Ich such ihn«, sagte Tony. »Ich glaub, ich weiß, wo er vielleicht ist.«

Er eilte davon, während ich versuchte, meine Tränen zu unterdrücken.

Ich schaute zu Colleen auf, rechnete mit einer abgründigen Schimpftirade. »Tut mir leid«, wiederholte ich.

»Sei nicht zu streng mit dir selbst«, sagte Colleen. »Das hat er bei uns auch schon gemacht ... oft sogar.«

Ich fühlte mich trotzdem nicht besser.

Zehn Minuten später wurde Pablo gefunden, wie er einen Tennisball gegen knallbunt bemalte Steinzwerge in der Gartenabteilung von Homebase kickte.

Colleen gab sich die größte Mühe, nicht laut zu werden. »Wie oft habe ich dir schon gesagt, dass du nicht einfach weglaufen sollst? Ich hab gedacht, du hättest damit aufgehört. Wir haben uns wahnsinnige Sorgen gemacht.«

»Ich wollte die kleinen Leute sehen«, kicherte Pablo. »Granddad hat auch so welche in seinem Garten.«

»Und wie oft hab ich dir schon gesagt, dass du den alten Tennisball zu Hause lassen sollst, wenn wir einkaufen fahren?«, fragte Tony. »Du musst ihn wegwerfen.«

»Aber das ist so langweilig, sich bloß Sachen ansehen«, sagte Pablo. »Können wir nicht in den Game Store? Sharyna und Naomi wollten nicht mit mir rein.«

»Wir fahren jetzt nach Hause«, sagte Colleen. »Vielleicht geht dein Vater ja später noch mit dir in den Park.«

»Können wir nicht welche von den kleinen Männern kaufen?«, bettelte Pablo. »Einer kann Torwart in meinem Tor sein. Besser als Dad wäre er bestimmt.«

Tony konnte sich ein Lachen nicht verkneifen und ich auch nicht.

»Hör bloß auf, Mum«, warnte Sharyna. »Ich find die total unheimlich und die bei Granddad auch. Egal, wo man dort im Garten steht, sie starren einen überall an.«

»Wir sind nicht hergefahren, um kleine Männer zu kaufen«, sagte Tony. »Wir haben die Regale und alles, was wir brauchen, also lasst uns *endlich* nach Hause fahren.«

Pablo zog ein langes Gesicht.

Tony sah mich an, aber ich spürte, dass er mich auf keine Gefängnisinsel verbannen wollte.

»Ich dachte, bei dir würde er bleiben«, sagte er. »Er ist schon eine ganze Weile nicht mehr abgehauen. Welches kleine Kind will schon mit seinen Eltern im Baumarkt stehen, wenn es mit seinen großen Schwestern mitgehen kann?«

Er hat Schwestern gesagt.

»Er wird lernen, uns im Blick zu behalten«, setzte Tony hinzu.

»Das will ich schwer hoffen«, warf Colleen ein.

»Mir gefällt, dass du immer aufpasst, dass mit Sharyna und Pabs alles in Ordnung ist, ganz besonders wenn mal was anders läuft als geplant«, setzte Tony hinzu. »Du tust immer was dafür, dass sie Spaß haben. Danke, Naomi. Die meisten würden sich gar nicht die Mühe machen.«

Bedankten die sich bei mir? Affe zeigt Zaubertricks beim Supertalent! Kann mich nicht erinnern, dass mich schon mal ein anderer Pflegevater aufgebaut hat, wenn ich was verkackt hatte.

Pablo schmollte, bis Colleen vom Southside-Parkplatz fuhr. Eine Zeit lang stierte er seinen Ball an, dann warf er ihn Tony an den Kopf. *Zack.* Ich musste mir auf die Unterlippe beißen, um nicht loszukichern. Sharyna brach in irres Gelächter aus.

»*Pablo!*« Tony hob die Stimme. »Der Ball!«

»Welcher Ball?«

»*Pablo!*«

»Ich hab keinen Ball.«

Pablo hob ihn vom Boden auf.

»Der Ball, Pablo.«

»Kein Grund, laut zu werden, Tony«, sagte Colleen.

Pablo fing an zu lachen und übergab schließlich den Ball. Tony drehte ihn in seinen Händen und verengte den Blick, als würde er das schwierigste Rechenrätsel der Welt lösen. »Wird Zeit, dass wir Naomi meiner Mutter und meinem Vater vorstellen«, sagte er.

»Bist du sicher, Tone?«, erwiderte Colleen. Irgendein Wahnsinnstrauma lag in ihrem Blick.

Ich frag mich, was da los ist?

»Na klar bin ich sicher«, sagte Tony. »Außerdem haben sie Pablo und Sharyna eine ganze Weile nicht gesehen. Ist schon einige Wochen her, wenn nicht Monate. Mum wird schimpfen.«

»Weiß dein Vater überhaupt von Naomi?«, fragte Colleen.

Allmählich wurde die Konvo interessant. Ich beugte mich vor.

»Äh … noch nicht«, erwiderte Tony.

»Meinst du nicht, du solltest es ihm sagen?«, beharrte Colleen. *»Alles?«*

Tony drehte sich um und schaute mich an. Er grinste wie ein Eisverkäufer an einem heißen Tag. »Hast du Lust, meine Eltern zu besuchen?«, fragte er mich. »Die würden dich gerne kennenlernen. Meine Mum macht einen tollen Cheesecake und sie wird dich wahnsinnig verwöhnen.«

»Haben die Sky?«, wollte ich wissen. »Die ganzen Spielfilmsender? Einen DVD-Player?«

»Äh ... ja.«

»Darf ich ein paar von meinen DVDs mitnehmen, falls mir langweilig wird?«

»Nur die jugendfreien«, erwiderte Tony. »Auf keinen Fall den Killer mit dem Bohrer – ich weiß nicht, wieso wir dir überhaupt erlaubt haben, die zu behalten.«

»Ich schon«, lachte ich. »Wenn ihr sie mir wegnehmt, nehme ich euch auch welche weg. Ich pass nämlich immer gut auf Sharyna und Pabs auf.«

Sharyna prustete los, schlug sich aber eine Hand vor den Mund.

»Hmmm«, erwiderte Tony.

»Tone ... Tone«, rief Colleen. Stress stand ihr auf der Stirn. *Was ist da bloß los?*

»Willst du deinen Vater nicht vorher anrufen?«, fragte sie. »Ihm sagen, dass wir kommen. Ich will nicht aus heiterem Himmel auftauchen, sodass deine Mum plötzlich fünf Mäuler mehr stopfen muss.«

»Ich ruf Mum von zu Hause aus an«, sagte Tony. »Es ist Samstag, Dad ist wahrscheinlich sowieso in seinem Schrebergarten.«

»Aber denk dran, dass du nachher anrufst.«

»Granddad hat einen Achtundvierzig-Zoll-Fernseher an der Wand hängen«, sagte Sharyna zu mir. »Wir können unsere Wii mitnehmen und tanzen.«

»Klingt gut«, nickte ich. »Deine Großeltern sind Jamaikaner, oder?«

»Genau«, erwiderte Sharyna.

»Haben die so einen komischen Akzent?«, fragte ich. »Da war mal so ein alter Jamaikaner, mein richtiger Vater ist immer mit dem saufen gegangen. Der war okay und so, hat uns immer was geliehen fürs Gas und hat uns Milch gegeben, aber ich hab kein Wort verstanden, was er gesagt hat. Klang irgendwie irisch, irgendwie nach Dancehall-Reggae-Rapper-Irisch.«

Colleen konnte nicht widerstehen und lachte laut los.

»Sie haben einen leichten Akzent, Naomi«, sagte Tony. »Aber du wirst sie schon verstehen.«

»Hauptsache, dein Dad fängt nicht wieder an, auf Patois zu fluchen«, sagte Colleen.

Was ist das denn jetzt wieder, Patwa? Vielleicht eine Art von jamaikanischer Schimpferei, eine Geheimsprache, die nur Jamaikaner verstehen? Cool.

»Ich hab neulich mit ihm drüber geredet und mit Mum auch«, sagte Tony. »Aus seinem Mund werden keine schlimmen Wörter kommen.«

»Das hoffe ich«, sagte Colleen.

Sie schien nicht überzeugt.

»Vergiss trotzdem nicht, deinen Dad anzurufen«, ermahnte Colleen ihn. »Und wenn er nicht zu Hause ist, dann versuch's später noch mal.«

»Okay, Colleen«, erwiderte Tony. »Noch bin ich ja nicht senil. Du musst mir das nicht zwei- oder dreimal sagen.«

»Hmmm.«

Am Sonntag fuhren wir auf dem Weg zu Tonys Eltern in südlicher Richtung auf die Crongton Circular Road. Auf der Fahrt hatte ich Colleen überredet, einen Grime-Sender einzuschalten. Ich saß hinten und starrte aus dem Fenster, nickte mit dem Kopf zu Lynch Turkey und Brat-Tail. *Ich konnte es kaum abwarten, Kim zu erzählen, dass ich inzwischen nicht nur einmal, sondern gleich dreimal durch Messerstecher-City gefahren war.*

Rotgesichtige Läufer mit Kopfhörern und dicken Armbanduhren joggten auf den Gehwegen. Junge Mütter schoben Megabuggys,

Einkaufstüten hingen am Bügel. An jeder Brücke und jedem Hochhaus war Graffiti. Die Straßenlaternen waren höher als dort, wo wir wohnten. Und es gab jede Menge Schnapsläden und Discounter. *Dad hätte es geliebt, hier zu wohnen.*

Pablo saß eingeklemmt zwischen Sharyna und mir und spielte mit seinem kahlen Tennisball. Sharyna betrachtete sich sehr zufrieden in einem kleinen Spiegel. Ich wickelte mir die Zöpfchen, die Colleen mir am Vorabend neu gemacht hatte, um die Finger. *Affe mit Lampenfieber!*

»Wie alt sind deine Eltern?«, fragte ich Tony.

»Mum ist achtundsechzig und Dad ist dreiundsiebzig«, erwiderte Tony.

»Dreiundsiebzig«, wiederholte ich. »Dann ist er fast so alt wie meine Nan. Vergisst er auch so viel? Muss er ständig aufs Klo? Wie soll ich ihn nennen?«

»Da würde mir einiges einfallen«, schmunzelte Colleen. »*Schwierig* zum Beispiel.«

»Er heißt Milton, aber du kannst Granddad zu ihm sagen«, erwiderte Tony.

»Und wie heißt deine Mum?«, fragte ich.

»Bernice«, erwiderte Tony. »Sie würde sich sehr freuen, wenn du Gran zu ihr sagst.«

»Und was macht Bernice zu essen?«, wollte ich wissen.

»Reis und Erbsen, Hammel, Süßkartoffeln, Gemüse aus Granddads Schrebergarten und jede Menge Salat«, erwiderte Sharyna. »Zum Nachtisch gibt's bei ihr immer Cheesecake.«

»Was ist denn Hammel?«, fragte ich. Ich fand, das klang gar nicht gut.

»Das ist, äh … Schaf«, erwiderte Colleen. »Sehr lecker, besonders so wie Bernice es würzt.«

Ich verzog das Gesicht, stellte mir vor, wie ich auf Wolle biss. Ich drehte mich zu Sharyna um. »Mal unter uns, schmeckt das gut?«, flüsterte ich. »Hängt da keine alte Wolle mehr dran? Ich meine, ich esse Lamm, weil die Wolle am Lamm ja noch nicht ganz ausgewachsen ist, oder? Das ist sauberer.«

»Mir schmeckt Grans Hammel«, erwiderte Sharyna. »Sie macht es lecker scharf.«

»Wirklich?«, wollte ich noch mal bestätigt haben.

»Mir schmeckt es *wirklich*«, sagte Sharyna.

»Und was ist Süßkartoffel?«, wollte ich wissen. »Doch keine Kartoffel mit Zucker drauf, oder? Das geht gar nicht. Macht man sonst nicht Minze oder ein bisschen Butter auf die Pellkartoffeln?«

»Nein, nein, nein«, lachte Sharyna. »Das ist … das ist eine Kartoffel, die … süß schmeckt. Die ist so orange.«

»Orange?«, wiederholte ich. »Du meinst Kürbis, oder? Kürbis mag ich nämlich nicht. Kürbisse sind nicht zum Essen – die sind für Halloween.«

»Ist besser als Pellkartoffeln oder die normalen aus dem Ofen«, sagte Sharyna.

»Sagst du das auch nicht nur?«

Sharyna ließ ihr schönstes Lächeln erstrahlen. »Nein, glaub mir, Süßkartoffeln sind voll gut.«

»Wenn ich Bauchweh bekomme, bist du schuld, Sharyna«, warnte ich sie. »Und dann kannst du's vergessen, meine DVDs mit mir zu gucken …«

Ich hielt mich zurück, weil ich kapierte, dass das zu weit gegangen war. Tony und Colleen schienen nichts gemerkt zu haben. Ich war immer noch verwirrt wegen der orangefarbenen Kartoffeln, als Colleen draußen vor einem schönen Haus in der Nähe vom Crongton Park hielt. Ich betrachtete die Straße. Kim hatte sich geirrt. In Crongton liefen gar nicht alle mit Kopftuch und Samurai-Schwert rum.

Colleen, Tony und Sharyna stiegen aus dem Wagen. Pablo raste zu der schwarz gestrichenen Tür und hämmerte acht Mal mit dem Türklopfer. Zweimal drückte er auf die Klingel. Sekunden später ging die Tür auf und zum Vorschein kam eine schwarze Frau mit extrabreiter Hüfte. Vermutlich schmeckte ihr der eigene Cheesecake auch ganz gut. Sie hatte freundliche Augen. Ihr Gesicht strahlte Fröhlichkeit aus. Pablo sagte nur ein kurzes »Hi, Gran« und raste an ihr vorbei in die Diele.

Inzwischen hatten die lebenden Furien meine Nerven gespannt.

Ich konnte mich nicht bewegen. Colleen drehte sich um und lächelte mich an. *Ich hätte mein Erdmännchen mitnehmen sollen.*
»Komm, Naomi«, sagte Colleen. »Wird schon gut gehen.«

Bernice wartete im Eingang und blitzte mir ihre Zahnreihen entgegen, als ich aus dem Auto stieg. Schneckenlangsam schlich ich zur Haustür. »Guten Tag, Naomi«, begrüßte sie mich. »Freut mich, dich kennenzulernen. Bist bestimmt ein bisschen aufgeregt, weil du zum ersten Mal hier bist, aber keine Angst, ich werd bloß sauer, wenn jemand meinen Cheesecake nicht mag. Ist schön, ab und zu mal Kinder zu Besuch zu haben. Sonst zanken Misser Golding und ich bloß so lange, bis wir nicht mehr können.«

Obwohl die Furien in meinem Bauch wie wild herumstampften, gelang es mir, halbwegs zu lächeln. Ihr Akzent war lange nicht so heftig wie der von Dads jamaikanischem Saufbruder.

»Hi, Bernice«, sagte ich. »Danke, dass ich zum Essen kommen darf. Ich bin sicher, es schmeckt wahnsinnig köstlich. Und ich kann's nicht abwarten, deinen Cheesecake zu probieren. Welche Sorte ist es denn?«

»Erdbeer.«

Kommt garantiert gut mit einem schönen großen Glas Cola. Ich leckte mir über die Lippen.

Beim Gang durch die Diele fiel mir ein Gemälde an der Wand von Jesus auf, der seinen Brüdern beim letzten Abendmahl Brot und Wein servierte. Nan hätte es gefallen, dachte ich. »Die Haare von denen sehen besser aus als meine«, sagte ich. »Die müssen damals gutes Shampoo gehabt haben.«

An der Wand hing noch ein anderes Bild. Es waren Worte in geschwungener Schreibschrift. Leise las ich, was dort stand.

Gott ist der unsichtbare Gast am Essenstisch
Gott ist der unsichtbare Zuhörer jeden Gesprächs
Gott ist der unsichtbare Zeuge jeder Sünde

Der da oben ist aber ganz schön neugierig, dachte ich.

Bernice führte uns ins Wohnzimmer und sagte: »Macht es euch

bequem. Ich komme gleich, ich geh nur kurz in den Garten, sag Misser Golding, dass ihr hier seid. Der Herrgott allein weiß, was er seit heute Morgen da draußen schafft.«

Ich hoffe, der Herr verrät Bernice nicht, was ich gestern Abend für eine DVD geguckt hab.

»Sechs Uhr ist er aufgestanden!«, fuhr Bernice fort. »Willst du Tee, Colleen? Oder was mit ein bisschen mehr Pfiff? Ich glaube, wir hatten noch Rotwein, aber ich weiß nicht, ob Milton den nicht gestern Abend ausgetrunken hat. Als er ins Bett gekommen ist, hat er ein bisschen muffig aus dem Mund gerochen.«

Ich wusste nicht, was genau muffig in dem Fall heißen sollte, aber Bernice hatte Humor.

Ich sah mich nach Pablo um. *Wo ist er hin?*

»Tee wäre schön«, erwiderte Colleen. »Vergiss nicht, ich muss uns noch nach Hause fahren – Tony war auf der Hinfahrt dran.«

»Ich helf dir, Mum«, bot Tony an.

Das Erste, was mir ins Auge fiel, war der Achtundvierzig-Zoll-Flachbild-Fernseher. Es lief ein steinalter Krimi namens *Heartbeat.* Mein Gehirn wurde davon ganz lahm. Wenn Politiker und Bullen wirklich was dagegen unternehmen wollten, dass junge Kerle in die Kriminalität abrutschen, müssten sie ihnen nur damit drohen, dass sie im Knast gezwungen werden, ganze Staffeln *Heartbeat* zu gucken.

Ich fragte mich, wie lange ich noch warten sollte, bis wir mit Sharynas Wii Dancing Game spielen konnten. Ich wollte die Choreo üben, die ich bei Ms Almi gelernt hatte. *Un, deux, trois, quatre, cinq. Mein Französisch wurde immer besser.*

Ich ließ mich auf einem sauberen Dreisitzer-Ledersofa nieder und betrachtete die Schwarz-Weiß-Fotos von Tonys Familie, die mir aus den Vitrinen, von den Regalen und einem gläsernen Beistelltisch entgegenstarrten. Die älteren Leute auf den Bildern sahen aus, als hätten sie einen Geist gesehen. Souvenirteller aus Jamaika, Trinidad, Tunesien, Sardinien, Istanbul, Paris, Rom, dem Vatikan und Turin hingen an den Wänden. An der gegenüberliegenden Wand, neben einem Kruzifix, hing Martin Luther King. Ich erinnerte mich, wie Richard bei einer unserer Stunden im Black History Month von ihm erzählt hatte – alle hatten aufmerksam zugehört. Über dem Porträt hingen vier Zeilen aus seiner *Ich-habe-einen-Traum-Rede*.

Ich erinnerte mich, wie ich zusammen mit Kim und Nats *12 Years a Slave* geguckt hatte. Bei der Szene, wo sie ausgepeitscht wird, musste ich weggucken. Das war total krass. Nats hat geheult, als hätten Sozialarbeiter ihr Baby entführt. Als sie endlich mit dem Heulen aufhörte, schrie sie rum, was für fiese Typen das in dem Film waren. Kim blieb einfach sitzen, konnte sich nicht rühren. Sie hat während des Films eine ganze Schachtel Kippen geraucht. Die Auspeitschszene aus dem Film stand in meinem Kopf noch auf Pause, als ich Pablos aufgeregte Stimme von hinten hörte.

Bernice kam zurück und fragte Sharyna und mich, ob wir was trinken wollten.

»Cola bitte«, erwiderte ich.

»Apfelsaft«, sagte Sharyna.

»Dürfen Sharyna und ich unsere Wii an den Fernseher anschließen und tanzen?«, fragte ich.

»Na klar dürft ihr das«, erwiderte Bernice. »Fragt mich bloß nicht, wo ihr die Kabel reinstecken müsst, das weiß ich nicht.«

Sharyna sprang auf. »Ich aber!«

Sharyna schloss die Wii an, während ich mich schon mal dehnte – von Ms Almi hätte ich ein *fantastique* bekommen! Friede sei mit ihrem Taktstock.

Fünf Minuten später kickten, bauchtanzten, moonwalkten und blitzten Sharyna und ich durch Bernice' Wohnzimmer. Colleen und sie rockten mit den Schultern und klatschten mit. Ich entdeckte Tony, der von der Diele hereinkam.

»Mädchen, Mädchen«, rief Tony. »Granddad ist da!«

Sharyna drehte sich um, hörte auf zu tanzen und sprang zu ihrem Granddad. Sie sprang ihm in die Arme und Milton schenkte ihr ein breites Lächeln. »Granddad! Du musst dich mal rasieren!«

»Das sagt deine Großmutter auch ständig, aber so hab ich im Winter immer ein warmes Kinn.«

»Jetzt ist Frühling«, erwiderte Sharyna.

»Ich überleg's mir noch mal, wenn's Sommer wird«, sagte Milton. »Wenn wir hier in diesem Land überhaupt noch mal einen anständigen Sommer bekommen. Deine Großmutter will nicht mal drüber reden, wieder in die *Heimat* zu ziehen. Die Winter hier machen mir die Knochen kaputt, aber denkt sie dran? Nein, Sir!«

»Ich denke dran, dass ich meine Enkelkinder aufwachsen sehen will«, sagte Bernice. »Ich will zur Abschlussfeier von der Schule gehen und dabei sein, wenn sie heiraten. Wenn dir kalt ist, zieh dir einen Pullover an! Du hast ja genug.«

»Hmmm«, brummte Milton.

Vorsichtig setzte er Sharyna ab und rieb sich den Rücken. Er musterte mich streng und guckte ein bisschen verwirrt. *Was sollte das denn?*

»Na, und wen haben wir da?«, fragte er.

Ich starrte seine Hände an. Mit seinen dicken Fingern hätte er faule Nilpferde erwürgen können. »Guten Tag, Mr Golding.«

»Guten Tag, Miss Naomi«, erwiderte Milton. Sein Lächeln hatte ein bisschen was Aufgesetztes. Sein Goldzahn blitzte. »Freut mich sehr, Sie kennenzulernen, meine Liebe.«

Sharyna und ich mussten beide lachen, als Milton versuchte, vornehmes Englisch zu sprechen.

Eine Stunde später servierte Bernice das Sonntagsessen. Ich probierte die Süßkartoffel und sie schmeckte mir total gut, das scharfe Hammelfleisch auch. Nur Miltons Kaninchenfutter hab ich verschmäht. Immer, wenn er einen Schluck von seinem Rotwein nahm, glotzte er mich an. Die Furien in meinem Bauch wachten wieder auf und bewarfen sich gegenseitig mit Molotowcocktails. Meine Wangen glühten.

»Noch Cola, Naomi?«, fragte Bernice.

»Ja bitte, Gran«, erwiderte ich.

Milton musterte mich erneut. Meine Augenbrauen juckten.

»Und wie ist es in der Schule, Sharyna?«, fragte Bernice.

»Gut, Gran. Ich hab neulich ne Eins bekommen für meine Arbeit über die Spanische Armada.«

»Freut mich zu hören«, sagte Bernice. »Denk dran, Bildung ist alles. Vergiss das nie. Bildung ermöglicht euch einen guten Beruf und ein gutes Leben.«

Bernice sah mich an und lächelte ihr freundliches Lächeln. »Und wie ist es bei dir in der Schule, Naomi?«, fragte sie. »Wie alt bist du? Vierzehn? Du machst doch bald Prüfungen, fang lieber schon mal an zu lernen.«

Ich will ihre großen Erwartungen ja nicht platzen lassen, aber ein bisschen Realität wäre jetzt vielleicht ganz gut.

»Ich geh in eine Sondereinrichtung«, sagte ich. »Für Kinder, die von der Schule geflogen sind.«

Bernice' Lächeln ging von Bord und schwamm ganz schnell zur nächsten Insel. Ein paar Sekunden lang war es ganz still.

»Da haben wir keine Prüfungen«, fuhr ich fort. »Nein, ist gelogen, manchmal werden wir in Allgemeinwissen abgefragt, das ist wohl so was Ähnliches.«

»Gut«, sagte Bernice. Sie zeigte wieder ihre Zähne, aber ihr Lächeln war trotzdem noch nicht wieder da.

»Ich hab dort zwei Freundinnen, Kim und Nats«, fuhr ich fort. »Die zeigen uns Sachen, Filme und so, und dann diskutieren wir drüber.«

»Aha, verstehe«, nickte Bernice.

»Wir machen da so Grundlagen«, fuhr ich fort. »Manche von den anderen können nicht lesen oder das Einmaleins, aber die wollen es nicht zugeben. Und das ist es eigentlich auch schon.«

»Hauptsache, du bekommst eine ordentliche Bildung auf den Weg«, sagte Bernice. »Franklyn, mein Ältester, ist Anwalt. Er hat gelernt und gelernt, bis er die Augen nicht mehr offen halten konnte. Und angefangen hat es damit, dass er in der Schule gut aufgepasst hat. Auf die North Crongton High ist er gegangen. Kommt nicht auf die Schule an, auf die du gehst, sondern wie du dich dort anstrengst.«

»Aber das ist auch so einer, der vergessen hat, wo seine Eltern wohnen«, beschwerte sich Milton. »Wann haben wir Franklyn und seine Familie das letzte Mal gesehen?«

»Milton«, erwiderte Bernice mit leicht erhobener Stimme. »Du weißt, dass Franklyn sehr viel zu tun hat und weit weg in Benson Fields wohnt ... und seine Frau war neulich krank.«

»Hmmm«, brummte Milton erneut. »Seine Frau ist immer krank, wenn Franklyn uns besuchen will. Weißt du noch, an Weihnachten, Bernice? Wo sie auf den letzten Drücker noch Bauchschmerzen hatte. Die hat ihn unter dem Pantoffel. Ich weiß nicht, wieso der sich das gefallen lässt. Manchmal benimmt sich Franklyn wie ein verfluchter Fußabtreter.«

Jetzt wird's interessant. In Tonys Familie gibt's Probleme wie bei allen anderen auch. Gut! Jetzt fühl ich mich ein bisschen normaler.

»Das reicht, Milton!«, herrschte Bernice ihn an. »Colleen und ihre Kinder sind nicht hier, um sich anzuhören, wer in Franklyns Ehe die Hosen anhat.«

Zwanzig Minuten später futterten alle außer Milton Bernice' Erdbeer-Cheesecake – er meinte, er müsse mit Zucker aufpassen oder so. Ich bat um eine zweite Portion. Bernice schenkte mir ein superbreites Grinsen und schnitt mir ein megagroßes Stück ab. »Sag Tony, dass er dich bald wieder herbringen soll, dann zeig ich dir, wie man den besten Cheesecake der Welt macht!«

»Ich bin dabei«, sagte ich.

Nach dem Essen bekamen Sharyna und ich Spüldienst aufgebrummt. Ich hatte nichts dagegen, aber Sharyna maulte eine Weile rum – sie wollte weitertanzen. Pablo spielte eins von seinen Spielen auf dem großen Fernseher, und Bernice hatte Colleen überredet, eine Flasche Prosecco oder so aufzumachen. »Tony kann ja fahren«, sagte sie.

Milton war wegen irgendwas eingeschnappt und ging wieder zu seinen Hortensien in den Garten. Tony war ihm gefolgt, um weiter über was auch immer zu streiten. Sharyna und ich beobachteten die beiden durch das Küchenfenster.

»Sind die immer so?«, fragte ich Sharyna.

»Ja«, nickte sie. »Jedes Mal. Geht Mum auf die Nerven.«

»Werden die auch manchmal handgreiflich?«, wollte ich wissen. »Du weißt schon, prügeln die sich?«

»Nein, aber ich hab schon gehört, wie sie sich gegenseitig beschimpft haben.«

»Auf Jamaikanisch?«, fragte ich. »Auf Patwa?«

Sharyna nickte.

»Cool«, sagte ich.

Wir sahen ihnen weiter zu. Milton haute Tony beinahe eine runter. Beide hatten die Stimmen erhoben. Ich legte mein Geschirrhandtuch weg, öffnete leise die Hintertür und stellte mich nach draußen, um mehr mitzubekommen. Ich stand halb versteckt hinter einer Mauer. Sharyna spülte weiter. »Ich misch mich da nicht ein«, sagte sie. Sie stierte auf den Schaum im Becken.

Der Garten war einer der ordentlichsten, den ich je gesehen hatte. Der Rasen war wie mit einer Rasierklinge so exakt geschnitten, und an den Seiten war er mit Blumen aufgepeppt. Der Gartenschuppen war groß genug, dass eine Alleinerziehende mit Baby dort hätte wohnen können. Milton und Tony stritten immer lauter. Ich spitzte die Ohren.

»Du nimmst einem schwarzen Kind ein anständiges Zuhause«, widersprach Milton. »Die haben es sowieso schon schwer genug. Hast du mir nicht erzählt, dass schwarze Kinder, die in der Fürsorge aufwachsen, acht Mal häufiger im Gefängnis oder im Irrenhaus landen? Hast du mir nicht erzählt, dass es schwarze Kinder in der Fürsorge schwerer in der Schule haben? Die können nicht mal links und rechts unterscheiden!«

Affe im Trockendock! Die streiten wegen mir.

»Aber Dad, wenn du mal zuhören würd...«

»Hast du mir nicht gesagt, dass schwarze Kinder in der Fürsorge zehn Mal häufiger obdachlos werden als andere? Unter Brücken schlafen, in Ladeneingängen und an Bahnhöfen betteln.«

»Das hab ich nie gesagt!«

»Doch, hast du.«

»Das ist immer das Problem mit dir, Dad. Du gibst mir keine Chance, zu sagen, wie ich das sehe. Kannst du nicht mal eine Sekunde lang zuhören ...«

»Nach allem, was du mir erzählt hast«, tobte Milton, »kommst du mit einem weißen Mädchen her, das du aufgenommen hast? Und ich soll glückliche Familie spielen, lächeln und tanzen wie ein verdammter Clown?«

Die Furien knüpften Knoten in meinem Magen. Ich bekam keine Luft mehr. Ich hätte wirklich mein Erdmännchen mitbringen sollen.

»Sie braucht eine Pflegeunterbringung wie alle anderen auch!«, sagte Tony. »Sie ist ein Kind. Nichts davon ist ihre …«

»Schrei nicht so.«

Sie schauten zum Küchenfenster. Sharyna hielt den Kopf gesenkt, starrte in die Spülbrühe. Geduckt ging ich ein paar Schritte weiter und setzte mich an die Gartenmauer. Ich glaubte nicht, dass sie mich gesehen hatten. Ich nahm ein paar Züge frische Luft und sah mir die Zwerge an. Sharyna hatte nicht unrecht – mir machten sie auch voll Angst.

»Weißt du, was deine Mutter und ich durchgemacht haben, als wir hergekommen sind?«, fragte Milton.

»Das wissen wir alle, Dad. Du musst es mir nicht noch mal …«

»Die haben uns als Nigger beschimpft, Sambo und solche Namen«, fiel Milton ihm ins Wort. »Weißt du, wie's ist, wenn die dich ansehen und du merkst, dass sie dir ins Gesicht spucken wollen? Weißt du das, Tony?«

»Das hat sich geändert …«

»*Nein!* Hat es nicht!«, fauchte Milton. »Wir sind immer noch ganz am Boden der Gesellschaft. Sogar die Inder sind an uns vorbeigezogen, dabei waren wir lange vor denen hier! Und weißt du, warum? Ich sag dir, warum. *Weil uns die Weißen verachten!*«

»Die sind nicht alle gleich«, widersprach Tony. »Die meisten …«

»Doch, sind sie«, beharrte Milton. »Sie tun, als könnten sie uns leiden. Manchmal laden sie dich sogar auf einen Drink ein und geben dir die Hand, damit du's glaubst. Aber tief im Inneren halten sie uns immer noch für minderwertig, für niedriger als sie.«

»Dad, das war zu deiner Zeit …«

»*Nein!* Heute. *Jetzt!* Unsere Kinder werden immer benachteiligt. Ganz egal, in welcher Situation sich das Mädchen befindet, das du in Pflege genommen hast … Wie heißt sie noch mal?«

»Sie heißt Naomi«, sagte Tony. »Sie braucht ein Zuhause, genau wie jedes schwarze Kind in der Fürsorge eins braucht. In Ashburton sind sogar mehr weiße Kinder als gefährdet eingestuft als schwarze.«

Milton schüttelte den Kopf.

Ich verspürte den Drang, aufzustehen und mich zu verteidigen, aber ich wusste nicht wie. Mit so einem Problem hatte ich noch nie zu tun gehabt.

Affe muss in den Wald zurück! Alleine sein. Vielleicht hatte Louise gar nicht unrecht, als sie sagte, es wäre nicht gut, zu lange bei den Goldings zu bleiben.

»Sie wird immer bessere Chancen haben als ein schwarzes Kind in der gleichen Situation«, fuhr Milton fort. »Wann hast du das letzte Mal die Rede von Dr. King gelesen?«

»Du hast sie mir eingebläut, als ich klein war«, erwiderte Tony. »Ich muss sie nicht noch mal lesen.«

»*Ich habe einen Traum*«, sagte Milton.

»Oh Gott, Dad«, erwiderte Tony. »Nicht schon wieder. Du musst nicht ...«

Milton ignorierte Tony und fuhr fort mit seiner Rede. »Er sagte, *ich habe einen Traum, dass meine vier kleinen Kinder eines Tages in einer Nation leben werden, in der man sie nicht nach ihrer Hautfarbe, sondern nach ihrem Charakter beurteilen wird.*«

»Ich weiß, ich kenne die Rede, Dad«, sagte Tony. »Du hast sie uns auswendig lernen lassen, so wie Mum das Vaterunser. Mich wundert, dass du sie dir nicht auf die Stirn tätowiert hast.«

Ich musste fast lachen, schlug mir aber die Hand vor den Mund.

Milton starrte Tony an wie im Boxring vor der ersten Glocke. »Sein Traum ist immer noch ein Traum«, sagte er. »Siehst du das nicht? Die verachten uns immer noch. Wir stehen auf der untersten Sprosse der Leiter. Die meisten Schwarzen gehören der Unterschicht an.«

»Einigen von uns geht's gut«, warf Tony ein.

»Hmmm«, brummte Milton. »So vielen schwarzen Kindern und Flüchtlingen muss geholfen werden. Aber nein, du nimmst ein weißes Kind bei dir auf, obwohl weiße Kinder jede Hilfe der Welt bekommen. Verstehst du das nicht? Das Leben von denen wird immer mehr wert sein als unseres. *Bloodclaat weiße Privilegien!*«

Bloodclaat? Ist das Patwa?

Milton hob eine Gartenschere vom Boden auf und schnitt eine Hortensie ab. Tony marschierte mit verschränkten Armen hinten durch den Garten. Ich beobachtete jede Bewegung der beiden. Sie hatten mich immer noch nicht entdeckt. Sharyna stand auf Zehenspitzen und machte mir Zeichen. »Komm rein«, flüsterte sie. »Die sehen dich noch.«

»Nein. Ich will wissen, was los ist. Vielleicht prügeln sie sich!«

Tony ging kopfschüttelnd noch mal zurück, um seinen Dad zu konfrontieren. Er zeigte mit dem Finger auf ihn. »Du hast mir die Rede sehr gut beigebracht«, sagte er. »Ich kenne sie auswendig. *Jetzt ist die Zeit, Gerechtigkeit für alle Kinder Gottes Wirklichkeit werden zu lassen.* Das hat er gesagt, Dad. Hörst du mir zu? Für *alle* Kinder Gottes. Ob schwarz, ob weiß, egal. Vielleicht solltest *du* die Rede noch mal lesen.«

Milton konzentrierte sich auf seine Hortensien, als hätten sie ihn irgendwie verzaubert. Er schnippelte wie wild dran rum.

»Du hörst mir nicht zu!«, hob Tony erneut die Stimme. »So ist es immer mit dir. Du hörst dich nur gerne selbst reden. Schon als wir klein waren, bist du von der Arbeit nach Hause gekommen, hast dich in deinen Sessel gesetzt, deine Zeitung genommen und uns ignoriert … bis du am Esstisch wegen irgendwas mit uns geschimpft hast.«

Milton schnippelte weiter, als wäre Tony gar nicht da.

»Ich kann mich nicht erinnern, dass du auch nur einmal mit uns in den Park gegangen wärst«, sagte Tony. »Oder einen Ausflug ans Meer gemacht hättest. Oder mal ins Museum. Mum hat mir Fahrradfahren beigebracht. Sie ist mit uns auf den Jahrmarkt im Crongton Park und sie ist an den Elternsprechtagen in die Schule gekommen. Du hast immer nur in deinem Sessel gesessen, in den wir uns aus Angst nie gesetzt haben, auch nicht, wenn du gar nicht zu Hause warst. Du wolltest, dass wir Spitzennoten nach Hause bringen, hast aber nicht ein einziges Mal unsere Aufgaben nachgesehen. Du bist nie in die Schule gekommen, und trotzdem wolltest du mich rauswerfen, weil ich nicht zur Uni bin.«

»Wir haben größere Hoffnungen auf dich gesetzt als auf Franklyn.« Milton drehte sich endlich um. Er trat einen Schritt näher an Tony ran. Fast knallten sie mit den Nasen aneinander. *Affe im Boxring! Gibt er seinem eigenen Sohn jetzt eine Kopfnuss?* »Du hättest sehr viel mehr erreichen können«, sagte Milton. »Einen besseren Beruf haben können. Denkst du, ich hab den ganzen Mist der Weißen über mich ergehen lassen, damit du die Sklavenarbeit in ihren Gärten machst? Nein, Sir!«

Ich frage mich, was Kim von all dem halten würde? Nan hat nicht unrecht. In jedem steckt Gutes und Schlechtes.

»Das war meine Entscheidung«, sagte Tony. »Ich hab immer gerne draußen gearbeitet. Mit Sachen, die wachsen. Das hab ich von dir. Kapierst du das nicht?«

»Du warst sehr schlau. Du hättest Arzt werden können. Alles, was du hättest werden wollen.«

»Aber ich mache, was ich machen wollte, und wir nehmen auch bei uns auf, wen wir wollen«, sagte Tony.

Er kämpft für mich. Ungelogen. Mein Respekt vor Tony wuchs wie eine Wahnsinnsbohnenstange.

»Wie gesagt«, fuhr Tony fort. »Du hast mir die Rede von Martin Luther King ein bisschen zu gut beigebracht. *Ich habe einen Traum,* hat er gesagt, *dass sich eines Tages kleine schwarze Jungen und Mädchen mit kleinen weißen Jungen und Mädchen als Brüder und Schwestern die Hände reichen.*«

Tony wartete auf eine Entgegnung, aber es kam keine.

»Das hat er gesagt«, setzte Tony nach. »Dein kostbarer Dr. Martin Luther King. Und machen Sharyna, Pablo und Naomi nicht genau das? Nein? Hörst du mir zu? Sie haben Naomi akzeptiert. Für sie war's nicht mal ein Thema. Wieso kannst *du* sie nicht akzeptieren? Sie beschimpft dich nicht mit dem N-Wort. Sie will dir nicht ins Gesicht spucken.«

Am liebsten hätte ich geschrien und die Frage noch mal wiederholt: *Wieso kannst du sie nicht akzeptieren?*

»Du hast dir die Rede gut gemerkt«, sagte Milton, bevor er weiter an seinen Hortensien schnippelte.

»Du beantwortest die Frage nicht.«

Milton schwieg. Seine Schere schnippte immer weiter.

»Und das ist noch so ein schlechter Charakterzug von dir«, sagte Tony.

»Welcher soll das sein?«, fragte Milton.

»Du kannst nie zugeben, wenn du dich geirrt hast.«

Milton richtete sich auf, stellte sich vor Tony und fuchtelte mit einem dicken Finger vor dessen Nase herum. »Du kommst hierher in mein Haus und redest so mit mir? Hast du vergessen, dass ich derjenige war, der um fünf Uhr früh aufstehen musste, damit wir ein Dach über dem Kopf haben? Dass *ich* es mir gefallen lassen musste, von Weißen Sir Gollywog, Jam Jar Boy und alle möglichen anderen Namen gerufen zu werden, nur damit wir was zu essen haben. Weißt du, wie gerne ich denen eine reingehauen hätte?«

»Dad, das weiß ich alles. Ich respektiere ...«

Milton ließ sich in seinem Flow nicht stoppen. »Weißt du, wie oft ich in der Pause meine Brote gegessen und mir vorgestellt habe, wie ich denen was überziehe? Weißt du, wie *klein* ich mich wegen denen gefühlt habe?«

»Dad, du machst es schon wieder«, sagte Tony. »Bei jedem Streit, den wir haben, willst du mir Schuldgefühle einreden.«

»Schuldgefühle? Schuldgefühle nennst du das? Du glaubst wohl, das war alles ganz einfach?«

»Nein, ich wusste, dass du's schwer hattest«, sagte Tony. »Als Naomi zu uns gekommen ist, muss ich zugeben, hatte ich auch meine Zweifel, ob wir sie überhaupt aufnehmen sollen.«

Hat er deshalb so ein Theater gemacht wegen dem Fernseher in meinem Zimmer? Vielleicht haben Colleen und er ja gestritten, bevor ich angekommen bin.

»Aber ich hab an die Rede von Martin Luther King gedacht«, fuhr Tony fort. »Das ist die Zukunft.«

Milton verzog das Gesicht. »Bei ihresgleichen wäre sie besser aufgehoben.«

Ich wäre bei meinesgleichen besser aufgehoben? Milton sollte sich mit Louise hinsetzen und Vanillecremekekse verdrücken – er redet genauso wie sie.

Tony drehte den Kopf um und schaute zum Küchenfenster. Ich duckte mich tiefer. »Ich möchte, dass meine Kinder, und wen auch immer ich bei mir aufnehme, an Dr. Kings Zukunft teilhaben«, sagte er.

Milton kehrte ihm den Rücken und machte sich weiter mit der Gartenschere zu schaffen.

»Du musst es gut sein lassen, Dad«, sagte Tony. Er legte Milton eine Hand auf den Arm. Ich konnte ihn kaum noch hören. »Lass es gut sein.«

Tony drehte sich um und ging auf mich zu. Ich sprang von der Mauer, flitzte schnell ins Haus und knallte die Tür hinter mir zu.

Dann nahm ich ein Geschirrhandtuch und trocknete weiter Töpfe und Teller ab. Dabei summte ich irgendwas, damit es aussah, als hätte sich gar kein großes Drama abgespielt. Sharyna hob kein einziges Mal den Blick vom Spülbecken.

Hatte er mich gesehen? Ich wusste es nicht. Hoffentlich nicht.

Tony trat kopfschüttelnd ein. Ich hielt die Klappe, aber die Furien knabberten an den Nerven in meinen Fingerkuppen. Fast hätte ich einen Teller fallen lassen. Sharyna sagte auch nichts. Tony schaute auf und lächelte ein bisschen gequält. »Ich weiß nicht, ob du was davon gehört hast, Naomi«, sagte er, »aber ich muss mich für meinen Dad entschuldigen. Er lebt ein bisschen in der Vergangenheit, und als er hierhergekommen ist, war er einer Menge, äh … sehr viel Rassismus ausgesetzt. Ich weiß nicht, wie lange du bei uns bleiben wirst, aber ich hoffe, dass er sich noch rechtzeitig daran gewöhnt, dass du dabei bist … Entschuldigung.«

Ich konnte die Verletztheit in seinen Augen sehen. Ich stellte einen Topf auf das Abtropfgitter und klopfte ihm auf die Schulter – mein richtiger Dad hatte das immer bei mir gemacht, wenn ich geknickt war. »Schon gut, Tony«, sagte ich. »Ich muss ja nicht bei deinem Paps wohnen, oder? Mein richtiger Dad hatte ein paar weiße Freunde und ich weiß noch, dass einer von denen Schwarze nicht leiden konnte. Und auch keine braunen, gemischten oder welche aus der Wüste.«

Tony lächelte und legte mir eine Hand auf die Wange. »Du bist ein gutes Mädchen, Naomi. Du hast ein reines Herz. Ich sehe das daran, wie du mit Sharyna und Pablo umgehst.«

»Haha!«, lachte ich. »Reingefallen.«

Das zauberte kein Lächeln auf sein Gesicht.

Er schlich in die Diele. Sharyna und ich sahen ihm hinterher.

Er hat mich verteidigt. Das hätte ich nicht erwartet. Ich werde diesen Dr. King googeln und auschecken.

Tony kam ans Wohnzimmer und öffnete die Tür. Wir hörten die Geräuschkulisse von Pablos Spiel. »Tone, du wirst fahren müssen«, sagte Colleen. »Ich hatte ein Gläschen Prosecco.«

»Ein Gläschen?«, lachte Bernice.

»Wenn du los willst«, erwiderte Tony, »sag einfach Bescheid.«

Tony setzte sich auf die Treppe und hielt den Kopf in den Händen.

»Wir haben uns an ihre Streitereien gewöhnt«, flüsterte Sharyna. »Manchmal sagt Gran ihnen, dass sie aufhören sollen, sich wie Kinder zu benehmen. Ich ignorier's einfach. Pablo findet es witzig. Aber du darfst Granddad nicht falsch verstehen.«

»Der versteht *mich* falsch«, sagte ich.

Sharyna schüttelte den Kopf. »Er ist eigentlich ein netter Mensch. Er denkt nur manchmal echt altmodisch.«

»Sagt man das heute so, wenn einer Rassist ist«, fragte ich, »dass er nur altmodisch denkt?«

»Zu mir ist er gut«, setzte Sharyna hinzu.

»Ja«, erwiderte ich. »Logisch ist er das.«

»Wenn ... wenn er dich besser kennen würde«, sagte Sharyna, »wäre er zu dir auch lieb.«

Sharyna meinte es gut, aber die Furien beruhigten sich erst wieder, als ich hinten in Colleens Wagen saß. Während der Fahrt redete niemand von uns viel, nicht mal Pablo.

»Hast du Grans Cheesecake überhaupt probiert?«, fragte Sharyna Tony, kurz bevor wir zu Hause vorfuhren.

Tony drehte sich nicht um. Ich sah seinen Gesichtsausdruck im Rückspiegel. Er kochte immer noch.

»Doch, hab ich«, sagte er endlich. »Das war der beste Cheesecake, den sie je gebacken hat. Er ist deshalb so gut, weil sie so viele verschiedene Zutaten verwendet und die Gewürze so gut miteinander harmonieren.«

Ich war nicht immer mit allem einverstanden, was Louise sagte oder machte, aber ich wusste, dass ich ihr was bedeutete. Dasselbe galt für Colleen und Tony. Über mein Herz legte sich ein ganz warmes Gefühl.

15

ETHNISCH KORREKT

»Ich lad dich ein!«, beharrte Kim. »Such dir aus, was du willst.«

Ich lehnte am Tresen eines Chicken Hut Take-away, überflog die Bildschirmtafeln, um zu sehen, was es gab. Der Geruch nach Grillhuhn und frischen Fritten lag in der Luft. Der Verkäufer, ein schwarzhaariger Mann Mitte vierzig, trug eine weiße Basecap, die ihm zu klein war, und trommelte mit den Fingern auf der Kasse. Er hatte die Ärmel bis über die Ellbogen hochgekrempelt. Hinter ihm an der Wand hing eine rot-weiß-grüne Flagge von einem Land, das ich nicht kannte.

»Und mich lädst du nicht ein?«, fragte Nats Kim. »Wieso bezahlst du nur Naomi das Essen?«

»Hab ich dir am Sonntag nicht zwei Tops gekauft, Nats?«, erwiderte Kim. »Außerdem drei Paar Socken und die Pfauenohrringe? Naomi hab ich keine Klamotten gekauft, deshalb bezahl ich jetzt ihr Essen. Also reg dich ab.«

»Aber mir fehlt noch ein Pfund für das, was ich will«, beschwerte sich Nats. »Und ich bin deine Freundin! Nicht Naomi.«

»Was hat das damit zu tun, dass du meine Freundin bist?«, fauchte Kim. »Naomi ist unsere Schwester. Krieg dich wieder ein.«

Affe im Käfig mit Löwen! Ich hasse es, wenn die beiden ihren Beziehungsknatsch in der Öffentlichkeit austragen.

»Aber ...«, fing Nats wieder an.

»Aber was?«, fiel Kim ihr ins Wort. »Hör auf, ständig so eifersüchtig zu sein. Was willst du?«

»Ein Chicken Sandwich-Meal mit Fritten«, erwiderte Nats.

»Äh, das nehm ich auch«, sagte ich. »Und eine große Cola. Bist du sicher, dass du dir das leisten kannst, Kim? Ich will nicht unverschämt sein.«

»Würde ich's dir anbieten, wenn ich's mir nicht leisten könnte?«, erwiderte Kim. »Ich hab dir doch erzählt, dass mir meine Mum am Samstagmorgen ein paar Scheine zugeteilt hat.«

»Tut mir leid«, sagte ich. »Mir gehen gerade alle möglichen Probleme durchs Gehirn.«

»*Ich* erinnere mich«, warf Nats ein.«

»Natürlich erinnerst du dich, Nats«, sagte Kim. »Du warst ja auch dabei, als meine Mum bei uns vor der Tür stand.«

»Ich wünschte, ich hätte eine Mum, die vorbeikommt und mir Geld zusteckt«, sagte ich.

Betretenes Schweigen.

»Sie hat immer noch Schuldgefühle, und solange sie auf dem Trip ist, werde ich sie melken und ausquetschen, so gut ich kann«, sagte Kim. »Sie wollte mich sehen, aber ich hab so getan, als würde ich noch pennen. Wenigstens hat sie den Anstand besessen, mir einen Umschlag mit Geld dazulassen.«

»Das ist super«, sagte ich.

»Nats und ich sind gleich am Sonntagvormittag nach Ashburton Klamotten kaufen gefahren«, sagte Kim. »Wir haben ein Taxi genommen und sind bei dir vorbei. Colleen sagte, du würdest noch schlafen. Die Taxi-Uhr hat keinen Spaß verstanden, also sind wir schnell weiter.«

»Ja«, sagte Nats. »Wir mussten los.«

»Ich hab bis spät Filme geschaut«, erklärte ich. »Und wollte dann mit meiner Pflegefamilie noch wohin.«

»Darf ich auch was zu trinken?«, fragte Nats. »Limo.«

Kim seufzte.

»Von mir aus«, lenkte sie ein. »Wenn du so weitermachst, sind ab morgen wieder radikale Sparmaßnahmen angesagt. Sollte sich deine Sozialarbeiterin mal wieder blicken lassen, kannst du die ja auch mal um Kohle bitten und mich einladen.«

»Abgemacht!«, erwiderte Nats. »Ich lade dich *immer* ein.«

Drei Minuten später kamen wir aus der Grillstation und futterten im Gehen.

»Was hast du am Wochenende gemacht, Naoms?«, fragte Kim.

»Wir sind zu den Großeltern nach Hause«, erwiderte ich. »Die haben einen Monsterfernseher. Der war so groß wie ein ganzes Kino. Sharyna hat ihre Wii mitgenommen und wir haben die meiste Zeit getanzt und die Hüften geschwungen.«

»Das sind Jamaikaner, oder?«, fragte Nats.

»Ja«, erwiderte ich, »aber nicht so hardcore wie der Typ, mit dem mein Paps früher gesoffen hat.«

»Was gab's zu essen?«, fragte Nats.

»Wie heißt das noch mal?«, fragte ich. »Schaf, Reis und Süßkartoffel. Ach, und Salat ohne Ende.«

Nats schüttelte den Kopf. »Du meinst Hammel, Reis und Süßkartoffel. Hab ich früher geliebt. Einmal wollten sie im Heim Hammel kochen, ging aber total daneben.«

»Allerdings«, stimmte Kim ihr zu. »Ich glaub, das war gar kein Hammel, eher so was wie Krokodilkoteletts.«

Nats und ich mussten lachen.

»Und wie waren diese Großpops so drauf?«, wollte Kim wissen. »Hoffentlich nicht zu Steinzeit? Ich mag's nicht, wie alte Leute riechen. Musstest du sie erst mal mit der Fernbedienung anschubsen, um zu checken, ob sie noch leben?«

Nats lachte wieder laut. Ein paar halb gekaute Fritten flogen dabei auf den Gehweg.

»Die waren cool«, erwiderte ich. »Die Gran... wie hieß sie noch mal ... Ber... Bernice. Ja, Bernice. Abgesehen davon, dass sie bei Jesus in der Mannschaft spielt, war sie echt okay. Sie macht Cheesecake selbst und will mir das nächste Mal beibringen, wie's geht.«

»*Wie langweilig!*«, sagte Kim. »Keine Ahnung, was ich da gemacht hätte.«

»Ich glaub nicht, dass der Granddad viel für mich übrighatte«, sagte ich.

»Wieso nicht?«, wollte Kim wissen. »Was hat der für ein Problem? Hast ja wohl nicht deinen Tampon in seinen Kakao getunkt, oder doch?«

»Iiiih! Nein!«

Ich schluckte einen Brocken Spucke. *Affe bei der Weihnachtsaufführung! Eines Tages bringt mich Kim mit ihren Sprüchen noch mal um.* Ich räusperte mich, dann kackte das Nashorn auf den Marmorboden. »Er hatte ein Problem damit, dass ich weiß bin.«

»Weiß?«, wiederholte Nats. Ihre Augenbrauen stießen an ihren Pony.

»Unverschämtheit!«, schrie Kim. Ihre Augenbrauen rutschten fast bis an ihren Hinterkopf. »Hat er dich beschimpft? Geschlagen? Was hat die Großmutter gemacht? Sind Tony und Colleen sofort weg mit dir? Hätten sie machen müssen.«

»Nein, so war das nicht«, erklärte ich. »Tony hat sich mit seinem Dad gestritten, und sein Dad hat was gesagt ... er hat ein paar Sachen gesagt.«

»Was hat er gesagt?«, fragte Kim. »Komm schon, Naoms! Lass das Nilpferd gähnen.«

»Ihm gefällt nicht, dass meine Pflegefamilie weiße Kinder aufnimmt«, sagte er. »Die haben sich über Martin Luther King in die Haare gekriegt.«

»Martin Luther King?«, wiederholte Nats. »Hat Richard nicht im Black History Month was von dem erzählt?«

Kim stellte sich vor mich und wollte mich nicht weitergehen lassen. »Hat er das gesagt, Naoms? Dass es ihm nicht gefällt, wenn weiße Pflegekinder zu ihm nach Hause kommen?«

Ich spürte die Hitze von Kims durchdringendem Blick. Und nickte.

»Wenn er das gesagt hat, musst du das melden«, sagte Kim. »Kein Scheiß. Geh zu deiner Sozialarbeiterin und pack aus. Sie muss was unternehmen. Was genau hat er denn gesagt?«

Ich versuchte, mich an den Streit zwischen Tony und Milton zu erinnern. »Der Granddad ... er hat gesagt ... er hat gesagt, dass er kein weißes Mädchen in seinem Haus haben will oder so und dass Tony nur schwarze Kinder aufnehmen sollte.«

»*Nein!*«, schrie Nats. »Das geht *gar* nicht!«

»Hör mir zu, Naoms«, sagte Kim. »Spitz die Ohren. Sag deiner Sozialarbeiterin – wie heißt die noch mal?«

»Louise«, sagte ich.

»Erzähl ihr das Drama in voller Spielfilmlänge, auch die rausgeschnittenen Szenen, und sag der Familie nichts davon. Vor allem nicht Sharyna und Pablo.«

»Aber ich bin gerne bei denen«, sagte ich. »Ich bin so was wie Sharynas und Pablos große Schwester. Die lassen mich kochen, obwohl ich's schon mal voll verkackt hab, und ich darf mein eigenes Ding machen. Na ja, mehr oder weniger. Tony hat mich verteidigt, und Colleen hat's selbst nicht leicht gehabt in ihrem Leben. Davon erzählt sie mir manchmal, wenn die Kinder im Bett sind. Ich wollte Tony und Colleen sagen, dass sie sich Urlaub nehmen sollen, dann babysitte ich für sie. Und ich muss ja nicht bei dem Granddad leben, oder? Und wer macht mir dann die Haare?«

Nats hob die Hand. »Äh, ich«, sagte sie. »Ich kann gut flechten ...«

»Du darfst das nicht zulassen«, unterbrach Kim. »Was passiert, wenn der rassistische Granddad zu Besuch kommt? Angenommen, der bleibt übers Wochenende oder länger? Dann quatscht er dir dein Hirn voll mit lauter rassistischem Scheiß. Und du kannst nicht weg.«

»Ich glaube nicht, dass Colleen ihn übernachten lässt«, sagte ich. »Jedenfalls nicht, solange ich da bin.«

Kim schüttelte den Kopf. »Was passiert, wenn die Gran beim Cheesecake-Backen tot umfällt?«, fragte sie. »Vielleicht muss der Granddad dann bei euch einziehen. Der erzählt dir rund um die Uhr Scheiße aufs Ohr, vom Ersten bis zum Einunddreißigsten und von Januar bis Dezember. Stell dir das mal vor, Naoms. Da wirst du wahnsinnig.«

Ich wusste nicht, was ich denken sollte. Ich hatte keinen Hunger mehr. Ich warf mein Chicken-Sandwich und die Fritten in den Müll.

»Wieso hast du das gemacht?«, maulte Nats. »Das hätte ich noch gegessen.«

»Tut mir leid«, sagte ich.

»Du hättest auf mich hören sollen, dann wäre das ganze Drama gar nicht passiert«, fuhr Kim fort. »Du hättest bei mir und Nats im Heim bleiben sollen, damit wir auf dich aufpassen können. Wie Nats gesagt hat, sie kann dir auch die Haare flechten.«

»Ich hab's gehört«, sagte ich. »Danke.«

»Aber ich kann auch da hinkommen, wo du bist, und dir dort ne Frisur machen«, warf Nats ein. »Muss ja nicht bei uns im Heim sein.«

»Dieses ganze Hin und Her mit den Pflegefamilien«, fuhr Kim fort, »wohin zum Teufel hat dich das gebracht? Du hängst immer noch voll in der Luft!«

»Ich ... ich weiß nicht«, murmelte ich. »Colleen mag mich. Und Tony auch. Ungelogen.«

Kim ging mir aus dem Weg. Ich zog schweigend die Straße weiter, während Kim neben mir schniefte und schnaubte. Fünf Minuten später bogen wir auf das Gelände der Einrichtung ab. Nats checkte die Zeit auf ihrem Handy. »Wir sind zwanzig Minuten zu spät«, sagte sie.

»Und?«, fragte Kim. »Wir müssen uns um Naoms' Problem mit dem Granddad kümmern. Richard kann warten und an sich selbst rumspielen. Außerdem weißt du, dass ich nach dem Essen immer erst mal eine rauche.«

»Ist kein großes Problem«, protestierte ich. »Er hat ja nichts Schlimmes zu mir gesagt. Er hat sich nur mit Tony gestritten.«

»Das ist nicht der Punkt!«, sagte Kim. »Der Granddad hat was gegen weiße Kinder. Dahin weist die Reifenspur in deinem pinken Schlüpfer. Das kannst du ihm nicht einfach durchgehen lassen.«

Ich merkte, dass ich zustimmend nickte.

»Hör mir jetzt endlich mal zu, Naoms«, sagte Kim. »Hättest du gleich auf mich gehört, wärst du nicht bei den Perversen gelandet, dem fummelnden Holman da vor deiner Duschtür. Du hättest hierbleiben sollen, wie ich's gesagt hab.«

»Aber ... aber«, stammelte ich.

»Kein Aber«, sagte Kim. »Wenn du Louise siehst, sagst du ihr, du willst in unserem Heim wohnen, bei uns. *Kein* Rumziehen mehr.

Sag's ihr gleich und lass dich nicht ein auf ihr *aber wir müssen erst die Sachlage klären und das besprechen.* Scheiß auf Sachlage und Besprechen, Naoms.«

»Ich werde Sharyna und Pablo vermissen«, sagte ich.

»Die können dich besuchen«, erwiderte Kim. »Das ist kein Problem, Colleen kann sie zu uns ins Heim bringen, außerdem wissen die beiden doch auch, wie man alleine in einen Bus steigt, oder? Ich färbe Sharyna die Haare, wenn sie will, und sag ihr, welche Klamotten ihr stehen. Vielleicht nehmen wir sie auch mal mit auf eine Shoppingtour nach Ashburton und klauen ihr ein paar Sneaker. Was hat sie denn für eine Größe?«

»Äh ... vierunddreißig, glaube ich.«

»Kein Problem«, sagte Kim. »Nats oder du, ihr könnt für mich Schmiere stehen, und bevor du *Markenname* sagen kannst, sitze ich schon im Bus mit neuen Sneakern und chicen Socken dazu. Wenn ich mit meinem Sharyna-Projekt fertig bin, sieht sie voll sexy aus.«

»Sie ist noch nicht mal ein Teenager«, warf Nats ein.

Ich kann nicht glauben, in welche Richtung das alles läuft.

»Und was macht Pablo, solange wir shoppen?«, fragte ich.

»Dem such ich ein Spiel oder so«, sagte Kim. »Oder wir geben ihm eine DVD. Wir setzen ihn aufs Sofa mit was zu gucken, das findet der cool.«

»Ich ... ich weiß nicht.«

»Du hast doch keine Angst vor Louise, oder?«, fragte Kim und schüttelte den Kopf. »Wie kannst du vor einer hochnäsigen Superbitch wie der denn Angst haben? Du musst denen immer mal wieder verbal was auf die Fresse geben. Damit sie auf Kurs bleiben. Dann haben sie Angst vor dir, und wenn sie Angst vor dir haben, machen sie, was du ihnen sagst. Kannst du mir glauben. Da drin hab ich meinen Doktor gemacht.«

»Louise hat für mich getan, was sie konnte«, sagte ich. »Mir passt nicht immer alles, was sie macht, aber ...«

»Du klingst selbst schon wie eine von denen«, sagte Kim. »Du bist auf denen ihr falsches Mitgefühl reingefallen.«

»Nein, bin ich nicht«, widersprach ich.

»Doch, bist du, Naoms!«, schrie Kim. »Die arbeiten für uns. Vergiss das nicht. Die müssen machen, was wir ihnen sagen. Und die sollen was tun für ihre Kohle. Die bekommen ungefähr fünfzig Riesen im Jahr.«

»Fünfzig Riesen im Jahr?«, fragte Nats.

»Was ist los mit euch beiden?«, sagte Kim. »Wisst ihr das nicht? Habt ihr euer Hirn untervermietet? Viele von denen ziehen sich extra schäbig an und fahren billige Karren, um zu vertuschen, dass sie gute Kohle verdienen. Die haben solche doppelten Kühlschränke in ihren Megaküchen und bezahlen Flüchtlingssklaven dafür, dass sie ihnen die Kleider waschen und bügeln.«

»Eine von meinen Sozialarbeiterinnen war mal im Urlaub in Australien«, warf Nats ein. »Hat mir einen Bumerang mitgebracht.«

»Das ist Standard bei denen«, nickte Kim. »Die haben Kinoleinwände in ihren Wohnzimmern und gehen in erstklassigen Restaurants essen. Hast du schon mal eine Sozialarbeiterin mit Fritten und Chicken Nuggets in einem Grill-Imbiss gesehen?«

Nats und ich dachten drüber nach und schüttelten die Köpfe.

»*Nein!*«, beantwortete Kim ihre eigene Frage. »Glaubt bloß nicht, dass die euch einen Gefallen tun, wenn die mit euch essen gehen – die kriegen extra Spesen dafür.«

»Ich hab gesehen, dass Louise mit ihrem eigenen Geld bezahlt hat, als sie mich eingeladen hat«, sagte ich.

»Das sieht alles schön aus, Naoms«, sagte Kim. »Aber das ist Fake. Am nächsten Tag gibt sie ihrem Chef die Quittung und bekommt das Doppelte zurück. Kannst du mir glauben, Naoms. Wie gesagt, das Beste, was du machen kannst, ist, wieder zu uns zurückzukommen. Nats und ich passen auf dich auf, morgens, mittags und abends. Das weißt du.«

»Louise holt mich nachher ab«, sagte ich. »Sie hat Neuigkeiten und will mit mir essen gehen.«

Kim grinste. »Gut!«, sagte sie. »Lass dir keinen Billo-Fraß andrehen und erzähl ihr das ganze Leinwandepos. Lass nichts aus.«

16

BIGGIN SPIRES

Nach der Schule parkten Kim, Nats und ich wie immer auf unserer Bank – Kim wollte mir noch mal klarmachen, was in meiner Situation Sache war, damit ich in der Großvater-Frage bloß keinen Rückzieher machte. Ein Auto hupte und ich entdeckte Louise, wie sie mit ihrer Karre rückwärts in eine Parklücke stieß. Sie winkte mir zu und stieg aus. Ich wollte aufstehen, aber Kim zog mich wieder runter. »Scheiß drauf«, fauchte Kim. »Rauch erst mal fertig. Die eingebildete Alte kann warten.«

»Naomi!«, rief Louise. »Naomi!«

Ich ignorierte Louise und zog an meinem Krebslutscher. Kim und Nats lachten.

»Ich hab nicht den ganzen Nachmittag Zeit, Naomi«, meckerte Louise. Sie verschränkte die Arme.

Ich nahm noch einen Zug, dann trat ich die Kippe aus.

»Vergiss nicht, was ich gesagt habe«, ermahnte mich Kim. »Sie arbeitet für dich, damit es dir gut geht, und dir geht es gut, wenn du wieder zu uns ins Heim kommst. Lass ihr keinen beschissenen Scheiß durchgehen.«

»Vie... vielleicht«, setzte Nats an, »vielleicht könnten die ja eine einstweilige Verfügung oder wie das heißt gegen den Granddad erlassen, damit er eine Meile Abstand zu Naomi halten muss. Dann kann sie bei den Goldings bleiben.«

»Das würde nicht funktionieren«, Kim hob die Stimme. »Hör nicht auf Nats, Naoms. Halt dich an meinen Fahrplan.«

Nats schenkte Kim einen *Terminator*-Blick und ich dachte, ich sollte lieber gehen, bevor sich die beiden wieder anzickten.

Als ich die Beifahrertür aufzog, begrüßte Louise mich mit einem *Ich-hab-eine-gute-Woche*-Lächeln. »Und wie war dein Tag, Naomi? Wie ist es dir ergangen?«

Ich zuckte mit den Schultern, ließ mich auf den Beifahrersitz fallen.

»Wo würdest du gerne essen?«, fragte Louise. Sie schien mich unbedingt an ihrer Freude teilhaben lassen zu wollen.

Ich schnallte mich an und zuckte erneut mit den Schultern. »Du willst nie dahin, wo ich hinwill, also wieso fragst du mich überhaupt? Du bist viel zu billo.«

»Versuch's noch mal«, lächelte Louise.

»Okay.«

Ich runzelte die Stirn, dachte nach.

»Biggin Spires«, sagte ich nach einer Weile. »Da war ich noch nie. Kim war mal da. Da gibt's ein Wagawaga oder wie das heißt, in dem Einkaufszentrum da – und auch einen Chinesen oder Thai.«

»Ist aber ein Stück zu fahren«, sagte Louise. »Ich hoffe, der Verkehr auf der Crongton Circular ist nicht so schlimm.«

»Dann halt dich lieber ran«, meinte ich.

Louise checkte ihren Benzinstand. »Okay«, sagte sie. »Warum nicht? Dann eben Biggin Spires. Und wenn wir im Stau stecken, haben wir wenigstens Zeit zu reden.«

Louise fuhr los. Ich suchte meinen Lieblings-Grime-Sender und drehte die Lautstärke hoch. *Scheiß auf Reden. Ich hab keine Lust.* Ich nickte im Takt.

»Wie läuft's denn mit dem Tanzen?«, fragte Louise nach einer Weile.

»Ich mach jetzt schon dieselben Moves wie die anderen Mädchen«, erwiderte ich. »Ist kompliziert, gar nicht so einfach. Ein paar von denen sind echt gut – die sind total gelenkig. Aber ich war ja auch erst zweimal da.«

»Und du wirst noch besser werden«, versprach Louise.

»Ich mag Miss Almi«, sagte ich. »Die ist ein echter Pro. Während der Stunden gibt's keine Witze und geredet wird auch nicht viel. Alle passen auf, weil sie bei der nächsten Aufführung dabei sein wollen. Wenn wir fertig sind, komm ich auf meinen Beinen kaum noch die Treppe rauf. Meine Knochen verwandeln sich in dickflüssige Smoothies.«

»Vielleicht solltest du dir mal überlegen, mit dem Rauchen aufzuhören?«

Ich bedachte Louise mit einem ihrer *echt-jetzt*-Blicke. »Ernsthaft?«, fragte ich. »Du willst mir sagen, dass ich mit dem Rauchen aufhören soll? Was ist mit dir? In deiner Brust wohnt garantiert schon ein ganzes Krebsmassiv. Mich wundert, dass du keine Asthmaanfälle kriegst, wenn du morgens in den Wagen steigst.«

»Gut gegeben«, schmunzelte sie. »Aber ich bin ja auch ein hoffnungsloser Fall. Wenn du weiter tanzen willst, musst du an deine Gesundheit denken.«

»Wenn ich nicht mehr rauchen soll, musst *du* auch aufhören«, sagte ich.

Louise dachte drüber nach. »Okay«, erklärte sie sich bereit. »Aber vergiss nicht, ich hab's schon mit Meditation, Pflastern, E-Zigaretten und allem Möglichen versucht.«

»Ich sag dir was«, sagte ich. »Jedes Mal, wenn du dir ein neues Päckchen kaufen willst, gibst du mir das Geld. Das wird funktionieren. Wenn du dich gut benimmst, leg ich die Kohle vielleicht sogar auf einem Postsparbuch für dich an.«

Louise konnte sich ein Kichern nicht verkneifen. »Das wird ganz bestimmt nicht funktionieren.«

»Geizkragen!«

Biggin Spires war wie eine kleine Stadt auf einem Hügel. Ich stellte mir Susan vor, die als Rad-Freak den steilen Hang rauffuhr und oben angekommen so ein *Rocky*-Schattenboxen veranstaltete. *Frag mich, wie's Emily geht. Muss sie mal anrufen. Aber ich brauch Kohle für mein Handy.* Hier gab's dieselben Geschäfte wie in Ashburton, nur nicht so viele. Eine Megakirche mit einem hohen Turm – Leute machten Handyfotos von dem steinalten Friedhof. *Vielleicht wurde da ja kürzlich erst ein Promi begraben.* Alle Straßennamen schienen aus drei Wörtern zu bestehen: Bishop Park Avenue, Friar Gorge

Chase und Abbot Lawn Way. Die Busse waren blau und die Gehwege breit, dürre Bäumchen ragten in Abständen draus hervor. Die High Street war fünf Besen gefegter als die in Ashburton. *Wäre ich ein Hund, würde ich mir über die Schulter schauen und es mir zweimal überlegen, bevor ich hier hinkacke.*

Ich starrte ein Kleid im Schaufenster eines Secondhandladens an.

»Alles okay?«, fragte Louise.

Ich zuckte mit den Schultern. »Denk schon ... hab bloß Hunger. Ich hab mein Chicken-Sandwich heute Mittag nicht aufgegessen. Hab die Hälfte weggeworfen.«

»Wieso gibst du Geld für Fast Food aus, wenn du in der Schule was Ordentliches zu essen bekommst?«

»Hab's ja nicht bezahlt«, erwiderte ich. »Kim hat mich eingeladen. Die hat mir in letzter Zeit öfter was ausgegeben als du. Dabei hat sie längst nicht so viel Geld.«

Louise hob die Augenbrauen. Ich konnte die winzigen Äderchen über ihren Lidern sehen. *Sie wird alt.* »Ach, sie hat dir was ausgegeben, sag bloß?«, meinte sie. »Das ist ja sehr nett von ihr, aber du musst trotzdem das Schulessen essen, Naomi.«

Ich schenkte Louise ein Hardcore-Funkeln. »Kannst du mir heute bitte mal keine Vorträge halten«, sagte ich. »Ich will einfach nur was Gutes essen. Ich hab voll Hunger.«

Fünf Minuten später saßen wir bei Wagamama im Spires Shopping Centre. Louise zog in eine Ecke und wir setzten uns dort auf eine Bank. Sie bestellte mir eine große Cola und einen schwarzen Kaffee für sich selbst, dann las sie die Speisekarte. »Worauf hast du Lust, Naomi?«

»Chicken Curry und Singapore Rice.«

Louise nahm ein Chow mein.

Der Kellner kam mit meiner Cola, aber Kims Worte hallten mir noch durchs Gehirn. *Sollte ich erzählen, was Tonys Dad gesagt hatte? Ich konnte ein bisschen weniger Drama in meinem Leben gebrauchen, aber Kim würde es mir zur Hölle machen, wenn ich die Klappe hielt.*

»Alles in Ordnung?«, fragte Louise.

»Alles gut«, log ich.

»War heute was in der Schule?«

»Nein.«

»Sicher?«

»Verdammte Scheiße, Louise! Nimm dir mal einen Tag frei.«

Zehn Minuten später wurde das Essen serviert. Wir futterten, wechselten dabei kaum ein Wort.

»Wie lief es denn mit Tonys Eltern?«, fragte Louise nach einer Weile. »Tonys Mum ist auf jeden Fall eine tolle Köchin. Ich weiß, dass Pablo und Sharyna total gerne zu ihren Großeltern fahren.«

Ich wich Louise' Blick aus und nahm einen Riesenschluck Cola.

»Naomi?«

Ich aß weiter und antwortete nicht, bis ich einen Mund voll Reis runtergeschluckt hatte. »Es gab einen Megastreit«, sagte ich.

»Zwischen wem?«

»Tony und dem Granddad.«

»Worüber?«

»Ich hab's nur von der Hintertür aus gehört. Sie wussten nicht, dass ich mithöre. Sharyna hat abgewaschen ... ich will zurück ins Heim.«

»Warte mal kurz, Naomi.« Sie legte ihr Besteck auf ihrem Teller ab. »Worum ging es denn bei dem Streit?«

»Um mich«, erwiderte ich.

Ich starrte in mein Chicken Curry.

»Dich?«, fragte Louise. Sie guckte ordentlich durcheinander. »Geht's auch genauer?«

»Ich will wieder ins Heim«, wiederholte ich. »Ist dir das nicht genau genug?«

»Aber ich hab gedacht, dir gefällt es bei den Goldings?«

»Das ist ja auch nicht verkehrt«, sagte ich. »Alles war gut bis zu dem Streit.«

»Kannst du mir bitte endlich sagen, worum es bei dem Streit ging?«, wollte Louise wissen.

»Hab ich dir doch gesagt ... es ging um mich.«

»Naomi! *Hör auf!*«

Ich schob mir eine weitere Gabel voll Curry in den Mund und spülte sie mit einem großen Schluck Cola runter. Louise bedachte mich mit einem Hardcore-Blick. *Wenn ich jetzt nicht auspacke, kommt gleich Qualm aus ihren Ohren. Wahrscheinlich raucht sie eine halbe Schachtel Kippen, bevor sie mich zu Hause absetzt. Besser ich nehm ein bisschen Spannung raus.* »Der Großvater«, sagte ich.

»Tonys Vater?«

»Natürlich ist er Tonys Vater«, sagte ich. »Was gibt's denn sonst noch für einen Großvater? Colleen kennt ihren Dad gar nicht.«

Louise lehnte sich auf ihrem Stuhl zurück und dachte nach.

»Bin ihm nur einmal begegnet«, sagte sie. »Mir kam er in Ordnung vor. Er liebt seinen Garten ...«

»Er mag keine weißen Kinder«, stoppte ich ihren Redefluss.

»Wie bitte?«

»Wirst du taub, Louise?«, sagte ich. »Muss ich's dir in Gebärdensprache übersetzen? Ich spiel's noch mal in HD. *Er mag keine weißen Kinder.* Comprende? Ich rede doch nicht rückwärts, eigentlich müsstest du mich verstehen.«

Louise' linke Wange zuckte, als sie ihren kalten Kaffee trank.

»Woher ... woher weißt du das, Naomi? Hat er direkt mit dir gesprochen?«

»Nein! Hörst du überhaupt zu? Er hat sich mit Tony gestritten. Dabei kam er raus damit. Er hat gesagt, er will nicht, dass Tony weiße Kinder bei sich aufnimmt, und er selbst will auch keine weißen Kinder bei sich zu Hause haben. Beim Essen hat er mich angeguckt, als hätte ich meinen Tampon in seinen Kakao getunkt.«

Ich musste Kims Spruch einfach loswerden. Der war zu gut.

Louise schüttelte den Kopf. »Da muss ich eine Untersuchung veranlassen.«

»Ich will aber keine Untersuchung«, ich hob die Stimme. »Ich will einfach nur zurück ins Heim. Wie oft muss ich dir das noch sagen?«

»Du hast gerade ernsthafte Anschuldigungen erhoben, Naomi. Das kann ich nicht ignorieren«, erklärte Louise. »Ich werde mit Tony und seinem Vater sprechen müssen, und allen, die den Streit gehört haben. Wenn das, was du sagst, wahr ist, dann dürfen Tony und Colleen ihn nicht mit dir zusammen besuchen. Du musst woanders bleiben, wenn sie mit Sharyna und Pablo hinfahren. Vielleicht unternehme ich dann was mit dir.«

Affe im Käfig! Es gefiel mir nicht, wenn Louise sich in ihre Sozial-wichserzone verzog. Die Furien waren wieder erwacht und pikten mir mit Nadeln zwischen die Rippen. »Du hörst mir nicht zu, Louise! Muss ich es dir buchstabieren? ICH WILL WIEDER INS HEIM!«

Eine Million Augenpaare richteten sich auf mich, aber mir war's egal.

Louise senkte die Stimme. Fast flüsterte sie.

»Es wird eine Untersuchung geben, das kann ich dir versprechen, aber es ist wirklich nicht nötig, dass du …«

»Du hörst mir verdammt noch mal nicht zu!«, schrie ich. »Ich will keine Untersuchung. Die kannst du fressen und oben auf den Smeckenham Hills wieder rausfurzen, ist mir doch egal.«

Louise nahm ihr Handy und schrieb eine Notiz. Ich versuchte mitzulesen, aber sie schirmte das Display mit der Hand ab. Dann schaute sie zu mir auf. Die Stressfalten auf ihrer Stirn hatten sich verdoppelt. Falsch, verdreifacht. »Naomi, kannst du mir wenigstens ein paar Tage Zeit lassen und es dir noch mal überlegen …«

»*Nein!*«, ich hob wieder die Stimme. »Ich muss mir nichts überlegen. ICH WILL ZURÜCK INS HEIM!«

»Hat Kim dir das eingeredet?«, wollte Louise wissen. »Ich muss schon sagen, mir gefällt nicht, welchen Einfluss sie auf dich hat.«

»Mit Kim hat das nichts zu tun«, log ich.

Louise schenkte mir einen Hardcore-*echt-jetzt*-Blick.

Ich senkte die Stimme wieder. »Ich will zurück ins Heim.«

Louise schloss die Augen und schnappte ein paar Mal nach Luft. *Die muss wirklich dringend mit dem Rauchen aufhören.* Schließlich machte sie die Augen auf.

»Okay«, sagte sie. »Ich will sehen, was ich machen kann.«

»Gut«, sagte ich und nahm die Speisekarte, drehte sie um und suchte die Desserts. »Wenn ich mein Curry und den Reis aufgegessen habe, darf ich dann noch einen Schokoeisbecher?«

Louise' Augen waren nicht zu Hause. Die ganze Freude, die darin gelegen hatte, als sie mich abholen kam, war von der Sache mit Granddad getrübt. *Wenn ich groß bin, möchte ich Tänzerin werden oder Pflegemutter, aber auf keinen Fall Sozialarbeiterin. Die Idee wird ins Klo gespült.*

»Äh, was hast du gesagt?«, stotterte Louise. »Natürlich darfst du noch einen Schokoeisbecher. Wenn du mir versprichst, nicht noch mal zu schreien.«

»Dann hör mir zu«, schnappte ich zurück.

»Aber ... aber um noch mal auf das Thema zurückzukommen«, sagte Louise, »ich muss trotzdem mit Tony sprechen und hören ... hören, was er zu sagen hat.«

»Egal«, ich zuckte mit den Schultern. »Ich zieh zurück ins Heim. Bau mir bloß keine Straßensperren.«

»Kannst du nicht warten, bis ich mit Colleen und Tony gesprochen hab? Ich sorge auch dafür, dass du dich nie wieder mit Tonys Vater auseinandersetzen musst.«

»Dafür kann ich selbst sorgen«, sagte ich. »Außerdem entgeht mir das Cheesecake-Backen mit Bernice. Aber wenigstens hat von den Erziehern im Heim keiner einen Hass auf weiße Kinder. Die müssen alle mögen, schwarze, weiße, braune, gemixte und sogar die aus der Wüste.«

Louise schlürfte erneut ihren Kaffee, verzog aber das Gesicht, weil er so kalt war. Sie hob die Hand, um die Kellnerin auf sich aufmerksam zu machen. »Bitte einen Schokoeisbecher für die junge Dame ...«

»Und noch eine Cola«, setzte ich hinzu.

»Auch noch was für Sie?«, fragte die Kellnerin.

»Einen schwarzen Kaffee, danke.«

17

SCHWERE SCHULDGEFÜHLE

Der Stau auf der Heimfahrt machte mir nichts aus. Ich erlaubte Louise sogar, ihren Oldschool-Popsender zu hören.

»Wenn ich dich absetze, spreche ich mit Colleen und Tony«, sagte Louise. »Das möchte ich nicht am Telefon machen.«

»Schon kapiert«, sagte ich. »Bei so was ist es besser, man redet direkt.«

»Willst du dabei sein, wenn ich's ihnen sage?«

»Nein, nein«, erwiderte ich. »Warte, bis ich in meinem Zimmer bin, bevor du auspackst.«

Louise drehte sich zu mir um, sah mich an. »Bist du sicher, Naomi? Du hast mir auch schon mal vorgeworfen, ich würde Dinge hinter deinem Rücken verabreden.«

»Du hast mein Okay«, sagte ich. »Wenn du willst, geb ich's dir schriftlich.«

Mein Hirn schwitzte und ich ließ die Scheibe runter.

»Ich weiß nicht mal, ob im Heim ein Zimmer frei ist«, sagte Louise. »Heute Abend rufe ich an, aber rechne nicht damit, dass es morgen schon fertig ist.«

»Ich kann warten«, sagte ich. »Hauptsache, du setzt meinen Umzug schon mal in Gang.«

Ich schaute durch die Windschutzscheibe. So weit ich sehen konnte, standen Autos Stoßstange an Stoßstange. Ich wollte Louise fragen, ob ich bei ihr übernachten könnte, überlegte es mir aber anders. Sie würde sich sowieso nicht drauf einlassen. Ihrem Freund würde das nicht gefallen.

»Naomi, bist du sicher, dass du von den Goldings wegwillst, bevor ich eine Pflegefamilie auf Dauer für dich gefunden habe?«, fragte Louise. »Wir schauen uns immer noch potenzielle Familien an.«

Natürlich war ich nicht sicher. Aber ich hatte Kims Stimme im Kopf. *Wenn ich sie als Freundin verlor, wer blieb mir dann noch?*

»Ja, ich will weg«, erwiderte ich. »Früher oder später muss ich sowieso bei den Goldings auschecken. Das ist die Realität.«

Louise nickte.

»Das ist sie.«

»Wird mir leidtun, wenn ich gehen muss«, setzte ich hinzu. »Sind gute Leute.«

»Das sind sie«, pflichtete Louise mir bei.

Wir wechselten nicht mehr viele Worte, bis Louise draußen vor dem Haus der Goldings vorfuhr. Ich brauchte ganz schön lange, bis ich ausgestiegen war. Meine Nerven randalierten in meinem Bauch.

»Keine Angst«, sagte Louise. »Colleen und Tony werden das verstehen.«

»Vielleicht halten sie mich für undankbar«, sagte ich. »Aber ich bin voll dankbar. Die machen sich echt total Gedanken über mich und haben auch den Tanzkurs für mich gesucht.«

Louise neigte den Kopf und lächelte bemüht. Langsam schoben wir zur Haustür. Kam mir vor, als wär's erst gestern gewesen, dass Louise mich hergebracht hatte. An dem Abend hatte ich auch nicht aus ihrem Wagen steigen wollen.

Ich nahm meinen Schlüssel und schob ihn ins Schloss. *Nie wieder werde ich Pablo vor der Schule die Schnürsenkel binden. Nie wieder werde ich Sharyna Schleifen ins Haar machen, bevor sie morgens losgeht. Ich werde keine neuen Dance Moves mehr mit ihr und der Wii ausprobieren. Ich werde mich von allen verabschieden müssen. Meinen Schlüssel abgeben. Hier sind alle normal. Was hab ich bloß getan. Affe hat den falschen Ast erwischt! Jetzt kann ich nicht mehr zurück. Die würden mich nie wieder ernst nehmen.*

Als wir reingingen, kam Colleen gerade die Treppe runter. Ihr Lächeln zog sich über beide Wangen. Ich fühlte mich schrecklich und starrte zu Boden.

»Hi Louise, Naomi«, begrüßte uns Colleen. »Hattet ihr einen schönen Nachmittag?«

»Hatten wir«, erwiderte Louise. »Wir waren in Biggin Spires.«

»Ach, toll«, sagte Colleen. »Was habt ihr gegessen?«

»Naomi hatte Chicken Curry mit Reis und ich ein Chow mein.«

»Als ich das letzte Mal Chinesisch essen war, hab ich danach Dünnpfiff bekommen«, sagte Colleen. »Ich hoffe, eure Mägen sind aus härterem Material als meiner.«

»Mir macht eher das weiche Material auf meinen Hüften Sorge«, scherzte Louise.

»Und habt ihr euch gut unterhalten?«, fragte Colleen.

Louise holte Luft. »Ich muss mit dir reden«, sagte sie zu Colleen. »Es gibt was zu besprechen.«

Colleen wollte in die Küche. »Ich setz Wasser auf«, sagte sie. »Wir können uns in der Küche unterhalten – Sharyna ist im Wohnzimmer.«

Ich kann nicht mehr. Fang bloß nicht vor denen an zu heulen, Naoms. Tu's nicht!

»Ich ... ich muss mal aufs Klo«, sagte ich.

Ich raste hoch, verriegelte die Tür und parkte mich auf der Schüssel. Tränen standen mir in den Augen und liefen mir übers Gesicht. Unendlich viel Rotz kam aus meiner Nase. *Was hab ich getan?*

Fünfzehn Minuten blieb ich da drin. Mein Atem klang wie der von Darth Vader, aber schließlich bekam ich ihn unter Kontrolle. Ich musste eine halbe Rolle Klopapier verbraucht haben.

Als ich rauskam, flitzte ich in mein Zimmer, machte die Tür hinter mir zu und nahm mein Erdmännchen. Ich hielt es ganz dicht an mich gedrückt und rollte mich auf dem Bett zusammen. *Hoffentlich halten mich Colleen und Tony nicht für eine Petze.* Aus irgendeinem Grund steckte ich mir den Daumen in den Mund – hatte ich ewig nicht mehr gemacht.

Fünf Minuten später krabbelte jemand mit den Fingern an meiner Tür. Ich ignorierte es. Dann klopfte es. »Ich bin's, Pablo. Mach die Tür auf, Nomi.«

Ich sprang auf und machte auf. Pablo stand mit seiner Spielekonsole in der Hand davor. Seinem Gesicht nach war er gerade nicht am Gewinnen, egal was er spielte.

»Sharyna will nicht mit mir spielen«, sagte er. »Sie muss ihre blöden Hausaufgaben machen. Du bist nicht so gut wie Sharyna, aber kann ich mit dir spielen?«

»Weiß nicht, Pabs«, erwiderte ich. »Heute vielleicht nicht.«

Pablo ließ den Kopf hängen. »Warum?«

»War ein langer Tag«, sagte ich. »Mein Kopf ist so randvoll mit Sachen, ich weiß nicht, ob ich mich konzentrieren kann.«

»Warum?«, wiederholte Pablo.

»Wenn du erst mal so alt bist wie ich, gibt's lauter Sachen, die dir das Gehirn verstopfen, und du brauchst viel Zeit zum Nachdenken.«

Pablo dachte lange darüber nach. »Warum?«, fragte er wieder.

»Weil … weil … ach, na gut.«

Wie kann ich solchen Augen etwas abschlagen?

Als ich Pablo in sein Zimmer folgte, wünschte ich, ein schlichtes Spiel hätte mich glücklich machen können. Ich wusste nicht, was das Leben mit Pablo und Sharyna angestellt hatte, bevor sie zu den Goldings gekommen waren. Einmal hatte ich mitgehört, wie Tony und Colleen im Wohnzimmer über Flüchtlinge und Boote oder so was gesprochen hatten. Als sie merkten, dass ich in der Küche war und mir ein großes Glas Cola einschenkte, setzten sie einen dicken fetten Punkt dahinter.

Am liebsten wäre ich noch mal so alt gewesen wie Pablo. Damals stand ich auf einer Kiste und half Mum Cupcakes backen oder ging mit meinem Dad am Wochenende ins Pub, ließ mir Cola und Chips mit Käse-Zwiebel-Geschmack kaufen. Damals war meine einzige Sorge, ob mein Lieblingssänger es auch bis ins Finale von *X-Factor* schaffen würde und ob die dazugehörigen Tänzer was draufhatten. Das war meine Welt.

Später an dem Abend piepte mein Handy. Eine Nachricht von Nats. Ich wollte sie nicht aufmachen, aber dann packte mich doch die Neugier.

222

Wenn du bei den Goldings glücklich bist, dann bleib lieber da. Kim und ich sind in einer schwierigen Phase. Wir brauchen Zeit und Platz, um die Scheiße hinzukriegen, aber das geht nicht, wenn du hier bist. Dann hängst du dich ständig in unseren Kram. Verstehst du, was ich sagen will?

Ich dachte zwanzig Minuten über meine Antwort nach.

Ich komm euch nicht in die Quere, textete ich zurück. *Ich halt mich raus aus euren Angelegenheiten. Wenn ihr beiden zusammen seid, komm ich nicht in dein Zimmer und auch nicht in das von Kim. Ich bleib für mich.*

Nats antwortete sofort. *Versprich, dass du nicht auf unserem Schirm auftauchst. Wir brauchen Zeit für uns.*

Ich fand, das war ein bisschen hart, dass sie's auch noch versprochen haben wollte, aber ich textete zurück: *Wenn mich Kim zum Fernsehen mit euch beiden in ihr Zimmer einlädt, würde das komisch aussehen, wenn ich nicht komme, aber ich werde nicht ungebeten auf eurem Radar aufblinken.*

Danke, erwiderte Nats. *Gute Nacht.*

Keine Ahnung, um wie viel Uhr ich an dem Abend endlich eingeschlafen bin, aber vorher hab ich Sturzbäche geheult.

18

CASINO ASHBURTON

Zwei Wochen war das her, dass ich von den Goldings ins Heim gezogen war. Einmal hatten sie mich schon besucht und mir zwei Stück von Bernice' Cheesecake mitgebracht. Ich hab mich voll gefreut. Pablo hatte gefragt, warum ich nicht mit ihnen nach Hause gehen konnte. Ungelogen, als sie weg waren, bin ich aufs Klo geflitzt und die Tränen strömten mir nur so runter – vor Kim und Nats wollte ich das nicht.

Louise hat mich zweimal besucht und sie verdient echt Spitzennoten, weil sie wirklich mit dem Rauchen aufgehört hat. Eins von diesen Lufterfrischer-Bäumchen segnete jetzt den Mief in ihrem Wagen und sie war süchtig nach extrastarken Pfefferminzbonbons und Gummibärchen. Immer wenn ich bei ihr im Auto saß, stibitzte ich ein paar und teilte sie mir mit Nats und Kim. Alte Gewohnheiten wird man schlecht los. Ich merkte aber, dass bei ihr irgendwas nicht stimmte, konnte bloß nicht genau sagen was. Vielleicht waren ja auch nur meine Witze nicht so auf den Punkt.

Die für uns zuständige Sozialarbeiter-Heimmutter hieß Samantha. Wir beide hatten keinen guten Start miteinander, weil sie mich nicht in der Küche helfen lassen wollte. Ständig hat sie Scheiße gelabert von wegen Gefahreneindämmung und Sicherheitsvorschriften. Ich hab sie beschimpft, einen Teller im Essraum zerschlagen, und sie hat mir für ein paar Tage den Fernseher gestrichen. Ich hab ihr die Ohren blutig geschrien, aber sie blieb einfach mit verschränkten Armen hinter ihrem Schreibtisch sitzen. Ganz schön ermüdend, wenn man so lange schreit, bis der Rachen austrocknet. Ich vermute, Samantha war diese Art von Kehlkopfterror gewohnt, Brüllschlachten – schließlich lebte Kim ja hier.

Mein neues Leben war also für meine Verhältnisse mehr oder weniger Standard. Ich hielt mein Versprechen gegenüber Nats und verbrachte so wenig Zeit wie möglich bei Kim im Zimmer, aber Kim bat mich ständig, wegen diesem oder jenem rüberzukommen. Und so kam's auch, dass das Drama meines Lebens den Einstieg in die erste Liga schaffte.

Pretty Girl Rock von Keri Hilson qualmte aus Kims pinker Boombox. Durch das offene Fenster kam Wind in ihr Zimmer. Die dreckigen Gardinen wehten hin und her. Kim, Nats und ich saßen im Schneidersitz auf Kims ungemachtem Bett und beäugten einander misstrauisch. Jede hatte Karten in der Hand – Kim hatte bei mir an die Tür geklopft und mich zum Spielen eingeladen. Sie meinte, zu zweit wär's arschlangweilig.

Kim nickte im Takt. Nats rollte mit den Schultern, und ich versuchte, mich auf meine Karten zu konzentrieren – ich wollte nicht noch eine Runde verlieren.

»Du deckst zuerst auf, Nats«, sagte Kim.

»Nein, lass Naoms zuerst aufdecken«, erwiderte Nats.

»Ich hab beim letzten Spiel zuerst aufgedeckt«, protestierte ich. »Wieso zeigst du nicht, was du hast?«

»Ich bin die Bank«, sagte Kim. »Die Bank deckt immer zuletzt auf. Hab ich das nicht gesagt, bevor wir angefangen haben?«

»Und wieso bist immer *du* die Bank?«, fragte ich.

»Weil ich immer die Bank bin«, erwiderte Kim. »Ihr beiden seid gar nicht fit genug in Mathe.«

»Aber wir spielen doch überhaupt nicht um Geld«, maulte Nats.

»Aber ich mische und teile aus«, sagte Kim. »Und wir spielen um Schläge oder Pflicht.«

Affe wartet auf seine Bananen! »Schon gut, schon gut!«, warf ich ein.

»Verdammte Scheiße! Ich zeig dir, was ich habe.«

Ich deckte meine Karten auf. Ich hatte die Karo-Königin, Pik-Sechs und Kreuz-Drei.

»Neunzehn«, zählte Kim. »Was hast du, Nats? Gibst du auf?«

Nats legte ihre Karten ab, sie hatte einen Pik-Buben, Karo-Zwei und Herz-Sechs.

»Achtzehn«, rechnete Kim zusammen und legte ihre eigenen Karten auf den Tisch. Sie hatte zwei Könige. »Zwanzig! Ich hab schon wieder gewonnen.«

»*Scheiße!*«, schrie Nats. »Immer hast du die Könige und Königinnen.«

Meine Erleichterung sackte in ein tiefes, lauschiges Kissen.

»Was darf's denn sein, Nats?«, lachte Kim. »Schläge oder Pflicht? Du hast jetzt schon fünf Mal verloren, also entweder eine Megapflicht oder Megaschläge.«

»Mein Arm ist noch vom letzten Mal ganz dick«, sagte Nats. Sie rieb sich ihren linken Oberarm. »Das Elend tu ich mir nicht noch mal an.«

»Dann also Pflicht?«, fragte ich.

»Weiß nicht«, erwiderte Nats. »Ihr beide schlagt echt *krass* zu. Aber vielleicht denkt ihr euch ja auch was total Abgefahrenes als Pflicht für mich aus.«

»Entscheide dich!«, verlangte Kim.

Nats dachte drüber nach. »Pflicht«, flüsterte sie nach einer Weile.

»Okay, okay«, sagte ich. »Ich weiß was! Ich weiß was!«

Nats schloss die Augen.

»Was denn?«, fragte Kim. »Hoffentlich was Oberabgefahrenes.«

Ich holte tief Luft. *Ob Kim drauf einsteigt?* »Nats muss runter in Samanthas Büro und ihr ins Aquarium spucken.«

Ungelogen, ich war immer noch stinksauer auf Samantha, weil sie mir nicht erlaubt hatte, bei der Zubereitung der Lammkoteletts zu helfen, die es am Tag davor zum Essen gegeben hatte. Ich hätte es ein bisschen mit Gewürzen und Kräutern aufgepeppt, so wie Colleen. Kim, Nats und die anderen hätten mir Spitzennoten dafür gegeben.

»Nein, nein, nein!«, protestierte Nats. »Das ist zu krass, Schwestern. Das könnt ihr nicht von mir verlangen. Das ist krank. Außerdem mag ich die Fische. Die sind schön und machen den ganzen Laden hier bunter. Nee, das kann ich nicht machen.«

»Das ist pflichtigwichtig!«, sagte Kim. Ihre Augen sprühten vor bescheuerter Schadenfreude. »Kannst du dir ihre fette Fresse vorstellen, wenn sie das sieht? Das ist die Königsdisziplin von einer Aufgabe! Das musst du machen, Nats. Kein Spiel ohne Leiden.«

»Das geht zu weit«, maulte Nats.

Nats sah mich durchdringend an, erwartete, dass ich sie unterstützte. Ich hielt den Mund. Ich war heilfroh, dass ich das letzte Spiel nicht selbst verloren hatte.

»Ich hatte eine ganze Zeit lang keinen Stress mehr mit Samantha«, sagte Nats. »Die wird mich zwingen, das Aquarium mit einer gebrauchten Zahnbürste sauber zu schrubben. Nein, das mach ich nicht. Die nehmen mir meinen Fernseher für immer weg und ich krieg Ausgangssperre, bis meine Wimpern grau werden.«

Kim und ich zogen die Fäuste ein.

»Das ist bescheuert«, protestierte Nats erneut. »Ins Aquarium spucken? Wahrscheinlich verrecken dann die ganzen Fische. So einen Tod haben die nicht verdient.«

»Dann eben Schläge«, sagte Kim. Sie ballte die Faust. Ein Knöchel knackte.

Colleen würde so was ein Ende machen. Auf keinen Fall würde sie mich das mit Sharyna spielen lassen. Aber ich hatte die Regeln vorher abgenickt. Nats auch.

»Ich lass mich nicht noch mal schlagen«, beschloss Nats.

»Dann musst du die Aufgabe machen«, beharrte Kim. »Also, lauf runter, klopf bei Samantha an die Tür, schau ihr in die fette Fresse, denk an die verranztesten Ecken von Ashburton und rotz ihr ins Aquarium.«

»Iiiih«, rief ich.

»Aber einen richtigen, hochgehusteten Schleimklumpen«, verlangte Kim. Ihre Augen wurden größer wie bei so einer altmodischen Zeichentrickfigur. »Hol's raus aus dem Bauch, bis es dir in der Kehle schmerzt. Rotz ihre scheiß Fische voll. Die sind ihr eh wichtiger als wir. An deiner Stelle würd ich auch noch Popel, Fußnageldreck und ein bisschen Hundekacke mit reinschmeißen.«

»Dann verrecken die Fische aber ganz bestimmt«, maulte Nats.

Ich war nicht sicher, ob Kim das alles ernst meinte. Mit breitem Grinsen im Gesicht ließ sie den Kopf in meinen Schoß fallen.

»Du denkst doch nicht im Ernst, dass ich das wirklich mache, Kim?«, fragte Nats. »Bitte sag, dass das bloß ein Witz ist, ja?«

Kim setzte sich auf. »Ich mach keine Witze, wenn ich spiele«, sagte sie. »Du kennst mich doch, Nats.«

Sie wechselten Blicke. Ich dachte, dass Kim gleich laut lachend losplatzen würde. Tat sie aber nicht.

»Also ... also ihr wollt wirklich, dass ich zu Samantha ins Büro gehe und ins Aquarium spucke?«, wollte Nats noch mal bestätigt haben.

»Jepp!«, nickte Kim. »Hätte ich's nicht so gemeint, hätte ich kein grünes Licht gegeben. Fang schon mal an zu üben und spuck aus dem Fenster. Wie gesagt, hol's richtig tief aus dem Bauch, saug es aus den untersten Rachenritzen. Zieh den Schleim aller Krankheiten hoch, die du je hattest.«

Es klopfte zweimal an die Tür. Nats machte auf. Samantha stand im Eingang. Sie rückte ihre Brille zurecht. Ihre Oversize-Strickjacke konnte die Speckringe an ihrer Hüfte nicht verstecken. Ihre Jeans schrien um Gnade, sodass wir uns unser Lachen nicht verkneifen konnten.

»Was ist denn so lustig?«, fragte Samantha. Sie schnupperte in die Luft. »Habt ihr hier drin wieder geraucht? *Kim?* Wie oft muss ich dich noch ermahnen?«

Der Aschenbecher stand an der Bettkante. Er war voll. Samantha tat ihr Möglichstes, so zu tun, als würde sie ihn nicht sehen. Ihre Warnung wurde ignoriert. Sie musste warten, bis wir uns ausgekichert hatten, erst dann konnte sie weiterreden. »Natasha, deine neue Betreuerin ist hier, Ms Alvarita Moreno. Sie wartet in meinem Büro.«

»Sag ihr, sie soll was springen lassen«, sagte Kim zu Nats. »Lass dich nicht abspeisen mit *Komm wir gehen einen Kaffee trinken.*«

»Sie will mit mir zu Nando's«, sagte Nats. »Ich werd Grillhuhn mit Fritten verdrücken.«

»Vergiss nicht die Nando's-Regel«, schrie Kim. »Wenn du keinen Cheesecake für uns mitbringst, setzt es noch mal Schläge.«

»Ich ... ich denk dran«, nickte Nats.

»Ich warte, Natasha«, sagte Samantha und stemmte die Hände in die Hüften.

»Bis später«, sagte Nats.

»*Glaub bloß nicht,* dass du um deine Aufgabe drum rumkommst«, sagte Kim. »Die Mission muss heute Abend oder spätestens morgen früh erledigt werden.«

Samantha zog die Augenbrauen hoch. Das machte sie immer, wenn sie keine Ahnung hatte, was eigentlich los war. Ich schmunzelte und Nats grinste gequält.

»Mach die Tür hinter dir zu«, sagte Kim.

Bevor Nats die Tür zumachte, sah sie mich noch mal ganz komisch an. *Nach dem nächsten Spiel geh ich in mein Zimmer rauf und guck alleine Horrorfilme.* Kim stand auf und verriegelte die Tür.

Louise hatte versucht, mir auch eine Betreuerin zuzuteilen. Eine Frau namens Patrice. Ich musste laut Nein brüllen, weil ich keine haben wollte. Ich erzählte Louise schon nicht alles, dabei kannte ich sie ewig. Mir war nicht klar, wieso sie dachte, ich würde dieser Patrice persönliche Dinge verraten wollen. *Die ist wie eine Freundin für dich,* sagte Louise. *Sie kann dir mehr Zeit bieten als ich. Du kannst mit ihr über deine Probleme sprechen. Sie ist eine sehr gute Zuhörerin.* Ich sagte Louise, dass sie die Idee in einen Umschlag stecken, zukleben, frankieren und an einen Kürbisbauern in Nordkorea schicken sollte.

Ich sah zu, wie Kim die Karten mischte. Ab und zu schaute sie auf und mir in die Augen. *Green Garden* von Laura Mvula groovte aus der Boombox. Kim teilte die Karten aus, dann zündete sie sich eine Kippe an. Mir hielt sie auch eine hin, aber ich lehnte ab – ich wollte mich an meinen Deal mit Louise halten. Ich nahm zwei Karten. Ich hatte eine Karo-Sechs und eine Kreuz-Fünf. Kim zog fest an ihrer Kippe, blies mir Ringe ins Gesicht.

»Sicher, dass du keine willst?«, fragte sie erneut.

»Sicher.«

Dann machte sie ihren Krebslutscher aus, obwohl er erst halb geraucht war. Sie schaute auf meine Karten. »Was darf's sein, Naoms?«

»Twist«, erwiderte ich.

Meine nächste Karte war eine Pik-Vier. Ich zählte zusammen. Fünfzehn.

Kim beugte sich vor. Sie fixierte mich. Heute hatte sie silbernen Eyeliner und senffarbenen Lippenstift drauf. Unsere Nasenspitzen berührten sich fast. Ihr Tabakatem stank mir in die Nüstern. »Bleibst du dabei?«, fragte sie.

Ich dachte drüber nach.

»Und?«, fragte Kim. »Was spielst du?«

»Twist«, sagte ich.

Ich zog die Kreuz-Acht. Schüttelte den Kopf. Kim legte ihre beiden Karten sichtbar ab. Sie hatte die Karo-Zehn und die Pik-Dame. Ich verzog das Gesicht.

»Was hast du?«, fragte Kim. Ihre Lippen machten sich für den Sieg bereit.

Ich schloss die Augen und fluchte leise vor mich hin.

»Komm schon!«, sagte Kim. »Zeig dein Blatt.«

Ich ließ meine Karten aufs Bett fallen. »Ich bin geliefert«, gab ich zu.

»Fünf Mal verloren«, sagte Kim. »Megaschläge oder Megapflicht, was darf's sein? Such dir aus, wie du sterben willst.«

»Du schlägst zu wie'n echter Penner«, sagte ich.

»Dann nimm die Pflicht.«

»Ich spuck nirgendwo rein. Und ich mach auch nichts, was Samantha nervt. Hab kein Bock auf Fernsehsperre. Dann kann ich keine DVDs mehr gucken.«

»Wer sagt, dass du irgendwo reinspucken sollst?«, sagte Kim.

»Was denn sonst?«, fragte ich.

Kim dachte drüber nach. Dann lächelte sie verschlagen. *Affe im Hexenkessel!* »Keine Ahnung warum, Naoms, aber du sagst doch immer, dass du dir einen Typen suchen willst, wenn du fünfzehn bist. Das ist ja nicht mehr lange hin.«

»Richtig«, erwiderte ich. »Das ist der Plan.«

Kim sah mich schräg von der Seite an. »Das heißt, du willst dich mit einem zusammentun und dann die Mutter seiner kreischenden

Kinder werden, hab ich recht? Dann seid ihr glücklich bis an euer Lebensende. Klingt ganz schön nach Walt Disney, aber so was erzählst du doch ständig, oder?«

»Äh, ja«, erwiderte ich. »Was hat das mit der Aufgabe zu tun?«

Kim rutschte ganz dicht an mich heran.

»Wenn du einen von den Guten erwischen willst«, sagte sie, »einen von den Anständigen, der bei dir bleibt und nicht gleich zur nächsten Bitch rennt, musst du ein paar Sachen lernen.«

»Was denn zum Beispiel?«, fragte ich.

Kim sah mich wieder von der Seite an. *Was soll das werden?*

»Zuerst mal musst du lernen, wie man richtig küsst«, sagte Kim. »Das musst du draufhaben. Hast du überhaupt schon mal geknutscht?«

Ich hab noch nie jemanden geküsst. Nicht mal meiner Mum oder meinem Dad Küsschen auf die Wange gegeben. So waren meine Eltern nicht.

Ich weiß nicht, warum ich mir ewig Zeit ließ mit der Antwort. »Äh ... nein. Bin noch keinem Typen begegnet, auf den ich liebesmäßig angesprungen wär.«

Kim grinste ein gefährliches Grinsen. »Dann ist deine Megaaufgabe, dir supergut Küssen von mir beibringen zu lassen.«

Was hat sie gesagt? Ich sah sie eine sehr lange Sekunde an, aber sie machte keinen Scheiß.

»Wenn du erst mal weißt wie, ist es einfach«, sagte sie. »Vertrau mir, wenn ich mit dir fertig bin, spielst du besser Zungenhockey als die Hauptdarsteller jeder lahmen Liebeskomödie. Die Typen werden nicht genug von dir kriegen.«

»Und du bringst mir das bei?«, wollte ich noch mal bestätigt wissen. »Das wird Nats nicht gefallen. Das wird ... das wird ihr ganz bestimmt nicht gefallen. Und ich werd...«

Kim schüttelte den Kopf und schmunzelte ein bisschen. »Ich bring's dir ja nur bei«, erklärte sie. »Blas es nicht so auf. Ohne Zunge. Nats macht das nichts aus. Wir sind doch Schwestern, oder?«

»Ja, schon, wir sind Schwestern«, erwiderte ich.

»Also hör auf, dir in den G-String zu machen«, sagte Kim. »Ich hab's auch von einem älteren Mädchen hier gelernt. Vertrau mir, Naoms, gibt nichts Tragischeres, als wenn du beim ersten Kuss mit einem Typen Scheiße baust, ihn vollsabberst wie ein bescheuerter Köter. Und du willst ihm ja auch nicht in die Fresse spucken.«

»Nein, natürlich nicht«, sagte ich.

»Aber den Fehler machen viele«, sagte Kim. »Die machen den Mund auf, die ganze Spucke spritzt und sie duschen erst mal das Rachenzäpfchen von dem Typen.«

Ich konnte nicht aufhören zu lachen, aber ich machte mir immer noch Sorgen wegen Nats. »Aber ... aber«, stammelte ich.

»Und du willst ihm auch nicht die Zunge in den Hals stechen«, fiel mir Kim ins Wort. »Manche Mädchen küssen, als würden sie nach Öl bohren. Auf die Art erstickt er und du musst noch lebensrettende Maßnahmen einleiten. Meinst du, danach will der noch was von dir wissen? Bestimmt nicht! Der verschwindet so schnell er kann und lässt dich stehen wie ne Statue mit Schmollmund. Glaub mir, Naoms, das willst du nicht haben in deinem Lebenslauf.«

»Nein«, gab ich ihr recht.

»Ist mir mal passiert, Naoms«, gestand Kim. »Das war megapeinlich. Ich bin ewig nicht mehr aus dem Haus gegangen. Ich wünschte, ich hätte gewusst, was ich machen muss. Glaub mir, ich hatte ein Riesenglück, dass die andere mir das beigebracht hat. Nancy Skellington hieß sie – hübsches Mädchen. Die hatte einen Oberkörper, für den würdest du anderen die Augen auskratzen, aber ihre Beine waren ein bisschen dick. Auf ihren Waden hättest du Babys in den Schlaf wiegen können.«

»Na gut«, nickte ich. »Was ... was soll ich machen?«

»Warte mal«, sagte Kim. »Ich räum das Bett frei.«

Kim nahm den Aschenbecher, kippte die Stummel aus dem Fenster, schaute dabei nicht, ob unten jemand auf dem Gehweg war.

»Wieso hast du ihn nicht in den Mülleimer geleert?«, fragte ich.

»Weil Samantha dann Beweise dafür hat, dass ich rauche.«

»Aber sie weiß es doch sowieso.«

Kim sammelte die Karten ein und schob sie in die Schachtel,

dann setzte sie sich wieder zu mir aufs Bett. »Leg den Kopf nach hinten«, wies sie mich an.

Ich tat, wie mir geheißen. Fühlte sich komisch an. *Mach ich das wirklich? Hätte nie gedacht, dass ich mal mit einem Mädchen knutsche. Aber schon besser, wenn ich weiß, wie's geht. Hab keine Lust, dass anständige Typen vor mir abhauen. Und sie hat ja gesagt, dass Nats nichts dagegen hat.*

»Nicht so weit«, sagte Kim. »Du kriegst noch einen schiefen Hals. Das sieht nicht gut aus, wenn du an ihm rumschlabberst und hinterher eine Halskrause tragen musst. Das wäre echt traurig ... bisschen gerader.«

Ich korrigierte, sah Kim an und hoffte, dass ich's jetzt richtig gemacht hatte.

»Das ist perfecto«, sagte Kim. »Jetzt entspann dich und schließ die Augen. Wenn du meine Lippen spürst, kau nicht drauf rum und saug auch nicht, wie an einem dicken Hustenbonbon. Geh einfach mit meinen Bewegungen mit, okay? Ganz langsam. Nichts überstürzen.«

»Okay«, sagte ich.

Ich schloss die Augen. Mein Herz wachte auf und verpasste meinen Rippen einen linken Haken. *Fühlt sich immer noch komisch an. Kommt mir auch nicht richtig vor. Ist halt eine Spielschuld, mehr nicht. Bloß Pflicht. Kein großes Ding. Kein Grund, gleich Stressalarm auszulösen, Naoms. Mädchen müssen so was lernen, damit sie kapieren, wie das mit dem Frausein läuft.*

Kim legte mir die Hand an den Hinterkopf. »Spürst du meinen Mund? Lass dich einfach fallen. Halt die Augen geschlossen.«

Ich nickte.

Kims Lippen berührten meine, dann zog sie sie wieder weg. Ich rührte mich nicht, hielt weiter die Augen geschlossen. »Lass dich einfach fallen«, sagte Kim. Ihre Stimme war weicher. Meine Lippen waren trocken. *Ist jetzt wohl zu spät, noch Lippenbalsam oder so draufzuschmieren? Nee, lass dich einfach fallen.*

Sie küsste mich ein bisschen heftiger, zwang meinen Mund, sich zu öffnen. Ihr Lippenstift schmeckte komisch. Hinter ihren Ohren roch ich Parfüm. Eine kurze Sekunde lang öffnete ich halb die Augen, bewegte meine Lippen aber nicht. Kim drückte meinen Kopf fester an ihren. Sie machte den Mund irgendwie halb auf und halb zu. Dann spürte ich, wie mir ihre Zunge in den Mund kroch, sich um meine Zunge herumschlängelte. Wir tauschten Spucke aus. Ich schluckte. Mir war das Ganze absolut nicht geheuer.

Mein Körper erstarrte. Mein Herz pochte in meiner Kehle. Mir war schlecht und ich öffnete die Augen. Kim hatte immer noch eine Hand an meinem Hinterkopf, sie schob ihr Gesicht an meins. Ihre Augen waren noch geschlossen. Dann spürte ich ihre Hand an meiner Brust und wie sie drückte. Ich blieb eine ganze lange Sekunde vollkommen unbeweglich. Nur meine Zehen rührten sich. *Naoms, Colleen würde ganz klar Nein dazu sagen. Du musst aufhören. Die nimmt sich was raus. Aber sie ist doch meine Schwester? Nein, ist sie nicht! Wenn sie's wäre, würde sie ihre Finger bei sich behalten.* Ich riss mich los. »Was zum Teufel machst du da?«

Ich sprang vom Bett, rannte zur Tür. Kim mir hinterher. Sie wollte mich zurückziehen. Ich riss meinen Arm los.

»Naoms, nicht ... geh nicht«, stotterte sie. »*Bitte.*«

Zum ersten Mal seit ich sie kannte, spürte ich so was wie Schwäche in Kims Blick. Erklären konnte ich's nicht. »Bitte geh nicht, Naoms«, sagte sie. »Ich ... ich steh schon ewig auf dich. Ich ... ich dachte, du weißt das. Hab schließlich jede Menge Andeutungen gemacht.«

Was sagt sie da? Was soll das heißen? Sie weiß doch, dass ich Jungs mag. Die muss mal bisschen Realität zu sich nehmen.

Ich wirbelte herum, fingerte am Schlüssel, öffnete die Tür und rannte in mein Zimmer im Stockwerk obendrüber. Kaum war ich drin, schloss ich ab und schnappte mir mein Erdmännchen vom Kissen. Ich warf mich aufs Bett und presste mir das Erdmännchen an die Brust. Ich schloss die Augen, dann hörte ich es wie wild an meine Tür hämmern.

»*Naoms! Naoms!* Tut mir leid. Ist ein bisschen mit mir durchgegangen. Kommt nie wieder vor. Glaub mir.«

»Lass mich in Ruhe!«

»Lass mich rein!«, schrie Kim. »Lass uns reden. Tut mir wahnsinnig leid. Ich dachte, du stehst auf mich.«

Wie kommt sie denn darauf? Schließlich hab ich ihr nie auf den Arsch geschielt. Ich zog meine Sneaker an.

»Naoms! Komm schon! Ich bin's! Deine beste Freundin. Wir sind doch Seelenschwestern. Das weißt du. Bei Nats und mir läuft längst der Abspann. Ich warte nur auf den richtigen Zeitpunkt, um es ihr zu sagen. Du weißt, dass ich immer zu dir halte. Mach die scheiß Tür auf.«

»Lass mich in Ruhe, verdammt!«

Ich band meine Schnürsenkel.

»Ich hab nur gemacht, was jeder Typ machen würde«, sagte Kim. »Wollte dich nicht erschrecken. Tut mir leid, dass es ein bisschen ausgeartet ist, aber ich wollte nur, dass du weißt, wie's ist und was ein gieriger Kerl vielleicht auch versuchen würde. Die sind alle so.«

»Den Scheiß soll ich dir glauben? Was denkst du eigentlich, auf was für Drogen ich bin?«

»Ich kann's dir erklären, Naoms. *Bitte.*«

Ich zog eine Schublade in meinem Nachttisch auf, nahm Bargeld raus und steckte es mir in die Tasche meiner Jeans. Aus der anderen Tasche zog ich mein Handy und scrollte runter bis zu Emily. Meine Hände zitterten, und beim ersten Versuch traf ich die richtigen Tasten nicht. Ich versuchte es nochmal. *»Geh ran! Geh ran!«*, flüsterte ich.

»Naoms!«, rief Kim.

Mein Anruf wurde auf Emilys Mailbox weitergeleitet. *Affe findet keinen Ast!* »Verfluchte Scheiße!« Ich wartete auf den Piep, damit ich mit meiner Nachricht anfangen konnte. Kam mir vor wie ewig.

»Naoms!«, schrie Kim wieder.

Ich drückte auf *Anruf beenden*, holte megatief Luft und schloss die Augen. Nachdem ich sie wieder aufgemacht hatte, ging ich zur Tür. Mein Herzklopfen vibrierte in meinen Zehen. Ich schwöre, es hallte über den Fußboden. *Sie war mir eine gute Freundin gewesen, aber jetzt muss ich's ihr sagen. Du kannst dich nicht davor drücken, Naoms. Sag's ihr direkt.*

Ich machte die Tür auf. Kim liefen Tränen über das Gesicht. Ihre Wangen waren eingefallen und ihre Lippen hatten den Zittermax. Ich hatte sie noch nie weinen sehen. »*Lass mich verdammt noch mal in Ruhe!*«, brüllte ich, stieß Kim beiseite und raste die Treppe runter. Als ich im Erdgeschoss ankam, stand eine spanisch aussehende Frau im Gang und zog den Riemen ihrer Handtasche zurecht. Ich beachtete sie nicht weiter und rauschte an ihr vorbei.

»Was ist los?«, fragte sie.

»Was los ist?«, wiederholte ich. »*Die* hat mir die Zunge in den Hals geschoben und mich begrapscht! Das ist verdammt noch mal los!«

»Was geht da draußen vor?«, rief Samantha aus ihrem Büro. »Was ist das für ein Geschrei?«

Jemand kam aus der Küche. *Nats. Oh Gott. Oh nein!* Sie schenkte mir ein langes, dreckiges Starren aus der Hölle. *Die bringt mich um.* Ich konnte mich nicht rühren. Ich schloss die Augen, aber sie ging langsam an mir vorbei. Dann rannte sie die Treppe rauf. *Was hab ich getan? Ich muss ganz schnell hier raus.*

Ich öffnete die Haustür und knallte sie so fest wie möglich wieder hinter mir zu. Samantha kam raus und wollte gerade losschimpfen, aber dann durchschnitt ein irrer Schrei die Atmosphäre. Ich glaube, das war Kim. Ein schreckliches Geräusch. Ich schaute hoch an ihr Zimmerfenster. Die Lampe wackelte. Schatten knallten aneinander. Irgendwas krachte runter. Samantha rannte schnell nach oben.

Ich kann nicht bleiben und mir das Drama ansehen. Ich muss schnell weg. Vielleicht stürzt sich Nats als Nächstes auf mich.

Ich raste die Straße runter, bis meine Lungen nicht mehr mitspielten. War eine lange Straße. *Ich hätte schon viel früher mit dem Rauchen aufhören sollen.* Ich legte ungefähr zweihundert Meter zurück, dann machte ich langsamer und schnaufte schwer. Als sich meine Atmung wieder normalisiert hatte, zählte ich das Geld, das ich dabeihatte. Zwölf Pfund sechzig. *Wo soll ich heute schlafen? Zu Nan kann ich nicht. Da suchen die mich zuerst. Ich probier's noch mal bei Emily. Vielleicht kann sie mich abholen und mitnehmen. Vielleicht lässt sie mich sogar mit nach Australien fahren. Das wird super, wir trinken Cola, lehnen uns gemütlich zurück und schauen zu, wie die Krokodile in Woola-Boola-Bong Kängurus jagen. Ihre Mutter muss gar nichts davon mitbekommen.*

Ich klingelte noch mal bei Emily durch, aber ihr Handy war immer noch auf Mailbox. *Verdammt. Du hast keine Freunde, Naoms. Keine echten Schwestern. Du bist ganz alleine auf dieser verfluchten, grausamen Welt. So ist es. Und so wird es immer bleiben.*

Ich schlafwandelte bis ans Ende der Straße, dort angekommen, raste ein Krankenwagen an mir vorbei. Er hüpfte so schnell über die Temposchwelle, dass er fast in die Erdumlaufbahn katapultiert worden wäre. Die Sirene heulte. *Oh Gott! Ich hoffe, der ist nicht für Kim oder Nats.* Ich überlegte, ob ich zurückgehen sollte, aber ich konnte nicht. Ehrlich gesagt, mein Überlebensinstinkt weigerte sich. Ich bog links ab, dann wieder rechts Richtung Ashburton High Street. Ich ging in einen Getränkeladen und kaufte eine Flasche Cola. Ein schlecht gelaunter Mann hinter dem Tresen nahm mein Geld entgegen. Ich parkte mich auf eine rote Bank an einer Bushaltestelle und überlegte, ob ich zu den Goldings latschen sollte. *Nee, Louise und Samantha würden mich gleich dort finden, und die wollte ich erst mal nicht auf den Fersen haben. Die kleben mir wahrscheinlich sowieso bloß einen Paketschein auf den Hintern und faxen mich zurück ins Heim. Und wenn Kim abstreitet, dass sie mich küssen und begrapschen wollte? Damit komm ich nicht klar. Ich muss nachdenken. Heute Abend geh ich nicht zurück. Ich gehe nirgendwohin zurück. Ich werde mich in Luft auflösen. Die können mich alle mal.*

Ein 133er Bus fuhr heran. Die Endstation war North Crongton. Mein Gehirn spulte superschnell meine Möglichkeiten ab. Ich sprang rein, bevor sich die Türen schlossen. Die indische oder pakistanische Fahrerin lächelte mich an. Ich lächelte nicht zurück. Ich zahlte das Fahrgeld, sprang nach oben und parkte mich ganz hinten. Außer mir waren nur noch sieben andere Passagiere drin. Einer war ein Typ mit super Afro zwei Plätze vor mir. Er schaute über die Schulter und grinste mich an. Ich ignorierte ihn und starrte aus dem Fenster, machte meine Cola auf und ließ sie erst mal zischen, dann trank ich ein Viertel davon.

Da draußen gab's keine freundlichen Leute. Ich konnte niemandem vertrauen. Ganz am Ende von dem Lied hab ich niemanden mehr auf der ganzen scheiß Welt, auf den ich mich verlassen kann. *Genauso gut kann ich mir auch irgendeine dreckige Ecke suchen, mich zusammenrollen und den Ohrkneifern zum Fraß vorwerfen. Wozu lebe ich eigentlich?*

Der Bus fuhr schneckenlangsam durch den Verkehr. Als wir aus South Ashburton rauskamen und auf die North Crongton Road fuhren, nahm er ein bisschen mehr Tempo auf. Felder, Gebüsch und Bäume auf beiden Seiten. *Vielleicht sollte ich hier aussteigen und mir einen Baum suchen, unter dem ich schlafen kann. Nee, ich hab keine Lust, dass mir morgens früh die Würmer über den Hintern kriechen. Ich hasse scheiß Würmer und ich will keine hässliche Leiche sein. Ich bin sicher, ich finde irgendwo eine leer stehende Wohnung in North Crongton, wo ich über Nacht pennen kann. Da finden die mich nicht.*

Es war kurz nach halb neun.

Aus irgendeinem Grund kam mir Mum in den Kopf. Ich versuchte sie rauszuwerfen und aus meiner Erinnerung zu löschen, aber es nutzte nichts. Es klingelte immer wieder an der Tür.

Ich war hinten in unserer Wohnung. Wieder an dem *schrecklichen* Tag.

Dad hatte versucht zu verhindern, dass ich ins Bad ging, aber ich sah, wie Sanitäter in Leuchtwesten Mum aus der Wanne hievten. Ihre Latexhandschuhe waren voll von Mums Blut. Ihre Blicke ausdruckslos. Genauso gut hätten sie eine Schaufensterpuppe schleppen können. Meine Schreie taten mir in der Kehle weh. Dad konnte mich nicht mehr festhalten. Ich rannte zu ihr und brüllte, sie solle aufwachen. Keine Reaktion. Ich versuchte es noch mal, dieses Mal rissen mir die Stimmbänder. Sie sah sehr friedlich aus – so ruhig hatte ich sie nie gesehen. Sonst hatte sie sogar noch im Schlaf Stressfalten überall im Gesicht. *Wach auf!* Nichts.

Alle anderen außer mir waren gefasst. Niemand hatte Eile. Alles geschah in Zeitlupe. Sie steckten sie in einen schwarzen Leichensack. *Vielleicht hat sie's nicht mehr ausgehalten. Vielleicht mach ich*

*auch so einen Abgang. Die Mädchen in meiner Familie werden nicht
alt – abgesehen von Nan. Ich such mir eine Bierflasche oder so, schlag
sie kaputt und schneid mir damit die Pulsadern auf. Ich hoffe, das tut
nicht so weh. Als Mum es gemacht hat, hab ich jedenfalls keinen
Mucks von ihr gehört.*

Als wir uns North Crongton näherten, schaute ich aus dem Busfens-
ter. Ich vermutete, dass der da oben diese Gegenden an einem ver-
regneten Sonntag geschaffen hatte. An der Endhaltestelle, am
Bahnhof, stieg ich aus. Ein Typ mit strähnigem Bart gab mir eine
Zeitung. Neben dem Bus-Terminal waren ein paar Geschäfte. In einem kleinen Supermarkt kaufte ich eine Flasche Bier und eine Packung Schokokekse. Der Mann hinter dem Tresen schaute mich
nicht mal an, geschweige denn, dass er mich nach meinem Alter
fragte. Das Bier war das gleiche, das mein Dad auch immer gekauft
hat. *Ich frag mich, wo der Penner heute Abend ist? Vielleicht wird er
ja mal nüchtern, wenn er hört, was mit mir passiert ist. Wobei er's natürlich vielleicht auch als Vorwand benutzt, um noch mehr zu saufen.* Mir fiel seine lahme Ausrede wieder ein. »*Das hilft mir, den Tag
zu überstehen.*«

Ich ging in die North Crongton High Street, trank meine Cola.
Obdachlose hatten ihre reservierten Plätze in den Geschäftseingän-
gen schon bezogen. Graffiti war an jeder Bushaltestelle und an jeder
Wand, an der ich vorbeikam. Ein kleines n in einem größeren C. Ich
fragte mich, was das bedeuten sollte.

In der Ferne entdeckte ich Wohnblocks und ging drauf zu. Es
nieselte ein bisschen. *Ich hätte meinen Kapuzenpulli mitnehmen
sollen.*

Kim hatte mir mal erzählt, dass in Crongton überall gefährliche
Typen mit Schwertern und Maschinengewehren rumfuchtelten.
Die Mordrate lag bei einem jungen Mann alle zwei Wochen. Ungefähr alle sechs Monate erwischte es auch eine Frau. Normalerweise
wurden sie umgebracht oder vergewaltigt, weil sie bei der Polizei
ausgesagt hatten. Oder es erwischte sie einfach aus Versehen bei einer Schießerei aus einem vorbeifahrenden Wagen. Jetzt hatte ich

keine Angst mehr davor. Ich futterte meine Kekse, trank meine Cola und ging weiter.

Vor einer Reihe schwarz gestrichener Garagen hinter ein paar Hochhausblocks blieb ich stehen. Eine war offen, also ging ich rein. Das Garagentor war eingedellt und der Griff kaputt. In einer Ecke stapelten sich Farbeimer. Außerdem Holzbretter, kaputte Stühle und zerrissene Kissen. Fliegen summten über einem Flecken irgendwo hinten auf dem Boden. Es stank nach Pisse und Schimmel, aber mir war das egal. Ich setzte mich an eine Wand, stellte meine Bierflasche vor mich hin und starrte sie an.

Zwei Minuten später zerschlug ich die Flasche, kippte das Bier aus und hielt die Scherben in der Hand. Starrte mein Spiegelbild darin an.

Ich bin vierzehn Jahre alt. Meine Zukunft war schon im Arsch, bevor ich überhaupt geboren wurde. Was für ein verkacktes, trauriges Drecksleben ich hatte. Wenn es wirklich einen Mann oder eine Frau da oben gibt, dann muss er oder sie ganz schnell mal runter auf die Erde kommen und die Gebete junger Menschen wie mir erhören – nicht immer nur die von denen, die in ihren besten Klamotten, mit Designerhandtaschen und hübschen Klapperschuhen in die Kirche, in Synagogen und Moscheen gehen. Die brauchen keine scheiß Hilfe. Die meisten jungen Menschen interessieren sich sowieso nur für die Ratings, die sie für ihre Social-Media-Selfies kriegen, oder die Schuhe, mit denen Kim Kardashian über die roten Teppiche rutscht. Diese Welt kann mir mal gestohlen bleiben.

Ich krempelte einen Ärmel hoch, ließ meine Finger knacken und betrachtete die Adern, die an meinem Handgelenk tanzten. Ich sah meinen Ringfinger und dachte, dass kein Typ jemals einen Ring dranstecken würde. Mädchen wie mir passierte so was nicht. Und Frauen wie Mum auch nicht.

Mein Hintern war taub. Ich rutschte rum und versuchte es mir ein bisschen bequemer zu machen. Das Summen der Fliegen lag mir in den Ohren.

Man hatte mir gesagt, Mum hätte ein Brotmesser benutzt. *Die kaputte Flasche hier wird es tun müssen. Ich hoffe nur, es tut nicht* weh. Ich hoffe, es geht schnell. Wär ganz schön peinlich, wenn es nicht richtig funktioniert und ich gerettet werde. Ich hab keine Lust, mit verbundenen Handgelenken rumzulaufen, sodass die anderen alle auf mich zeigen. »Das ist die kleine Irre, die versucht hat, sich umzubringen.«

Wenn sie meinen Dad finden, wird er mal kurz ausnüchtern und mich beerdigen müssen. Vielleicht kann Ms Almi ja eine Tanzaufführung mit den Mädchen für die Trauerfeier organisieren. Colleen und Tony könnten ihre Afro-Perücken aufsetzen. Pablo und Sharyna könnten auch tanzen. Das wäre ein super Abgang.

Ich spannte die Arme an. Schloss die Augen. Leichter Regen klopfte aufs Garagendach.

»Du nimmst doch nicht etwa Drogen?«, rief eine Stimme.

Ich schaute raus. Ein Mann stand da. Nicht besonders groß. Er hatte eine Schiebermütze auf. Ein schwarzgrauer Bart kratzte an seinem Kinn.

»Äh, nein«, erwiderte ich.

»Das ist *meine* Garage«, sagte der Mann. »Ich warte jetzt schon seit über einer Woche drauf, dass die Verwaltung ein neues Tor einbaut. Angeblich sollte gestern jemand kommen.«

»Tut mir leid«, sagte ich.

»Hier waren schon junge Leute, die haben da drin Dragon Pills genommen«, sagte er. »Kommt mir vor, als müsste ich rund um die Uhr hier stehen bleiben und die Garage im Auge behalten.«

»Tut ... tut mir leid«, wiederholte ich.

»Los mach schon, raus da«, verlangte der Mann. »Such dir was anderes, wo du deine Drogen nehmen kannst.«

Ich starrte die kaputte Flasche an, dann stand ich auf, ließ sie fallen und rannte weg.

»Nimm gefälligst deinen verdammten Müll mit!«, schrie mir der Mann hinterher.

Ich fluchte, weil ich meine Kekse und die Cola nicht mitgenommen hatte. Dann lief ich eine Weile einfach so herum. Durch die Siedlung führten unzählige Wege, überall gab es Sackgassen, Ministraßen, Grünflächen und dürre Bäume. Ich konnte nicht so richtig erkennen, wo die Straßen anfingen oder aufhörten. Hinter einem breiten Wohnblock hörte ich Rufe und Geschrei. Ich ging drauf zu.

Als ich um die Ecke bog, sah ich junge Männer mit schwarzen Basecaps, schwarzen Kopftüchern, schwarzen Westen und Markensneakern auf einem Platz draußen Basketball spielen. Ein hoher Maschendrahtzaun umgab das Spielfeld, und Mädchen mit tätowierten Augenbrauen, Plateauschuhen, schwarzen Baskenmützen und weißem Lippenstift schauten zu. Ich dachte, ich hätte ganz gute Schimpfwörter drauf, aber als ich denen hier beim B-Ball zuhörte, lernte ich ein ganz neues Wörterbuch kennen.

Ein paar Minuten lang machte ich mir keine Sorgen mehr, wo ich in der Nacht pennen sollte, sondern schaute mir das Spiel an.

»Naomi!«, rief jemand.

Die können mich nicht rufen. Hier kennt mich doch keiner.

»*Naomi!*«, ertönte erneut dieselbe Mädchenstimme.

Ich drehte den Kopf und versuchte festzustellen, woher sie kam. Ein hübsches Mädchen kam auf mich zu. Sie hatte lange schwarze Haare und einen roten Punkt zwischen ihren wohlgeformten Augenbrauen.

Wer ist das denn?

»Naomi«, sagte sie noch mal. »Ich bin's. Sunny aus dem Tanzkurs. Bei Ms Almi.«

»Ach, ja«, tat ich, als würde ich mich erinnern. *Du liebe Güte, Naoms! Du musst dir endlich mal die anderen Mädchen in deinem Tanzkurs ansehen. Erleichterung tat gut.*

»Ich dachte, du wohnst in Ashburton«, sagte sie. »Was machst du denn in North Crong?«

»Äh ...«

Mir fiel keine Antwort ein, die funktioniert hätte.

»Siehst ein bisschen verloren aus«, sagte Sunny.

»Bin ich auch«, gab ich zu. »Eine Freundin hat mich hier abgesetzt. Ich wollte in die Tanzschule und noch ein paar Formulare ausfüllen und so.«

Ich hatte keine Ahnung, ob Sunny mir das abnahm.

»Ich glaube, ich bin irgendwo falsch abgebogen und hab mich verlaufen«, erklärte ich.

»Im North Crong Estate kann man sich leicht verlaufen«, sagte Sunny. »Das ist ein einziges Labyrinth. Als ich hierhergezogen bin, hab ich auch null durchgeblickt. Ich glaube, meine Mum hat deshalb angefangen zu schielen.«

Ich versuchte halbwegs zu lächeln. »Mein inneres Navi ist jedenfalls kaputt«, sagte ich.

»Egal«, sagte Sunny, »entspann dich. Ich bring dich hin.«

»Danke«, sagte ich.

Mein Herz hörte auf, gegen meine Rippen zu hämmern.

Während Sunny mich aus der Siedlung führte, erzählte sie mir, wie toll sie Bollywood-Movies, Reggae und Street Dance jeglicher Art fand. Ihr Dad war Taxifahrer und ihre Mum arbeitete in einem Cupcake-Laden am Crongton Broadway. Sie musste laut lachen, als ich sagte, ich würde alte Hollywood-Musicals lieben, gerne backen und Horrorfilme gucken. Ich hatte ein schlechtes Gewissen, weil ich mir die Pulsadern hatte aufschneiden wollen. *Es gibt nette Menschen auf der Welt, Naoms. Lass dich nicht von den Fiesen und Gemeinen zwingen, dich umzubringen.*

»Okay«, sagte Sunny. »Wir sind fast da. Jetzt gehst du einfach an der nächsten Ecke links und dann stehst du praktisch gleich davor.«

»Danke«, sagte ich. »Du bist ein Star. Ich bin dir echt was schuldig.«

»Normalerweise macht das Centre um zehn zu«, sagte Sunny. »Und jetzt ist es zehn, also beeil dich lieber und renn. Ich muss nach Hause. Darf im Mondschein nicht so lange raus.«

»Noch mal danke«, sagte ich.

Ich flitzte ans Ende der Straße, fing an zu rennen und bog links ab. Jetzt erkannte ich wieder, wo ich war. Das Community Centre war auf der anderen Straßenseite. Licht brannte keins. *Affe steht im Regen! Ich brauche einen Plan C.*

Ich überquerte die Straße und drückte auf die Klingel neben der Tür. Nichts. Ich wartete fünf Minuten lang. Ich weiß nicht, warum ich noch mal draufgedrückt hab. Inzwischen liefen mir Tränen über die Wangen und tropften mir von den Lippen. Ich konnte Kims Küsse immer noch schmecken. *Das läuft nicht gut hier. Aber ich geh nicht zurück. Wieso hab ich Ms Almis Nummer nicht in meinem Handy. Vielleicht kann sie mich ja bei sich aufnehmen. Französisch würde mich ganz weit nach vorne bringen.*

Ich sah mich um. Niemand in der Nähe. Hoch über mir stand der Mond dick und fett am Himmel. Ich trat seitlich neben das Gebäude in die kurze Einfahrt. Ein schwarzer Range Rover parkte dort, und dahinter stand ein Container mit Pappkartons, Büropapieren und Müllsäcken. Über dem Container befand sich ein Fenster. Es war nicht sehr weit oben. *Das* ist die Antwort.

Ich stieg auf den Müll, nahm ein Stück Holz. Ich konnte gerade so auf der Containerkante balancieren. Ich achtete darauf, dass ich sicher stand, bedeckte das Gesicht mit der linken Hand und schlug mit der rechten das Fenster ein. Ich schaute über die Schulter, ob jemand den Krach gehört hatte. Das Loch war gerade groß genug, dass ich meine Hand durchschieben und den Griff drehen konnte. Ich zog es auf, hörte aber keinen Einbrecheralarm. Erneut strömte Erleichterung durch meine Adern.

Ich wischte die Scherben vom Fensterbrett und zog mich durch das Fenster hinauf. Ich landete auf der Tanzfläche und sah mein dunkles Spiegelbild in dem großen Spiegel. *Schätze mal, das ist die bessere Alternative, als tot in einer kalten, verpissten Garage auf dem Boden zu liegen.*

Im Kopf hörte ich Ms Almi, wie sie mit ihrem Stock auf den Boden tappte. *Un, deux, trois, quatre, cinq! Fantastique, Mademoiselle Brisset! Très bien!*

Ja, hier würde ich heute Abend pennen.

An der Wand hinten waren die Matten für die Yogakurse gestapelt. Ich zog zwei runter und legte sie in eine Ecke. *Besser als eine Parkbank. Weißt du, die Nacht damals, Naoms? Da bist du mitten in der Nacht abgehauen und Dad hat voll die Angst bekommen. Vielleicht hätte ich das öfter mal machen sollen. Vielleicht hätte ihn das nüchtern gemacht.*

Ich wollte nicht an Kim, Nats, Louise, Colleen, Tony oder Samantha denken. Nicht heute Nacht. Ich wollte einfach nur alleine sein. *Hoffentlich kracht Mum nicht wieder in meine Träume.*

Ein paar Stunden später hörte ich ein Geräusch.

Jemand kam durchs Fenster. Etwas fiel zu Boden.

Ich setzte mich auf. Mein Herz rutschte einen Stock tiefer und boxte meinen Magen. *Vielleicht die Polizei. Oder noch schlimmer, Kim und Nats kamen und wollten mich umbringen.*

»Naomi!«, rief jemand. Eine Männerstimme. Das war Tony.

Ich legte mich wieder hin.

»Naomi!«

»Ist sie da?«, fragte eine andere Stimme draußen vor dem Fenster.

»Zu dunkel, ich seh nichts«, erwiderte Tony. »Ich spring rein.« Er landete knirschend auf den Scherben. Ich spürte den Boden unter mir vibrieren. Seine Schritte kamen näher. Ich blieb ganz still liegen.

»Sie ist hier!«, rief er.

Tony hockte sich neben mich. Ich wollte es nicht zugeben, aber ich war froh, ihn zu sehen. »Naomi«, rief er noch mal, dieses Mal leiser.

Ich machte die Augen auf. »Was ist denn mit dir los?«, sagte ich. »Bist du nicht zu alt, um durch Fenster zu steigen? Du wärst beinah auf die Fresse gefallen.«

»Ich wollte dich nach Hause holen«, sagte Tony.

Ich setzte mich auf. »Nach Hause?«, wiederholte ich. »Ich hab kein Zuhause. Ich hab schon ewig keins mehr. Und ich geh *nicht* noch mal in das Heim. Die Seite, auf der das steht, kannst du rausreißen und verbrennen. Nicht solange *die* noch da ist.«

»Du musst nicht dahin zurück.«

Ich klopfte mir den Staub von den Klamotten. »Ich musste weg«, sagte ich. »Ständig hat sie mich vor Fummlern gewarnt, nur vor sich selbst nicht. Wie abgefuckt ist das?«

»Alles in Ordnung bei dir?«, fragte Tony. »Du bist doch nicht verletzt, oder? Ich wollte schon wieder weg, aber dann hab ich das eingeschlagene Fenster gesehen.«

Bei mir war gar nichts in Ordnung, aber ich nickte trotzdem.

»Woher hast du gewusst, dass ich hier bin?«, wollte ich wissen.

»Colleen hat gesagt, ich soll im Tanzstudio nachsehen«, erwiderte Tony. »In unserer Beziehung ist sie nicht nur die Schönere, sondern auch die mit Abstand Klügere.«

»Ach na ja, ganz doof bist du auch nicht«, sagte ich.

Tony lächelte. »Darf ich dir aufhelfen?«, bot er an.

»Tone«, sagte ich. »Ich bin abgehaun. Aber ich hab nicht meine Beine verloren.«

Tony musste fast lachen.

»Können ... können wir noch ein paar Minuten hierbleiben?«, fragte ich.

»Warum?«, fragte Tony.

»Nur reden.«

»Ach so ... okay. Worüber willst du reden?«

Ich zögerte. »Äh ... meine Mum.«

Tony setzte sich neben mich und lächelte mich betreten an. Es vergingen noch zwei Minuten, bis ich weiterredete.

»Ich hätte sie retten können«, sagte ich endlich. »Ich hab drüber nachgedacht, als ich hier gelegen hab. Um die ganze hässliche Wahrheit zu sagen, ich hab jeden Tag drüber nachgedacht, seit es passiert ist. Ich muss ständig dran denken. Der Film läuft ununterbrochen in meinem Kopf.«

Tony sprach sanft und ruhig. »Niemand erwartet von dir, dass du vergisst, was mit deiner Mum passiert ist, Naomi. Wahrscheinlich wird es dich den Rest deines Lebens begleiten. Das ist nur natürlich. Deine Mum war die Person auf der Welt, der du am nächsten warst, und du wirst sie immer vermissen. Es ist völlig okay, um sie zu trauern.«

Da hatte er nicht unrecht.

»Aber das heißt nicht, dass du nicht auch glücklich sein kannst«, fuhr Tony fort. »Du warst noch sehr klein. Und nicht für sie verantwortlich. *Sie* war für *dich* verantwortlich.«

»Was ist los da drin?«, schrie Louise von draußen. »Kommt ihr raus?«

»Wir sind gleich so weit«, rief Tony.

»Aber ich hätte sie retten können«, beharrte ich. »Wenn ich nur nach ihr gesehen hätte. Sie hat ewig lange da in der Wanne gelegen.« Tränen liefen mir über die Wangen. Tony legte mir einen Arm um die Schultern. Ich weiß nicht, wie lang ich da saß und heulte. Fünf Minuten, zehn. Könnte auch eine halbe Stunde gewesen sein.

Dann fand ich meine Stimme wieder. »Wir kommen besser in die Gänge, Tone«, sagte ich. »Wenn Louise versucht, durch das Fenster zu klettern, gibt's eine Tragödie.«

»Sie hat sich große Sorgen um dich gemacht«, erwiderte Tony. »Wir alle. Sharyna hat vorhin sogar geweint.«

Sharyna. Ich hätte ihr wirklich noch ein paar Tanzschritte mehr beibringen sollen.

Meinem Magen fiel wieder ein, dass er Hunger hatte. »Wenn ich heute mit zu euch komme, darf ich mir ein Schinken-Omelette machen?«

»Natürlich darfst du das.«

»Und ihr habt doch auch noch Cola da, oder?«

»Wenn nicht, halten wir irgendwo und ich kauf welche.«

»Okay, dann lass uns los, bevor Louise durchdreht«, sagte ich. »Die ist schon in Ordnung.«

Wir verließen das Gebäude durch die Vordertür. Louise wartete draußen.

»Tut mir leid, dass ich dich aus dem Bett geschmissen hab, »aber Kim hat mir wirklich eine Scheißangst gemacht.«

Louise und Tony wechselten einen langen, wissenden Blick. Ich merkte, dass irgendwas nicht stimmte. Meine Eingeweide schüttelten und rüttelten sich. Als sie in den Wagen stiegen, sagten sie nichts, Tony setzte sich hinten rein und Louise ans Steuer. Ich packte mich auf den Beifahrersitz. Louise ließ den Motor an und ich stellte einen anderen Sender im Radio ein. »Ich freu mich auf Sharyna und Pabs«, sagte ich. »Ich hab sie vermisst.«

»Sie haben dich auch vermisst«, sagte Tony. »Ich schreibe Colleen, dass wir unterwegs sind.«

»Dann willst du vorläufig also wieder zu Tony und Colleen, bis ich was auf Dauer gefunden hab?«

Louise wollte das bestätigt haben.

»Ja ... will ich.«

»Ich denk über einen Neustart für dich nach, Naomi«, sagte Louise. »Das werden aufregende neue Zeiten für uns beide.«

Ich schaute über meine Schulter zu Tony. Er zuckte mit den Schultern. Ich drehte mich wieder zu Louise um. »Wie meinst du das?«

Louise ignorierte mich und konzentrierte sich auf die Straße.

»Louise!« Ich hob die Stimme.

Drehte mich wieder zu Tony um. »Was ist los?«

Tony ließ ein Fenster runter. »Ganz schön stickig hier drin«, meinte er.

»Louise!«, sagte ich noch lauter.

Louise fuhr langsamer und parkte in einer Reihenhausstraße. Sie machte den Motor und das Radio aus. Ich beschwerte mich nicht. Dann starrte sie lange unter sich. Mein Magen verkrampfte. *Scheiße! Jetzt kommt was Ernstes.*

»Ich werde was anderes machen«, sagte Louise.

»Was soll das heißen, was anderes machen?«, fragte ich. »Willst du jetzt doch wieder rauchen oder wie?«

Louise schüttelte den Kopf. »Nein.«

»Was denn?«

Louise holte tief Luft. Sie schaute auf das Handschuhfach, wo sie früher ihre Kippen aufbewahrt hatte. Stattdessen lag jetzt eine Tüte Gummibärchen drin. Sie bot mir und Tony welche an, aber wir lehnten beide dankend ab. Sie warf sich eins in den Mund und kaute drauf rum.

»Nach einer Weile setzt einem der Job ganz schön zu«, sagte Louise. »Der Stress steigt. Und irgendwann hat das Auswirkungen auf dein Privatleben ... ich brauch eine Pause, um über mich nachzudenken und mir zu überlegen, was ich vom Leben will.«

»Was?«, sagte ich. »Du willst deinen Job hinschmeißen? Was ist mit den ganzen Kindern, für die du verantwortlich bist?«

Louise nickte. »Hinschmeißen? Wahrscheinlich kann man's so nennen.«

»Aber wer wird dann meine Sozialarbeiterin?«, wollte ich wissen. »Du hörst doch nicht wegen mir auf, oder? Ich weiß, dass ich manchmal eine große Klappe hab, und es tut mir leid, wenn ich dir in letzter Zeit Stress gemacht hab, aber ...«

»Naomi«, schnitt mir Louise das Wort ab. »Es liegt nicht an dir. Es liegt an mir. Ich möchte was Neues ausprobieren in meinem Leben. Vielleicht eine Familie gründen und so. Ich bin achtunddreißig. Ich hab einen guten Mann an meiner Seite, der will ...«

»Aber ... aber ...«

Ich kann nicht glauben, was ich da höre. Louise geht mir zwar manchmal auf den Geist, aber ... aber sie ist meine Sozialarbeiterin. Sie kann mich doch nicht sitzen lassen.

Ich wusste nicht, was ich sagen sollte. Ich starrte durch die Windschutzscheibe und kämpfte mit aller Macht die Tränen nieder, die mir in die Augen stiegen. Louise legte ihre Hand auf meine. »Dir wird's gut gehen«, sagte sie. »Du lässt dich nicht unterkriegen. Das finde ich so toll an dir. Du bist resilient.«

»Was soll das denn heißen?«, fragte ich.

»Dass, äh, dass du dich nicht unterkriegen lässt«, erklärte Louise.

»Dann hat das nichts damit zu tun, was heute Abend los war?«, fragte ich.

»Überhaupt nicht«, erwiderte Louise. »Mein Freund und ich sprechen schon eine ganze Weile drüber. Er ... er verdient ein bisschen mehr von meiner Zeit ... meiner Aufmerksamkeit.«

»Dann habt ihr also aufgehört, euch zu bekriegen?«

Louise schenkte mir einen mittelstarken *echt-jetzt*-Blick. »Bekriegen würde ich das nicht nennen, Naomi ... manchmal ... manchmal hatte er das Gefühl, dass ich meine Arbeit ein bisschen zu sehr mit nach Hause gebracht hab. Na ja, nicht nur ein bisschen.«

Ein Grinsen machte sich in meinem Gesicht breit und ich konnte nicht anders, als total bescheuert zu kichern. Hätte ich nicht gelacht, hätte ich ganze Flüsse geheult. »Dann ist also alles wieder im Lot mit Mr Man«, sagte ich. »Und du bist bereit für Babys. An deiner

Stelle würde ich nach dem zweiten aber bremsen, sonst springt dein Stressalarm wieder an. Glaub mir.«

»Eins wäre erst mal schön«, sagte Louise.

»Und du musst mich als Patentante verpflichten«, sagte ich. »Ich werd die beste Patentante, die's je gegeben hat. Glaub mir. Ich geh mit deinem Baby im Park spazieren und pass auf, dass du's möglichst lange stillst.«

Tony und Louise grinsten.

»Was ist daran so witzig?«, fragte ich. »Wenn ich Patentante werde, vergesse ich keine Geburtstage, kein Weihnachten, keine Schulfeste, keine Abschlussbälle und keine Theateraufführungen.«

Louise ließ den Wagen an und ich schaltete das Radio wieder ein. Aber so richtig mitnicken konnte ich nicht. Es traf mich hart, dass ich vielleicht zum letzten Mal bei Louise im Wagen mitfuhr. Aber ich konnte ihr nicht vorwerfen, dass sie ein normales Leben wollte. Das wollte ich auch.

Niemand sagte was, bis Louise bei den Goldings in die Straße bog.

»Du hast aber auch von einem Neustart für mich gesprochen«, sagte ich. »Wie soll der denn aussehen?«

Louise erwiderte nichts, bis sie geparkt und den Motor ausgemacht hatte. »Ich nehme nicht an, dass du noch mal in ein anderes Heim in Ashburton willst?«, fragte sie.

»Kommt überhaupt nicht infrage«, sagte ich. »Da musst du mir schon die Innereien mit Nervengas vergiften und mir ein Brett über den Schädel ziehen, bevor ich damit noch mal einverstanden bin.«

»Es gibt eine neue Einrichtung in South Crongton«, sagte Louise. »Sie wird von einem Mann geleitet, den ich kenne – Mr Cummings. Ich hab schon mal mit ihm zusammengearbeitet. Er ist sehr teilnahmsvoll und erfahren. Die Zimmer haben angeschlossene Badezimmer und ...«

»South Crongton«, fiel ich ihr ins Wort. Ich erinnerte mich, wie nett Sunny zu mir gewesen war. »In Crongton scheint's nette Menschen zu geben. Nicht bloß Messerstecher mit Pistolen.«

»Und wenn du einverstanden bist, dahin zu ziehen«, sagte Louise, »denke ich, wär's auch Zeit, dass du wieder eine normale Schule besuchst. Das wollte ich bei unserem nächsten Treffen sowieso ansprechen.«

Ich sah Tony an. Er nickte. »Meinst du, ich bin bereit dafür?«, fragte ich.

»Ja«, sagten Tony und Louise gleichzeitig.

Wir stiegen aus dem Wagen. Mein Magen verkrampfte wieder. *Ich muss mich nur noch ein paar Sekunden zusammenreißen, dann kann ich's rauslassen. Oh Gott Naoms. Heulen wegen einer Sozialarbeiterin. Was denn noch?* Colleen erwartete uns an der Haustür. Kurz dachte ich, Colleen und Tony könnten meine neuen Eltern sein. Das wäre ein echter Neustart, aber ich wusste, dass das nie passieren würde. Dann schossen mir Kim und Nats in den Kopf. Das Gekrampfe in meinem Magen wurde schlimmer, aber ich musste fragen.

»Was ist mit Kim und Nats?«, wollte ich wissen.

Keine Antwort.

»Was ist passiert?«, bohrte ich nach. »Ihr könnt hier keine Nachrichtensperre verhängen.«

»Es ... es gab ...« Louise verstummte. Sie schaute gen Himmel und schüttelte erneut den Kopf. Ich glaube, ich hab eine Träne in ihrem Auge gesehen.

Tonys Stimme war leise und er sprach so langsam, so wie ich ihn nie hatte sprechen hören. »Tut mir leid, dir das sagen zu müssen, Naomi, aber Kim wurde bei ihrer Ankunft im Krankenhaus für tot erklärt. Kopfver...«

»TONY!«, schrie Louise dazwischen. So laut hatte ich sie nie schreien hören.

Es entstand eine lange Pause. Wir waren alle stehen geblieben. Ungelogen, mehr wollte ich nicht hören. Mein Magen krampfte nicht mehr. Ich fühlte mich nur überall ganz taub. *Kim! Die arme Kim. Nein! Das waren Fake News.*

»Vielleicht hast du dich ja geirrt, Tony«, sagte ich. »Vielleicht ist jemand anders gestorben und die haben den Namen mit dem von Kim verwechselt?«

Tony schüttelte den Kopf und ließ ihn wieder sinken. »Tut mir sehr leid, Naomi«, flüsterte er. »Es ist keine Verwechslung.«

»Jetzt ist nicht der richtige Zeitpunkt, um darüber zu reden, Tony«, sagte Louise.

Sie setzte sich wieder Richtung Haustür in Bewegung. Tony und ich folgten ihr.

»Ich ... ich hatte keine Ahnung, dass das passieren würde«, sagte ich. »Sie ... sie hat immer zu mir gehalten.«

»Niemand hat damit gerechnet«, sagte Louise. »Ich will nicht, dass du denkst, dass du in irgendeiner Form dafür verantwortlich bist.«

»Ich ... ich hoffe, Nats ist okay«, sagte ich. »Haltet ihr mich auf dem Laufenden ... wo sie ist?«

Tony und Louise wechselten einen weiteren vielsagenden Blick.

»Natürlich«, erwiderte Louise. »Kann aber noch ... kann noch eine ganze Weile dauern.«

Als ich ins Haus kam, nahm Colleen mich extrafest in den Arm. Ich sah ihre Augen und da wusste ich, dass Kim wirklich tot war.

»Ich setze Wasser auf und mach uns Kaffee«, sagte ich.

»Für mich nicht«, sagte Louise. »Ich fahre nach Hause.«

Bevor ich in die Küche ging, drehte ich mich noch mal um und umarmte Louise. Sie hatte nicht damit gerechnet. Sie drückte mich ganz fest. »Ein paar Wochen wirst du noch mit mir klarkommen müssen«, sagte sie.

»Fährst du mit mir in das neue Heim in South Crongton?«, fragte ich.

Louise nickte. »Klar, vorher hör ich nicht auf. Wird sowieso noch ungefähr zwei Wochen dauern, bis die ganzen Formalitäten erledigt sind. Du wirst der Obhut des Crongton Council unterstellt sein. Aber ich passe auf, dass du dich gut einlebst.«

»Denk dran, ich will Patentante werden«, sagte ich. »Also, beeil dich und werd schwanger.«

»Ich versuch's«, sagte Louise.

Dann war sie weg. War besser so. Wir wollten das Trauma nicht auf die Spitze treiben.

Als ich Tony und Colleen einen späten Kaffee kochte, vergoss ich noch mehr Tränen. Ich wollte aufhören, aber diese ganzen Wahnsinnsgefühle strömten einfach so aus mir raus. Colleen machte mir mein Schinken-Omelette und ich futterte noch ein paar Schokokekse obendrauf. Dann brachte sie mich in mein Zimmer und küsste mich auf die Stirn. »Vergiss das nie, Naomi«, sagte sie. »Egal, was passiert, dein Leben ist genauso viel wert wie das aller anderen.«

Sie machte meine Tür zu, ließ aber das Licht an. Ich hatte mein Kuschelerdmännchen nicht dabei, aber ich wollte das, was Colleen, Tony und Louise hatten. Ein echtes Zuhause mit viel Liebe drin. *Ich will gute Freundinnen finden, die für mich da sind. Ist das zu viel verlangt? Der da oben ist mir was schuldig. Vielleicht treffe ich in South Crong ja auch einen netten Jungen. In ein paar Monaten werde ich fünfzehn. Dann bin ich alt genug. Ja, ich werde einen Jungen kennenlernen, und dann ziehen wir weg, irgendwohin wie Biggin Spires, wo unsere Kinder, die wir in Pflege nehmen, anständige Schulen besuchen können. Für die wird's keine dreckigen Gegenden und Sondereinrichtungen geben.*